참죽나무 서랍

김수우 산문집

김수우 산문집

참죽나무 서랍

지은이 _ 김수우
사진 _ 김수우

펴낸 날 _ 2015년 1월 2일 1판 1쇄
            2015년 2월 15일 1판 2쇄

펴낸이 · 편집디자인 _ 김철진
펴낸 곳 _ **비온후** 등록 2000년 4월 28일 (제2011-000004호)
            부산광역시 동래구 온천천로 285번길 4 (051-645-4115)

ISBN 978-89-90969-87-3 03810

책값 15,000원

김수우 산문집

글/사진 김수우

참죽나무 서랍

비온후

삐걱이는 서랍 하나를 연다.

서랍 안에는 남루한 꿈이 한 자루 들어있다.

꿈이 삶을 선물할 거라 믿으며 부지런히 서랍을 여닫던 시절.

무엇이든 보물이었다. 낡은 슬픔조차도.

서랍의 기원을 듣는다.

이 도시에 맑은 우물을 긷는 하루를 선물할 수는 없을까.

아무 답도 안 되는, 고지식한 글을 정리하면서 내내 답답했다.

누구나 영혼의 서랍을 가지고 있으리라.

자신만의 고유한 서랍에서 왕사탕을 꺼내주던 어떤 동무가 그립다.

그땐 우리 모두 신이었다.

참 맑은 바람이 다가와 내 뒤에 꽃을 피워주었다.

참 깊은 햇살이 달려와 내 옆에 꽃을 피워주었다.

많은 동무들이 돌아와 내 앞에 꽃을 피워주었다.

이 책은 그 꽃의 씨앗들이다.

이천십오 년 정월
백년어서원에서 김수우 합장

차례

차례

문
학
이
라
는
___ 맨
발

심연,
그 푸른 혈액

영도 신선동 산비탈의 단칸방에서 내려다보던 바다. 마음의 아득한 지층을 구성하고 있는 선명한 풍경이다. 접시꽃 피어있는 담벼락 너머로 보이던 바다는 꿈의 진원지였다. 그 심연은 내 문학의 실뿌리들이 무성히 벋어나온 우주목이기도 했다.

단칸방에 여섯 식구가 살았다. 당시 우리집은 대부분 영도사람들 모습 그대로였다. 바다를 빌어먹고 살았다. 아버지와 큰 아버지는 원양어선을 탔고, 삼촌들은 조선소나 선박수리소에서 일했고, 고모는 그물공장에 다녔다. 고단한 가난을 나는 무거운 줄 모르고 자랐다. 배고픈 것도 별로 서럽지 않았다. 놀 거리도 읽을 거리도 없던 어린 시절, 시멘트 담벼락에 기대 까치발을 하고 햇빛받이로 자라면서도 그 무료함이 억울하지 않았다.

바다 때문이다.

좀 맹한 데가 있었는지 그때부터 망연히 오래, 바다를 바라보곤 했다. 떠있는 큰 배들이 늘 신기하고 궁금했다. 밤이면 작업선에서 흘러내린 불빛들이 파도를 황홀하게 수놓았다. 금실은실이 풀린 듯 물결에 헝클린 불빛을 보면서 그 큰 배들이 어디서 돌아왔는가, 얼마나 먼데까지 떠나는가 헤아렸다. 그렇게 내 상상력은 현실의 배고픔보다는 꿈을 꾸는 일에 충실했던 것 같다. 하지만 살아있는 그 풍경이 항상 강렬한 실존으로 나를 키워냈다고 믿는다. 먼데를 바라보는 법, 기다리는 법을 그렇게 배우지 않았을까. 16살에 영도를, 23살에 부산을 떠났고, 돌아온 지 10여 년이지만 기억에 색칠된 가장 진한 풍경이 그 밤바다이다.

어머니는 새벽마다 북어를 담은 세수대야를 이고 이송도 바닷가에 나갔다. 용왕님께 빌러 나가는 그 발길을 잠결에 헤아리곤 했다. 초등학교 무렵이었다. 보름달이 뜰 때마다 어머니는 종종 잠에 빠진 나를 흔들어 깨웠다. 달님에게 기도하라는 것이었다. 신발이 흐트러진 쪽문을 밀면 바로 골목이었다. 골목길을 그득 채운 보름달은 신비 그 자체였다. 그때마다 바다는 더 가까이 다가왔다.

풋사과 두 알이나 갱엿 한 쪽으로 하루종일 바닷가에서 놀기도 했다. 영선동 앞바다 갯돌들을 뒤집고 발장구치며 놀다보면 노을이 지고 문득 배가 고파오던 날들, 난 그때 투명한 한 마리 물고기였는지도 모르겠다. 몸도 영혼도 발가숭이처럼 순진무구하던 그 시절은 원시 그 자체였다. 그

렇게 물탕치다가 문득 멈추고는 이 파도가 아라비아해로 대서양으로 태
평양으로 이어져 있으리라 상상했다. 그 막연한 동경이 문학의 잎을 틔우
지 않았을까. 바다는 그때 이미 문학의 거대한 가슴이었다.

　중학교 다닐 때는 아침저녁 영도다리를 건너다녔다. 바람은 유순하기
도 했고 온몸 웅크릴 정도로 맵기도 했지만 어김없이 자갈치 비린내를
담고 있었다. 봄, 여름, 가을, 겨울. 사계절 내내 그 바닷바람의 재촉으로
몸도 마음도 성장한 셈이다. 그 무렵 원양어선을 타던 아버지가 보내온
이국의 그림엽서들은 아버지의 부재를 보상할 만큼 환상적이고 경이로
웠다.

　그 즈음 삶의 큰 지혜를 다 배웠는지 모른다. 자연에의 경외, 그 역동성
과 무한한 자유, 펼쳐진 수평선이 상징하는 피안과 영원성, 그리고 기다
림. 그것은 풍요로우면서도 두려운, 광막한 생명력과 그 변주들이었다.
그 푸른 물결이 내 무의식을 구성하고 있다. 바다가 창조의 모태이면서 신
화의 원형이며, 동시에 강인한 실존임을 저절로 감지했다고 할까. 바다로
부터 모든 질서를 익힌 셈이다. 바다는 엄격하고 다정한 선생님이었고,
끊임없이 나를 불러내는 동무였다.

　그중에서도 가장 큰 공부가 바로 심연이다. 모든 현상이나 표상 뒤에는
아름다운 심연이 있다는 것, 아마 바다로부터 학습한 것 중 위대한 게 아
닐까. 파도가 삶의 한 표상이라면 그 뒤에는 무한 깊고 먼 심연이 그 물마
루를 푸르게 하고 있다. 바다 같은 마음이라고 할 때 보통 넓이를 말하지

만 나는 그것을 깊이로 배웠다. 바다의 광대함은 그 심연으로부터 올라온 것임을 이해한 것이다. 어머니의 간절한 기도나 아버지의 엽서들도 길고 먼 울림으로 가슴 속에 자리잡았다. 바다를 마주하면 누구나 자신의 내부에 있는 심연을 깨닫지 않을까.

하여 바다는 자연스럽게 내게 일상이면서 일탈이었고, 결승점 없는 세계였다. 끊임없이 넓어지고 깊어지면서 삶의 저편을 끌어내어 만나게 했다. 생성 또는 순환이미지는 내 삶과 문학의 푸른 심연으로 끊임없이 일렁거렸다. 인류의 모든 열망은 바다 앞에서 문고리를 당긴다. 인류의 모든 모험이 그러지 않았던가. 모험심을 끊임없이 촉발해온 바다는 자유 자체였다. 때문에 뱃길과 등대가 얼마나 아름다운지도 발견할 수 있었다. 구속과 타협이 없는 고유한 자유는 모든 불확실성을 연기緣起의 세계로 풀어내지 않는가. 미지의 심연이 품고 있는 무한대의 동경과 자유, 그 때문에 얼마든지 면데까지 갈 수 있을 것 같은 예감으로 성장했던 것 같다.

그래서 북서부 아프리카 사하라까지, 대서양 카나리아섬까지 훌쩍 날아갈 수 있었던 게 아닐까. 스물 셋에 일찍 결혼하면서 당도한 사하라. 그곳 모리타니는 대서양에 몸을 기댄 광대한 사막이었다. 그 황량하고 고독한 땅에서 나는 더 선명하게 바다를 만났다. 사막 아니면 바다뿐이던 그곳에서 하루에도 몇 번씩 파도 앞에 섰으니까. 바로 눈 닿는 곳에 파도를 만들고 있는 시꺼먼 물고기떼는 태초의 원형을 고스란히 품고 있었다. 그 파도가 고향 영도 앞바다까지 닿아있으리라는 생각으로 이 년여를 지냈다.

그곳을 떠나 대서양 카나리아군도에서 다시 십 년을 머물렀다. 파도가 치던 날이면 밤새 베갯머리가 울리던 바닷가 동네에 아파트를 얻어 살았다. 하루에도 몇 번씩 바다 색깔이 바뀌는 걸 지켜보면서 말이다. 긴 시간 고향을 떠나 살면서도 외롭지 않았던 건 바다 때문이며, 또한 무의식 속에 출렁이는 유년의 다정다감한 파도 때문이었다. 난 해바라기가 아니라 바다바라기였다고 해야 할까. 바다는 늘 곁에 머무는 푸른 그림자, 영혼을 수혈하는 푸른 혈액이었다.

하여 바다를 내려다보며 자란 영도 산비탈은 내게 축복 중의 축복이고 다행 중의 다행이다. 자연의 위대한 관용과 경이, 그리고 생명의 원형과 그 심심한 변주를 나도 모르게 체득한 셈이니 말이다. 지금은 송도에 살고 있다. 아침저녁 송도 아랫길 윗길을 달릴 때마다 묻어나는 그 덕지덕지한 비린내들이 내겐 곧 실존이다. 해운대의 망망대해와는 달리 송도 앞바다는 큰 배들이 많이 정박해 있다. 삶의 배들, 끈끈한 비린내와 그리움이 실린 치열한 현실의 배들이다. 어디선가 돌아온, 어딘가로 떠날 배들이 아직도 내게 분명한 꿈을 가르친다. 그 너그러운 생명력이 내 문학과 삶을 구축한다고 믿는다. 아침마다 무수한 까치발을 세우고 바다는 내게로 온다. 무수한 뱃길과 심연을 지니고 말이다.

붕어빵 일곱 마리,
천원

오래 전 '진시황 부산전'에서 미공개 유물 몇 점이 소개된 적 있었다. 그 포스터가 아직 내 방에 붙어 있다. 진시황릉 병마용갱 전체를 바라보는 한 토용의 뒷모습이 중앙에 크게 디자인된 그림이다. 그 토용은 섬세함과 웅장함으로 세계 팔대 경이라고 불리는 황제의 군단을 직시하고 있다. 찾아보니 최초로 발견되었다는 문관용이다. 우락부락한 병사들과 달리 양손을 소매에 집어넣은 자세가 공손해 보인다. 야위고 단정한 모습이지만 거대한 군단을 직시하는 하급관리의 날카로운 눈매가 뇌리에 남았다. 그는 진시황릉의 위용을 이천 년 내내 어둠 속에서 공허하게 바라보고 있던 건 아니었을까. 비록 토용이었지만 나를 직시하는 듯해 가슴이 서늘했다. 첫 발견 후 가짜무덤 72개로 포진한 진시황릉을 포함, 다 발굴하는 데 백오

십 년은 걸릴 거라는 그 상상하기 어려운 규모를 문관은 애초 허무로 꿰뚫어보고 있었는지 모른다.

대전역 앞에 일곱 마리에 천 원 하는 붕어빵 수레가 있다. 기억으로도 십 년을 훨씬 넘었다. 계속 물가가 오르는데도 마냥 일곱 마리 천 원이다. 신기했다. 얌전해보이면서도 조금은 무뚝뚝한 할머니는 일부러 고집부리듯 종이봉지에 일곱 마리를 넣는다. 고단하게 엮은 평생이 굵은 주름에서 그대로 읽히는 얼굴이다. 거기서 나는 철학을 보았다. 진리 운운할 필요가 없는 종교를 보았다. 보이지 않는 무한 자유로운 내면이 환하게 비친다. 존엄한 가난을 배우게 된다. 적어도 내겐 살결에 와닿는 오병이어의 기적이다. 알렉산더에게 햇볕을 가리지 말아달라고 부탁하는 디오게네스가 따로 없다. 날씨가 추워질 때면, 괜히 일없이 그 포장수레에 문득 찾아가고 싶다. 올해도 별탈없이 계실까.

붕어빵 아줌마의 굵은 주름과 진시황릉 병마용갱에서 발굴된 문관의 날카로운 눈매가 겹친다. 좀 엉뚱하지만 여기서 물질의 위기를 극복할 수 있는 실천적 방식을 깨닫게 된다. 요즘 장래의 꿈을 초등학생들에게 물어도 돈, 대학생에게 물어도 돈이다. 결국 행복하고자 하는 노릇이니 차라리 '행복'이라고 대답하라 하니, 어리둥절한 표정이다. 막무가내 돈, 돈, 그저 습이 되어버린 집단 집착을 보는 것 같다. 전 국민이 입신양명을 작정하고 유치원 시절부터 공부성과에 매달려 있으니, 애초 무인보다 문인의 기질을 함양하는 셈이다. 허나 돈을 향한 그 많은 공부는 전체의 이치를 꿰뚫는 지혜, 사물을 바라보는 법과 전혀 상관이 없다.

37년간 연인원 70만 명을 동원했다는 그 병마용갱은 오히려 삶의 허구를 묻는 게 아닐까. 붕어빵 일곱 마리를 천 원에 팔 수 있는 그 용기는 과연 무엇일까. 용기란 삶을 꿰뚫는 힘에서 나온다. 통찰력은 보이지 않는 것을 꿰뚫는 감수성을 말한다. 이 감수성은 고요한 응시에서 출발한다. 생명을 향한 실천 또한 이 고요한 응시에서 나온다. 그것이 공부이다. 고학력 사회인데도 무작정 앞으로 달리는 방법밖에 모른다. 그 속도와 성과주의를 어떻게 극복할 수 있을까. 잠시 멈추어서서 둘러보는 법, 뒤돌아 보는 법을 배워야 하지않을까.

노를
젓다가
노를
놓쳐버렸다

비로소
넓은 물
돌아다보았다
　　－고은, 「비로소」

시에서 이르듯 우리는 노를 놓칠 필요가 있다. 멈추어서서 내 앞의 것을 오래 바라보는 훈련이 필요하다. 내 뒤의 것을 깊이 둘러보아야 한다. 응시할 때 생명의 신비들이 어떻게 풀려나오는지 감지할 수 있으니.

응시할 수 있는 힘을 우리는 철학이라고 부른다. 느닷없이 인문학이 유행처럼 번진다. 하지만 거꾸로 인문학도, 그저 더 잘 달리기 위한, 성과를 위한 하나의 수단, 하나의 소비이고 마는 건 아닐까. 두렵다. '삶'으로 나아가지 못하는 '앎', 실천으로 나아가지 못하는 지식은 불균형과 비애를 만들 뿐이다. 오히려 체온을 나누는, 서로 손부터 마주잡는 연습이 먼저 필요하다. 적어도 돈이 내 소유가 아니라는 것, 어떤 소유도 내 것일 수 없다는 빈손에 대한 자각만 있어도 우리는 더 용기를 가질 수 있다.

가장 가까이 있는 작은 사물을 응시해보는 건 어떨까. 우리 속에 헝클어진 가짜 욕망, 모방된 욕망을 직시하는 용기 정도는 가져야 하지 않을까. 그럴 때 관계에 감응이 작용한다. 감응된 세계를 천천히 지각해내는 힘, 그래서 보이지 않던 원래의 나를 기억해낼 수 있지 않을까. 지금의 문화는 본래를 자꾸 지우는 중이다. 아무리 가치가 혼재한 소용돌이 속에서도 우리 본래를 들여다볼 수만 있다면 이번 생은 가치 있으니. 그 안에 담긴 무수한 관계의 고리들이 서로에게 영적 진화를 선물할 것이니. 문관 토용의 응시는 곧 붕어빵 일곱 마리, 천 원의 손길에 닿아있는 것이니.

문득 문득 문득
문득 문득 꽃,
쓰레기,
시詩

봄을 기다리던 어느 오후, 두 개 건물이 거의 맞닿은 틈에 졸고 있는 일
곱 마리 비둘기를 보았다. 이슬비 촉촉한, 조금은 스산한 날씨였다. 해서
저들도 그냥 하루를 쉬기로 한 모양, 좁디좁은 틈에 졸졸히 8분 음표처럼
앉아있었다. 신기했다. 도시비둘기의 보금자리가 건물 틈새라고 듣긴 했
지만 그 장면과 마주치니 머나먼 것들이 저절로 환기되었다. 내 안의 실핏
줄을 들여다보는 것 같았다. 거기서 냄새를 맡는다. 외로움의 냄새. 찌든
그 먼지 냄새는 삶의 울퉁불퉁함이 스미고 스민 데서 묻어나오는 흙비린
내 같은 생명감이었다. 일제 강점기 때 지어졌다는 오래된 건물에 세를 들
면서 나는 존재의 틈을 더 자주 들여다보게 된다.

최근 자주 만나는 풍경이 하나 있다. 아침마다 쓰레기를 뒤지는 늙은

여인이다. 노숙자인 듯한데, 언제나 쓰레기 더미 속에 아주 여유롭게 앉아 있다. 느린 몸짓으로 봉지 봉지 열어 필요한 것들이 있나 추려낸다. 처음엔 그것이 애처롭고 민망하더니 조금 더 지나자, 그렇게 자신과 물질을 초월하고 있는 그녀가 산야신 같다. 그 몸짓이 필요가 아니라, 필연처럼 다가온다. 누군가가 버린 것을 뒤진다는 건 초월을 요구한다. 동네쓰레기를 헤집는 손길에서 순간과 영원을 함께 본다. 틈과 우주를 함께 본다. 어찌 그것을 생존수단이라고 치부하고 말 것인가.

문득 내가 버린 것들을 반성하게 된다. 모든 쓰레기들이 한때는 꽃이었다. 환하게 피어나 누군가에게 설렘을 선물한다. 새롭고 반짝이는 모습으로 다가왔던 것들은 시간이 지나면서 빛을 잃는다. 조금씩 망가지고 덜거덕거리기 시작한다. 기쁨은 무관심이 된다. 도구일 때만 그 존재감을 획득하는 줄 알지만 사실 모든 사물은 그 자체로서 존재이유를 가지고 있다. 사물은 언제나 우리를 응시하고 말을 건다. 허나 함부로 외면하는 인간의 오만 때문에 그 존재들은 너무 쉽게 쓰레기가 되고 만다.

사물뿐이 아니다. 우리의 사유도, 가치도 쓰레기가 된 것들이 많다. 인간도 마찬가지다. 소박한 안부나 선량한 추억이 함부로 버려진 적은 없는가. 망가지고 소진되어 쓰레기가 된 것이 아니라 소비와 잉여에 희생된 쓰레기들이 더 많다. 그러나 모든 존재가 품은 어제와 내일이라는 시간은 얼마나 무한한가. 쓰레기의 틈을 뒤져 의미를 건져내듯 우리 내면 속에 뒤질 만한 것들은 없을까. 회복해내야 할 것은 없을까.

쓰레기를 뒤져 어떤 존재감을 건져내는 손길이 어찌 '시詩'가 아니겠는가. 그들에게는 더럽고 버려진 것들이 생명 내지는 가능성의 의미들로 읽혀지는 것이다. 쓰레기와 쓰레기 사이의 미세한 틈을 읽는 그들이 시인이 아닐까. 꽃이 문득 쓰레기가 되듯, 쓰레기가 문득 꽃이 된다. 꽃과 쓰레기의 틈, 순간과 영원의 틈, 골목과 우주의 틈. 그 틈들이 곧 시이며, 시의 사유를 구성하고 있음이다.

그 시는 인디언들의 언어에서 잘 드러난다. 봄을 예로 든다면, 인디언들은 3월을 '마음을 움직이게 하는 달' 또는 '한결같은 것은 아무것도 없는 달'이라고 부른다. 4월은 '머리맡에 씨앗을 두고 자는 달', 5월은 '오래 전에 죽은 자를 생각하는 달'로 불렀다. 이처럼 명상적이며 통시적으로 봄의 특성을 언어에 잘 담을 수 있을까. 자연친화적인 지혜를 담고 있는 인디언의 달력에서 '시詩'가 되는 일상의 순간들을 그대로 읽는다.

아마도 그들이 존재의 미세한 틈을 잘 알고 있는 까닭이 아닐까. 사람과 사람 사이, 사람과 자연 사이, 사람과 사물들의 관계를 구성하는 미세한 움직임을 잘 읽고 있다는 의미이다. 그 미세함을 느끼는 영혼과 못 느끼는 영혼은 어떤 차이가 있을 것인가. 그건 사랑의 차이이리라. 사랑엔 그 모든 것을 보이게 하는 충만한 힘이 있기 때문이다. 아메리카 인디언들은 그만큼 공감에 강한 종족이었음이 분명하다.

소멸하는 것은 없다. 어떤 시간도 공간도 끊임없이 추억을 끌어내고, 그 추억은 스스로를 자양분으로 삼으며 자생하고 또 성장한다. 그것은 우주를 돌면서 모든 틈을 연결하고 있다. 말이 없는 것들, 사건적이지 못한 것들, 잊혀진 것들, 고단하고 가난한 눈빛은 잘 휘발되지 않는 묵은 냄새처럼 틈을 만든다. 틈을 통해 이 세계를 점점 미세한 관계로 연결하고 있는 것이다. 꽃과 꽃, 쓰레기와 쓰레기, 꽃과 쓰레기의 그 미세한 틈 속에서 시詩, 곧 우주의 파장이 형성된다. 광대한 우주는 눈에 잘 띄지않는 미세한 꽃잎들로 구성되어있는 것이다. 그것이 꽃의 신비를 골목 모서리에 감취진 비둘기집에서 떠올리는 까닭이리라.

들뢰즈의 리좀적 사유라고 할까. 그렇게 추억과 현실은 건너가는 자리마다 뿌리를 내리며 수평적으로 자란다. 우리들의 몸도 영혼도 그러하다. 그 틈마다 아름다운 시詩가 무한 생성되어 세상의 모든 허기를 메우고 있으니.

제
왕
판

초겨울 햇살이 제법 시리고 투명하다. 이맘때면 오래 잊혀진 것들이 서
둘러 돌아오는지 괜히 기다림이 깊어간다. 안녕하신지. 당신에게 안부를
묻는 이 시간의 모퉁이가 유난히 눈부시다. 지천명을 앞두고야 '제왕판'
이라는 단어를 들었다.

"미역국도 몬 묵을만치 가난했는데, 그래도 제왕판을 지극으로 안 차
 릿나…. 젯상에다 국어공책하고 연필하고 놓았제…."

팔십 어머니가 자주 되뇌인다. 어릴 때부터 책을 너무 좋아하고 학창
시절 글쓰기에 정신팔린 딸을 대학에 못 보낸 궁색한 마음을 대신하듯 말
이다. 곤궁한 젊은 부부가 세 이레 꼬박, 배냇저고리를 입은 아기 머리맡
에 차린 제왕판, 그만큼 극진한 제의가 어디 있을까. 그 상 위에 공책과 연

필을 놓았다니. 시인이 된 나의 비밀이 풀린 듯하다. 그닥 재주가 없는 데다 거의 훔치거나 빌린 책을 읽고 자란, 늘 억울한 것만 같던 내 문학이 그냥 영광스러워졌다. 제때 대학을 못가 마흔 가까운 나이에 시작한 공부가 가끔씩 서럽기도 했다. 그 서러움이 일시에 가벼워졌다.

제왕판. 낯선 단어였다. 옛날엔 일상의 단어였으리라. 단어를 잃어버리면서 일상의 제의까지 잃어버린 우리들이다. 제왕판에 올리던 경외와 경이, 그 지극함과 간절함을 놓쳐버린 것이다. 그때부터 우린 소외와 고독에 시달려온 것인지도 모르겠다. 잃어버릴 게 있지, 제왕판을 잃어버리다니. 참 애석한 마음이 든다. 예전에는 그렇게 매사 간절한 기도를 모을 줄 알았다. 정화수를 떠놓기도 하고, 마루에 앉아 다리를 떨면 복나간다고 혼나고, 동짓날이면 팥죽도 뿌리고, 보름달 앞에 소원을 빌고, 몽당비가 도깨비가 될까봐 걱정하며, 헌 이빨은 꼭 지붕 위에 던져 까치가 가져가게 했다. 그렇게 주변의 모든 것들과 관계를 맺어온 것이다.

갓난 첫딸이 커서 공부라도 잘하길 기원하던 가난한 부부는 나란히 팔십 노인이 되었다. 국어공책과 연필 때문인지 딸은 글쓰는 일을 직업으로 하고 있다. 참 신기하다. 그들 속에 쌓인 기도를 확인한다. 우리의 삶이란 그렇게 기도로 구성되어 있는 것 아닐까. 그 이후로 주변의 물상과 모든 풍경이 내겐 제왕판으로 보인다. 동광동 사십계단도, 키 큰 마로니에도 아름다운 제단이 되고, 아침저녁 부딪히는 길고양이들, 늙은 인쇄골목에서 꾸룩거리는 비둘기, 쪽문 달린 만물상회와 가겟방들, 그 사이를 채우는 인쇄기계 소리들도 모두 지극한 제사로 다가오는 것이다.

온몸을 땅에 납작하게 붙이던 지극한 자세, 그것이 곧 제의가 아닐까. 바로 우리가 잃어버린 자세이다. 깻잎 한 장으로 땅바닥에 몸을 내려놓는 그 자세를 진리를 찾아 먼길에 선 당신에게 전하고 싶다. 기도는 경외와 그리움에서 우러나오는 절실한 목소리이기에. 또한 기도는 바깥이 아니라, 내 안의 목소리에 귀를 기울이는 것이기에. 몸 속에 있던 그 극진함을 회복할 때, 거기서 오래 그리워했던 나와 모든 영혼을 다 만날 수 있으니.

내 시는 제사가 될 수 있을까. 얼마만큼 극진할 수 있을까. 그래서 점점 사는 일이 두려워진다. 그러나 그 두려움이 우리에게 경외를 선물하지 않을까. 경외에서 경이가 번져난다. 생명과 죽음, 앎과 삶, 만남과 이별, 자아와 타자, 그 오래된 경계에서 출렁이는 건 언제나 경외와 경이이다. 원시적 혼돈과 삶의 질서를 함께 끌어안고 있는 더없는 지극함, 誠성과 聖성과 省성, 그리고 星성의 세계, 그 극진한 경계에서 우리는 모든 사랑의 매듭을 기억해낼 수 있지 않을까.

자본에 주눅들지 않고, 자위적인 언어에 기대지 않고, 변명과 핑계에 물들지 않은 지극한 몸짓을 믿는다. 믿어본다. 오늘도 모든 그리움이, 초겨울 햇살이 젯밥처럼 놓인다. 나의 언어들이, 사유들이 젯밥이 될 수 있을까 걱정이다. 늦었지만 이제라도 당신에게 제왕판을 차려드려도 될까. 그립고 다시 그립다.

시의 명령 또는 부탁

시는 내게 많은 것을 명령했다. 아니 부탁했다. 우선 시는 내게 자유로우라고 명령했다. 아니 부탁했다. 그 말 또한 자유를 뺏는 것을 모르고 나는 환희를 느꼈다. 시는 사람을 사랑하라고, 동시에 세상에 저항하라고 명령했다. 아니 부탁했다. 세상과 사람은 같을 때도 많고 전혀 다를 때도 많다. 그래서 연민과 저항, 그 틈에서 매일매일 갈팡질팡이다. 시는 내 가죽가방을 부끄럽게 했다. 그래서 가방을 천소재로 바꾸었다. 시는 내가 서른 평 아파트에 사는 것도 부끄럽게 하고, 서울가는 기차를 타는 것도, 문단을 기웃거리는 것도 부끄럽게 했다. 그러면서 시는 산속에 들어가지도 못하게 하고 세속을 어쩡거리게 했다. 치즈를 듬뿍 올린 스파케티를 먹는 것도 부끄러웠고, 감성이 예민한 것도 부끄러웠고, 이성적으로 내린 판단도, 합리도 부끄러웠다. 지구 저편의 전쟁을 뉴스로 보면서 밥을 먹는 내가 미웠고, 너무 쉽게 웃는 것도, 함부로 술잔을 기울이는 것도 미웠다. 세상이 고통으로 그득한데도 가족만 챙기는 것도 부끄러웠다. 도시에서 아무나와 행복하게 어울릴 수 없었다. 하는 것마다 민망하고 부자연스러운데 어떻게 자유로울 수 있겠는가.

그러면서 시는 실천을 명령했다. 아니 부탁했다. 시는 결국 영혼을 살아내는 것이고, 실천하지 않는 언어는 거짓이었다. 내가 고뇌하고 있는 존재의 문제는 실천 속에 있는 것이고, 그럴 때 나의 언어도 응시도 살아나는 것이다. 손이 하지 않는 일은 내 시도 할 수 없다는 것을 알았다. 생명에 고프지 않고 시를 잘 쓴다는 것은 얼마나 허위인가. 배가 고프지 않은데 생명이 고프다는 것은 고뇌의 엄살이다. 생명을 이해한다는 것은 훨씬 강도 높은 아픔이었다. 가난을 편들고 부자들에게 따지는 것도, 소수자를 찾아가는 것도 자꾸 복잡해졌다. 중요한 건 어린이처럼 사는 거다. 단순하게 살자. 순수하게 모든 장면과 마주치자. 아니었다. 그것도 아니었다. 마주치는 것들이 도무지 순수하지 않았다. 그것을 간과할 수 없었다. 어차피 정답은 없다. 사르트르의 말대로 인간은 상황적 존재이니 상황에 맞게 움직이는 거다. 아니었다. 그것도 아니었다. 상황은 나를 합리화시킬 뿐이었다.

다시 시는 내게 목소리를 낼 것을 강요했다. 그래, 자연, 자연을 사랑하면 다 되지 않을까. 생긴대로, 자연이 시키는 대로 살자. 봄이 오면 봄처럼, 겨울이 오면 겨울처럼. 아니었다. 그것도 아니었다. 모든 문제는 세속과 그 구조에 있었다. 소외와 불평등에 결코 무심할 수 없었다. 싸우자. 자본주의과 싸우고, 인간성을 뺏는 구조와 싸우자. 하지만 남루한 가운데서도 늘 엄마가 대바늘로 떠준 옷을 입고 자랐던 나는 세상에 대한 적의도 없고 어떤 이데올로기도 없었다. 산복도로 샛골목에서 아무리 배고팠어도 그 가난이 불행이라고 여기지 않았던 것이다.

도무지 살 수가 없다. 어떻게 살라는 거냐, 시에게 따지기도 한다. 그러고 보면 시를 사랑하고부터 하루도 편할 날이 없었다. 나는 시에 억압당하고 있다. 나 자신뿐만 아니라 내 주변에 있는 사람들까지도 모두 지치게 한다. 가족까지 친구들까지도 모두 피곤하게 만드는 이 억압의 정체는 도대체 무엇일까.

막막한 날들이 한 해 두 해 흘러갔다. 하루하루 막막해지면서 굳은살이 많아지는 노예처럼 손바닥 발바닥만 어루만지는 일, 그것이 내게 시다. 할 수 없이 유일한 재산인 몇 뭉치 책보따리를 부산의 원도심 동광동 인쇄골목 모서리에 풀어놓았다. 책이라도 나눠 읽고, 함께 이 시대를 극복해나갈 가치를 함께 궁리해보자. 〈백년어서원〉. 이것이 시의 명령에 대답할 수 있었던, 시의 비위를 맞출 수 있었던 나만의 선택이었다. 참여도 아니고 실천이라기에도 모자라지만, 몸과 마음이 끄달리면서 그때부터 조금씩 시에게 덜 미안해진다. 정말 시간이 아깝다는 이기심에 시달리고, 글쓰기에 조급증과 불안이 생기기도 하지만 일단은 시에게 조금이라도 체면이 선다. 시를 쓴답시고 현실과 타협하는 일은 이제 없다. 하루하루 전쟁이다. 굼실굼실, 쉬지 않고 포기하지 않는 숨은 게릴라전이다. 이젠 먹고사는 게 우선이라고 말하는 다른 문학인들을 똑바로 볼 수 있다. 시의 명령은 나에게 시쓰기를 더 어렵게 했다. 하지만 시를 살 수 있게 하고, 시를 밀할 수 있게 하고, 시를 기다릴 수 있게 했다. 서울 가는 기차를 타지 않아도 내 문학도 내 영혼도 건강하다.

이 모든 결의에도, 도저히 동의할 수 없는 자본의 형식에도 불구하고, 매일 돈걱정이 늘어간다. 내가 살면서 원시의 제의祭儀을 찾을 수밖에 없는 이유가 여기에 있다. 삶과 죽음의 경계, 사랑과 미움의 경계, 욕망과 가치의 경계에서, 내가 할 것은 바닥에 몸을 붙이고 엎드려 사물의 소리를 듣는 일이었다. 제의는 감성과 이성, 혼돈과 질서의 경계에서 생명에 지극할 수 있는 형식이었다. 기독교인이면서도 백팔배가 내 기도방식인 건 그런 까닭이다. 내 이마와 무릎이 바닥에 닿는 순간, 뱃속 밑바닥에서 절절하게 끓어오르는 것이, 그것이 나는 시라고 믿는다. '지성至誠이면 감천感天이다' '진인사대천명盡人事待天命'. 이것이 고지식한 내 시의 방정식이다. 귀신을 감동시켜야 하는 것이다. 세상에서 가장 지극한 밥인 '젯밥'을 짓고, 흙화분에 생명을 가꾸어내는 게 내 문학의 형식이기를 꿈꾼다.

모든 진실은 모순과 경계에 있다. 헤르메스의 지팡이 카두세우스처럼 독과 치유를 상징하는 두 마리의 뱀이 서로 얽혀있는 것이다. 개체이면서 전체인, 천천히 서두르는 모순어법의 나열인 시의 작업이 갈수록 어렵고

곤혹스럽다. 내게 제의는 그 반대물의 합의를 찾아가면서 시의 눈동자와 마주치는 긴긴 여정이다. 나는 틈틈이 빈손을 들여다본다. 어쨌거나 그러한 고단한 갈등을 통해, 시는 나 살자는 것이 아닌, 역사를 향한, 정의를 향한, 공존을 향한 시선을 갖게 했다. 백년어서원은 시의 명령 또는 시의 부탁에 대한 경청이었다. 제의 또는 희생의 방식치고는 너무 사치스럽기는 하다. 하지만 그런 것들이 엄청 소외에 시달리게 하고, 시간을 두렵게 한 것을 보면 나름대로 고통은 고통이었던 걸까.

목소리, 중요한 것은 목소리다. 김수영이 지적한 대로 모기 소리만할지라도 자기 목소리를 내야하는 것이다. 목소리는 나그네의식의 소산물이 아니다. 목소리는 가장 지극한 존재의 형식이다. 나는 시에 속았는지도 모른다. 하지만 앞으로도 시에 속을 수밖에 없을 것 같다. 시를 쓰는 순간만이 가장 행복하기 때문이다. 그 순간만이 내가 가장 나다워지기 때문이다. 어차피 진실이란 인간적인 갈망, 그 존재감 외에 아무 것도 아닐 것이기에.

'訥'에 대하여

오월, 낡은 의자에 닿은 햇빛도 샘물처럼 맑다. 퐁당퐁당 잎새에 뛰노
는 바람도 유난히 푸릿하다. 고마운 사람들을 차례로 기억한다는 의미에
서 오월은 더 싱그러운 달임에 틀림없다. 노동자의 날, 어린이날, 어버이
날, 스승의 날, 성년의 날, 석가탄신일 등 기념하는 날이 많은 한 달이다.
자연 듣기 좋은, 말잔치가 넘치는 달이라고 할까.

허나 그 매끄러운 말들은 표면적일 때가 많다. 매일 다섯 종류의 신문
을 배달받는다. 매달 삼십 여 종 정기간행물을 받는다. 새 정보를 담은 메
일이 수십 통씩 종일 도착한다. 말과 소문에 잠식되는 느낌이 그대로 다가
온다. 하지만 현상으로 드러나지 않는, 어떤 침묵들이 아침저녁으로 내게
닿고 있음도 감지해야 하지 않을까. 마치 넋과 같은, 바람 같은 것들, 존재

의 가장 깊은 데서 걸어나오는 것들 말이다.

기어綺語는 비단 같이 반지르르한 말이다. 교묘하게 꾸며대는 말, 도리에 어긋나는 묘하게 잘 꾸민 말, 잡예어雜穢語. 무의어無義語가 그 사전적 정의이다. 듣기 좋게 꾸미는 말, 매끄러운 말, 자신을 합리적으로 치장한 말, 그리고 농지거리들이 대화를 구성하고 있는 세태이다. 자기표현의 시대인데다 달변과 재치가 우선적 능력이 되어버린 현실 아닌가. 하지만 말이 많으면 본의를 빗나가거나 실수하기 쉽고, 정도가 지나치면 남뿐만 아니라 스스로도 결국 상처받는다.

불교의 십악 가운데서 언어 금계 조항이 네 개나 된다. 망어妄語, 악구惡口, 양설兩舌, 기어綺語. 구시화문口是禍門이라는 말도 있거니와 기어綺語를 많이 쓴 사람은 무간지옥에 간다고 한다. 법구경에선 사람은 입안에 도끼를 갖고 태어난다며 구업을 경계시키고, 성경에서도 혀에 파수꾼을 세우라고 이른다. 그러고 보면 하루종일 내뱉는 내 말은 매순간 얼마나 아슬아슬한 것일까. 지나치지 않는 말이 간절하다.

나는 '訥눌'자를 좋아한다. 어눌할 '눌'자이다. 말이 안에 있다는 뜻이다. 안에 있는 것들은 그리 능률적일 수 없다. 허나 능란한 말보다 그런 어눌함이 오히려 소박한 소통이 된다고 믿는다. 서로에게 넘치는 게 번지르르한 말이 아니었음 좋겠다. 침묵이 이심전심으로 교감하는 부드러운 촉수였으면 좋겠다. 손등을 어루만지고, 찻물을 따르며, 눈빛 마주치는 고요가 그립다. 말을 줄이되 귀를 더 열고, 눈을 크게 뜨고, 뒤도 한 번 돌아볼 일이다.

　강의를 하다가도 내가 말을 너무 매끄럽게 하는구나, 하는 자각이 들면 문득 말을 멈추게 된다. 두려워진다. 가끔 오해를 받은 순간에도 일일이 나 자신을 이해시키려 변명하는 게 힘겨워진다. 말을 줄여 차라리 오해를 받고 마는 게 나은 것이다. 그러다보니 말이 아니라도 마음이 통할 수 있기를 기도하는 시간이 많아진다.

　앎은 실천이 중요하듯, 말 또한 행동이 절대적이다. 몇 년 전 보던 달력 중에 열사력이 있다. 이 땅의 민주화 과정에서 희생된 이름이 담긴 달력이다. 오월엔 그 이름이 다른 달보다 두 배 이상 많다. 밀알로 썩은 영혼들, 전체를 위해 거름이 된 사람들이다. 추모할만한 이름이 그만큼이라면 기억되지 못한, 숨은 희생과 억울한 혼은 얼마나 무수할 것인가. 그들은 침묵으로 존재한다. 그후 해마다 오월이면 무수한 행사 속에서 우리 곁에 묵묵히 서있는 그들을 꼭 떠올리게 된다. 그러면서 그들의 말은 살아있다고 믿게 된다.

　보이지 않으면 아득히 잊어버리는 게 우리 정서이다. 아니 눈앞에 있는 것도 치매성 환자처럼 인지하지 못한다. 본래적 자연이나 제 자신조차 말이다. 쏟아지는 반들반들한 말에 갇혀 존재는 자꾸 미끄러지고 만다. 침묵으로 존재하는 것들을 잊지 말자. 오월 햇살 속에 잠긴 그들의 침묵이 오히려 예언처럼 다가온다. 말도 행동도 함부로 펄럭이는 플래카드가 아니라, 사막을 넘는 낙타처럼 잠잠하고 끈기 있는 걸음이어야 하리라.

감사도 넘치고, 아픔도 깊으니 이래저래 오월은 뜨겁다. 진정한 앎은 깊이를 만든다. 진정한 사랑도 깊이를 만든다. 그 깊이의 특징이 침묵이다. 침묵은 상처를 아물게 하는 치유의 원천이다. 침묵은 어떤 이질적인 것도 조화시키면서 새로운 의미의 충돌도 함께 가지고 있다. 이는 성찰과 공부에 다름 아니며, 사랑의 방식에 다름 아니다. 영산회상에서 부처님이 연꽃을 들어 보이자 마하가섭이 미소짓는, 그런 대화를 배울 수도 있지 않을까. 묵언이나 묵상들이 얼마나 소통을 깊게 하는지 이해할 일이다.

우표 붙은 엽서 한 장 띄우는 건 어떨까. 인도철학자의 한 잠언처럼 다이아몬드의 영혼이 광휘라면, 영혼의 영혼은 사랑이다. 결국 사랑의 문제인 걸까. 침묵으로 존재하는 저들. 그래서 살아있는 저들의 언어들. 이 지구는 저 말없이 수고한 영혼들이 지키고 있는지도 모른다. 오월, 묵묵함의 찬란함을 본다. 진정한 존재감은 껍질이 아닌, 내면의 물관을 감지하는 일에 있으니.

모든 도리는 하나다

　삶은 무상하고, 우리 모든 노력은 그 무상을 견뎌내는 방편일 것이다. 그 방편 가운데서 공부로 맺은 관계는 어떤 인연보다도 긴 뿌리이다. 그 뿌리에서 얼마나 많은 잎과 꽃들이 피어날 것인가. 별반 재주도 없으면서 글에 대한 열정 하나로 뚬벅뚬벅 문학의 길을 한참 걸어왔다. 늦깎이로 들어선 이십 년의 여정에서 결국 삶이란 디딤돌로 구성되어 있음을 다시 깨닫는다.

　겨울햇살 깊어가는 저 하늘은 시간일까 공간일까. 무수한 빛방울로 넘치는 저 바다는 공간일까 시간일까. 주변을 둘러보면 나를 에워싼 모든 기억이 스승으로 다가온다. 시간이라는 스승은 마음의 장소를 불현듯 넓혀준다. 공간이라는 스승은 생각의 수평선을 짙게 한다. 오랜만에 종종걸음

멈춘, 마치 마그리트의 그림처럼 눈부신 허공에 디딤돌 몇 개가 환하게 떠오른다.

인생이란 다른 사람이 놓아준 디딤돌을 짚고 가는 여행이다. 누구에게나 크고작은 디딤돌이 많을 것이다. 서른다섯이라는 늦은 나이에 문학을 선택하는 순간 내 삶은 가없는, 바닥과 하늘이 없는 우주적 적막에 놓였다. 그 두려움 때문에 늦깎이 공부에 들어섰다. 아들이 중학교 들어가면서 시작한 공부는 나를 더 외롭게 했다. 내 영혼은 까마득한 밤의 숲길에 들어선듯 막막해졌다. 방송통신대를 다녔으나, 그것도 마음이 급해 독학으로 학사고시를 통해 학부 과정을 마쳤다. 그래서 내겐 학부가 없고 대학동창이 없다.

등단하면서 인연이 된 내게 대학원 공부를 권한 분이 김재홍 선생님이다. 대전에 살 무렵이었으니, 서울로 진학한 대학원은 몸과 마음에 버거웠다. 그 과정이 마치 밤의 숲길과 같았다. 길은 낯설고 홀로였다. 한참을 걸었는데 문득 방향을 찾을 수 없는 느낌. 두렵기보다 서러웠다. 보이지 않는 무수한 속삭임들이 숲을 더 깊게 만들었다. 문득 돌아보아도 돌아갈 길이 없다. 앞도 무한하고 뒤도 무한하다. 텍스트조차 한글인데도 도통 무슨 말인지 읽어낼 수 없었다. 그 끝없는 공부라는 허공의 공포. 서러움만 밀어닥치는데 문득 발밑을 버팅겨주는 디딤돌 하나가 느껴진다.

"야, 임마, 공부한다는 것이 얼마나 특별한 행복인 줄 아냐. 전생에 복이 많아야 공부할 수 있는 거야. 넌 복이 많은 거야."

그래, 공부는 복이 있어서 하는 거야. 이 말은 그날 이후 지금까지 손에서 책을 놓지 않는 중요한 디딤돌이 되었다. 정말 절실한 순간에 딛어야 할 어떤 디딤돌이 없다면 그 삶은 고꾸라지고 만다. 별 재주도 없이 문학에 대한 간절함만을 가지고 공부를 시작한 나에게 대학원 공부는 마치 전쟁과도 같았다. 대전서 살던 무렵이다. 대전에서 오가며 기차 속에서 훔친 눈물도 많다. 하지만 그 디딤돌을 디딘 후 생긴 '공부라는 복'을 견딜 수 있는 자신감은 오늘날까지 내 재산이다.

돌아보면, 밤길에 들어선 것 같던 그때 그때 디딤돌을 놓아주던 손길이 얼마나 많았던가. 혼자서 읽은 책 속의 무수한 스승들도 내겐 아름다운 디딤돌이다. 고독할 때마다 그 디딤돌을 딛으며 삶을 건넜다. 혼자 걸어야 하는 막막한 길목에서 그 디딤돌들은 양식도 되고 작은 울타리도 되고 단풍잎도, 구름도 되면서 나를 넉넉하게 했다.

백년어서원을 열어놓고 쩔쩔매던 무렵 내게 디딤돌을 놓아준 손길이 또 있다. 이 시대의 혼탁한 가치 속에서 문학이 할 수 있는 게 무엇일까 고민하다가, 문을 연 것이 백년어서원이다. 불신으로 가득한, 아무도 문학을 신뢰하지 않는 현실이 내겐 고통이었다. 내 나름대로 선택한 문학적 행동이었지만 이내 소외가 두려워졌다. 혹 글발이 떨어지지나 않을까, 문단에서 따돌려지지는 않을까. 그때 신라의 대선인 물계자 선생의 말씀이 다가왔다. '모든 도리는 하나다'라는 디딤돌이다.

"검술이나 음악이나 그밖에 무엇이나 열 가지고 백 가지고 간에 그것이

틀린 것이 아니라, 꼭 바른 도리이기만 하면 반드시 둘이 있을 수 없는 것이다. 이를테면 거문고를 탈 때 만약 손으로 타는 것이라면 아무 손이라도 같은 거문고 소리를 낼 것이다. 그러나 거문고 소리는 누구든지 다 같지 않다. 모두 손으로 타건만 사람마다 다른 것은 손이 타는 것이 아니라 손 말고 다른 그 무엇이 타는 까닭이다. 손이나 눈 말고 다른 그 무엇이 있는 것이니, 둘이 아닌, 그 무엇, 쉽게 말하여 그것을 사람의 얼이라고 해두자. 천 가지 만 가지 도리가 다 이 얼에서 생겨나는 것이니 이 얼을 떼어놓고 이것이니 저것이니 하는 것은 소그림자를 붙들어다가 밭을 갈려고 하는 거나 마찬가지로 허망한 소견이야."

얼을 떼어놓고 이것이니, 저것이니 따지는 것은 소그림자를 붙들어다가 밭을 가는 것일 뿐이라는 물계자 선인의 가르침이 크게 도전이 되었다. 중요한 것은 문학정신이다. 그것을 떼어놓고 문학인 것과 문학 아닌 것을 따질 필요가 없는 것이다. 모든 도리가 하나이듯 커피를 내리는 일도, 강의를 기획하는 일도, 사람을 대접하는 일도, 여행을 하는 일도, 피곤해서 꾸벅꾸벅 조는 일조차도 모두 문학이다.

오히려 소가 아니라 소그림자를 붙들고 밭을 갈려고 하는 게 오늘의 문학 현실은 아닐까. 문학과 삶이 따로 가는 게 아니라고 말하면서도 문학과 현실은 괴리되어 있다. 그래서 문학을 신뢰하지 않게 된 것이다. 하나를 보면 열을 안다는 말도 있지 않은가. 모든 이치는 하나이다. 백년어서원을 열 때 주변 모든 사람이 염려를 했다. '시나 제대로 써서 문학사에 남을 궁리를 해야지. 뭐 하러 그런 복잡한 일을.' 나를 걱정하는 것이었지만 나는 믿기로 했다. 밥하는 일이나 백년어서원을 운영하는 일이나 시를 쓰는 일이나 다 한 가지 문학이라는 것이다.

사회가 혼탁한 것은 시를 잘못 쓰는 까닭이고, 시를 실천하지 않는 까닭이다. 문학의 역할을 자본에게 빼앗긴 것은 전체를 하나로 보는 시선이 부족한 탓이다. 사람을 대접하는 일이 시쓰는 일과 다르지 않는 것이다. 이건 문학의 역할 이전에 삶의 도리를 말하는 것이다. 시의 도리를 내가 잘 몰라 사회가 이렇듯 혼란한 것이다. 백년어서원은 시를 쓰는 일에 다름 아니다. 세상의 도리라는 것은 다 하나로 통한다. 천 가지 만 가지 도리가 바로 사람의 혼에서 나오는 것이기 때문이다. 말 없기로, 향가를 잘 부르기로, 거문고 잘 타기로, 칼춤으로 유명한 물계자의 숭고한 정신을 붙든다. 도리란 두 가지가 없다고 당부한 선생의 말씀은 내게 든든한 디딤돌이다. 천만 가지 일과 천만 가지 이치가 둘이 아닌 것이다.

모든 것은 한 가지다. 모든 이치가 하나라면 사람을 사랑하는 일, 폐지를 줍는 일, 아프리카 난민을 위해 기도하는 일이 모두 시를 쓰는 일이다. 육 년째 접어들도록 어느 한 달도 흑자가 없는, 적자투성이의 백년어서원을 십시일반 마음을 모은 시민들이 붙들어주고 있다. 그들도 시인이다. 고단한 중에서도 백년어서원에 작은 디딤돌을 놓고 있는 손길들이 어찌 문학이 아닐 것인가. 시를 쓴다 하면서도 제 욕망을 따라가는 일은 시를 쓰는 게 아니다. 숨을 고르는 일, 얼의 자리를 닦는 일에 우선할 때 세상의 이치는 하나로 작동하는 것이다. 가장 어리석을 때, 가장 깜깜할 때 가장 무지할 때 등불을 켜주고 디딤돌을 놓아준 인연들로 충분히 내 삶이 가치 있으리니.

여민다는 것

운전하는데 저만치 무언가 움찔거린다. 깜짝 놀라 브레이크를 밟는다. 웬 너구리인가. 자세히 보니 바람에 쓸려 다니는 빈 비닐봉지이다. 괜히 가슴을 쓸어내린다. 부쩍 그런 착시가 잦다. 덜컹, 가슴이 자주 내려앉는다. 비둘기나 고양이라고 생각했던 게 다가가면 구겨진 신문지나 종이 뭉치이다. 나이 탓이기도 걸음이 바쁜 탓이기도 하리라. 몸과 마음이 아둔해져 사물의 면목을 착각하는 것이다.

생각해보면 빈 비닐봉지나 마구 구겨진 종이가 산 동물처럼 보이는 건 그나마 다행이다. 반대로 산 동물이 구겨진 종이처럼 보이면 어떡하겠는가. 죽은 것들이 살아있는 것처럼 보인이는 착각은 오히려 노화가 주는 선물일 수 있다. 살아있는 것이 죽은 것으로 보이면 얼마나 큰 재앙인가. 생명이 함부로 외면당하는 이 시대가 그렇지는 않을까. 혼재된 가치가 잉태한 온갖 기형적인 욕망은 얼마나 많은 것을 죽이고 있는가.

우리는 많은 것을 착각한다. 아름다운 착각이 있고 위험한 착각이 있다. 경쟁에 이겨야 한다는 착각, 빨리 가면 더 많이 가질 거라는 착각 등 본래가 아닌 것을 본래라고 믿는 물질적 착각은 위험하다. 그중에서도 돈이 우리를 행복하게 할 거라는 착각은 정말 아찔하다. 그런 착각들이 오만한 물상의 위계를 만들고 극단적인 소비사회를 몰아간다.

문학은 시대 전체를, 동시에 개체의 행복을 진단하는 더듬이로 작용한다. 존재를 증명하듯 자본주의는 무턱대고 여기저기 제 잣대를 들이대며 문학적이고 문화적이고자 한다. 우리는 그 어느 때보다도 문화예술에 성급하다. 빠른 시간에 무언가 문화적 성취를 해내지 않으면 조바심이 난다. 난무하는 문화정책은 모든 예술을 산업화시킨다. 기로에 선 문학을 본다. 모든 언어를 매춘으로 만드는 자본의 폭력이 절망스럽다. 글을 쓰는 게 글을 파는 느낌. 수치로 환산하는 저울질 속에 창조적이고 인간적인 언어를 심는 게 가능할까.

떼지어 움직이는 것은 아름다운 선을 만든다. 물고기떼나 새떼들, 개미 집단이 만들고 있는 흐름을 보면 그 오묘함이 신비하게 다가온다. 우리의 삶이 그렇게 자연적이고 오묘했으면 좋겠다. 역사와 문화를 향해 아름다운 선을 그을 수 있을 것인가. 다중지성의 시대라고 한다. 대중과는 달리 나름대로 독특한 체계를 가지고 긴밀하게 공유, 연대하는 이 지적 욕망은 사회 이슈에 합리적으로 반응한다. 정의를 위해 온몸으로 켜던 아름다운 촛불처럼 수평적으로 분산된 이 지성은 자유롭게 전체의 움직임을 이끌어낸다. 하지만 현실에서 이 다중지성의 뿌리가 얼마나 깊은 데서, 어디에 닿아 있는가가 궁금하다. 우리 전통 속에 있는 '모심의 사상'을 그 수원지 삼으면 어떨까. '함께' 하는 데에는 모시는 극진함이 우선이기에 말이다.

'여미다'라는 동사를 참 좋아한다. 이 말 속에는 단정함과 겸허함, 정성스러움과 조심스러움 그리고 어떤 의지까지 담겨져 있다. 이런 단어는 차분하고 자신을 돌아보는 순간과 연결되어 있다. 철이 들면서 옷깃 여미는 법을 배운다. 옷깃 여미는 자세에서 우리는 문득 자신을 환기하고 자신의 시간과 자리, 그리고 상대방을 환기한다. 거기에서 '모심侍'이 싹트며, 이것이 곧 회복지심이 아닐까. 함부로 서둘러선 옷깃도 마음도 여밀 수 없다. 배려란 그런 여미는 마음이 바탕이며, 그런 여밈이 또한 문학의 바탕이다. 배려를 잃어버린 사회에 문학은 어떤 의미가 있을까.

여미는 삶, 옷깃을 여미고 마음을 여미는 그래서 상대를 배려하는 힘이 진정한 문학적 지성인 것이다. 옷깃만 여밀 게 아니라, 추억도 여미고 관계도 여며야 한다. 다치고 무너진 무릎들, 버려지고 잊혀진 눈빛들, 가난하고 추운 영혼도 모두 여며야 한다.

걸음을 멈추고 돌아볼 때, 함께 할 수 있고, 모실 수 있다. 모심의 반대는 폭력이다. 살아있는 것들을 버려진 봉지처럼 보는 우리 현실의 폭력성이 두렵다. 버려진 비닐봉지도 살아있는 생물처럼 보이는 착시쯤 괜찮지 않을까. 그것이 배려하고 조심하는 마음에 이르기에. 아무도 그대를 사랑하지 않는다면 그대가 사랑하는 자가 되라는 인도의 잠언으로 하루를 여미어보는 것은 어떨까. 타자를 충분히 배려하는 여유 안에서 꽃도 꽃답고 의자도 의자답고 우리도 우리답다. 옷깃 여미듯 맑게 피어나는 저 목련들에게서 큰 자세를 배운다.

마음을 클립하다

　가방 안 틈새에서 굴러다니는 클립을 종종 발견한다. 원고를 갖고다니는 습관 때문일 게다. 잡동사니가 든 통마다 어김없이 오래된 클립 한두 개씩 먼지를 물고 있다. 서랍 속 작은 유리그릇에도 클립이 한 옹큼이다. 그다지 요긴하게 여기지도 않는다. 사용하곤 이내 던져놓았다가 다시 사용하곤 또 그만이다. 도구와 용품들의 세계에서도 클립은 거의 등급이 없다. 자연물도 공예품도 아니다. 새로울 것도, 특별할 것도, 애틋할 것도 없다. 어떤 은유나 기억을 담을 만한 틀도 되지 못한다. 은폐되어 있다가, 잠시 쓰이고 나면 이내 잊혀지거나 버려진다. 사소해도 너무 사소하다. 하지만 잠깐잠깐 스치던 기특한 느낌은 요즘 들어 갸륵한 느낌으로 바뀌었다.

매끈한 구부러짐. 이 반짝이는 금속은 무언가를 엮어내는 것이 역할이다. 묶는 도구들 중에서 가장 선량하다. 폭력적이지도 않고 침략성도 없다. 함부로 종이를 찌르거나 구멍내지도, 아프게도 하지 않는다. 가볍고 깨끗하고 부드럽다. 여리면서도 단호한 이 서푼짜리 존재는 모든 의미를 단정하게 한다. 나는 이것을 '여밈의 철학'이라고 부르고 싶다. 여민다는 말에는 소박하고 지극한 어떤 에너지가 있다. 여밈. 이것은 우리가 오래전에 잃어버린 개념 또는 행위가 아닐까. 클립을 사용할 때마다 맑고 단아한 손끝을 떠올리게 된다.

이 작은 금속도 자기만의 언어를 가진, 은폐된 '세계-내-존재'인 건 분명하다. '~을 하기 위한' 도구성으로 존재하는 이 존재자에게는 사건이 없다. 클립을 향해 무슨 사건을 구성하겠는가. 이 눈앞의 사물은 거의 주목도 끌지 못하고 어떤 은유도 없다. 웬만한 사물들은 삶 속에서 다양한 상징이 부여되기도 하지만 클립은 그렇지 못하다. 그래, 사건이 없다. 클립의 이야기는 사건이 없다는 것이다. 하이데거는 도구란 그 도구가 쓰일 수 있는 용도와 재료만을 지시하지 않는다고 했다. 이 도구적 존재자는 현존재라는, 그것을 이용하는 사람들에 대한 지시도 포함한다는 것이다. 분명히 클립은 나를 지시한다. 내가 글쓰는 게 직업인 작가라는 사실을 정확하게, 사건이 없이도 지시한다. 하여 클립은 마침내 내게 궁극의 질문일 수밖에 없다. 그것이 클립의 생명성일까. 소모품에 불과한 클립의 은폐는 도구의 존재양식뿐만 아니라 나의 존재양식도 선명하게 한다.

보잘 것 없는 이 작은 금속의 역할은 분산을 막는 것이다. 사무실의 목록 속에서도 쉽게 소외되는 클립은 결집하는 능력을 자기식으로 감당해낸다. 때문일까. 클립은 나에게 안정을 선물한다. 손을 빠져나갈 듯한 종잇장 몇 장과 그 불안을 클립은 가지런히 모아주고 여며준다. 그 순간 마음이 놓인다. 단아한 손끝이 맺은 고름처럼 모든 차림이 소중해진다. 고대 식물학자가 된 듯 뿌듯한 느낌을 주는 희디흰 A4 뭉치들도 결국 여미는 마음이 필요하다. 글쓰기라는 정신의 과정이 그러하고, 원고가 된 종잇장의 존재양태가 그러하다. 클립은 원고를 잘 여며준다. 그것이 점점 클립이 갸륵해지는 이유라고 할까.

클립은 무모한 반항도 허세도 영웅심도 없다. 그저 평범하면서도 유용하고 충실하고 신중하다. 작은 역할에 신실한, 그 반짝이는 혹은 오래 잊혀져 퇴색된 클립은 살아가야할 바탕으로 다가온다. 너무 사소하고 간단히 잊혀지지만 언제든지, 무언가를 묶어내는 역할에는 한결 같다. 그러면서 도구적 존재자의 성실함이 나에게 매번 확인시켜주는 것은 존재의 외로움과 외로움의 빛나는 단면이다. 쓸데없이 자존심이 상하거나, 괜한 피해의식으로 고통스러울 때 클립은 소슬한 목소리가 된다.

가지런히 모아준다는 것, 여며준다는 것은 새로운 미학이다. 산만한 것들을 제대로 존재하게 만들어주는 작은 사물의 노동, 한 마디로 그것은 단정하다. 한번도 강조하지 않았고, 한번도 그리워하지 않았고, 한번도 절실하지 않았지만 종잇장을 묶어주는 클립들을 볼 때, 나를 헤아리게 된다. 마음의 다발, 생각의 다발이 여며지는 것이다.

　흐트러진 마음이나 사람의 관계에도 반짝이는 작은 클립이 있었으면
싶을 때가 많다. 생각이 복잡할 때도 마음의 클립을 생각한다. 내가 클립
을 찾아낸 게 아니었다. 오늘도 클립은 뜻밖의 틈바구니에서 나를 찾아
낸다.

숨어서 빛난다

봄빛이 번져가는 아침바다를 보고 있으면 저절로 경이에 사로잡힌다. 반짝반짝 그득한 물비늘은 물의 환상 그 자체로 다가온다. 윤슬 한 올 한 올에 빛의 날개를 꿰매고 있는 어떤 손길이 감지되는 것이다. 물비늘은 그렇게 깊이에서 보내는 파장, 무한한 무선신호가 아닐까. 아득한 심연에서 누군가 생명의 등불을 켜서 자꾸 올려 보내는 느낌이다. 먼 데서 일어나는 한 울림이 금빛 파도를 만드는 것이리라.

그 바다를 통통통 돌아오는 작은 고깃배를 보면 마음은 다시 숙연해진다. 기술문명의 첨단 속에서 아직도 심연을 긷고 사는 일상이 삶의 진정한 깊이를 들여다보게 한다. 그 심연에서 끊임없이 울려나는 것들은 무엇일까. 성실한 노동과 겸허한 사랑, 낮은 눈빛과 고단한 근심들, 운동화와 사과알 그리고 아무리 힘겨워도 놓을 수 없는 그 무엇들. 숨어서 빛나는 것들. 보이지 않지만 우리를 살아있게 하는 것, 인간을 확신하게 하는 것, 존재를 예감하게 하는 사랑, 용기와 슬픔. 마음의 고깃배들이 그물로 건져 올리는 것들이리라. 이 모든 것이 하얀 등대와 같은 영성을 이루고 있는 건 아닐까.

장 지오노의 『나무를 심는 사람』에서 노인 부피에는 밤마다 도토리씨 앗을 가린다. 작은 등불을 켜놓고 도토리를 고르는 그 거친 손이 바로 이 시대가 잊어버린 종교이며 예술이며 문학은 아닐까. 황무지에 녹색의 대서사시를 쓰던 그의 절실한 노동이 다가온다. 그 자체로 고결한 수행이었던 철저한 침묵은 물과 숲과 사람을 돌아오게 하는 기적이 되었다. 강한 심장과 부지런한 손만이 그 비밀이다. 우리가 영혼을 가진 존재임을 확신한 손 말이다.

뒷골목에서 폐지를 모으느라 굽은 허리를 있는 대로 구부리고 박스를 묶는 노인의 손도 그러하리라. 예수 앞에 동전 두 닢을 헌금하는 가난한 두 과부의 손도 마찬가지다. 손등의 그 불거진 핏줄이 우리가 모든 걸 무릅쓰고 찾아야 할 영성인 것이다. 겨우내 베란다에서 비척비척 말라가던 화분이 문득 틔우는 새움이나, 시 한 편을 위해 밤을 지새는 시인의 고뇌, 앞에서 환하게 웃다가 뒤에서 몰래 닦아내는 눈물, 하염없이 모래밭을 걷는 실연 또한 그렇지 않겠는가. 소박한 일상 속에 묻혀 있는 이들의 믿음은 과연 어떤 빛깔일까.

광산에서 막 캐낸 원석은 우툴두툴한 돌멩이에 불과하지만 그 안에 아름다운 빛들이 내장되어 있다. 우리가 타고난 영성도 바로 이와 같지 않을까. 우리는 고뇌하고 상상하고 기도한다. 이 간절함이 우리가 영혼을 만나는 방식이다. 부자나 교만한 자들은 보이지 않는 것들, 숨어서 빛나는 것들을 잘 인지하지 못한다. 하지만 두 손이 비어있는 사람들은 대지가 은폐하고 있는 무수한 비밀을 감지한다. 하늘이 드러내는 별의 신비를 꿈꿀 줄 안다. 물상 속에 현존하는 영적 가치를 찾아낸다. 숨어서 몰래 빛나는 그들이 심연이다. 그들이 존재의 빛을 켜서 끊임없이 세계의 표면으로 올려주는 것이다.

표면은 완결이 아니며, 실체란 규정되지 않는다. 모든 것이 실체이면서 실체가 아니기도 한 것들이 삶의 밀도를 이루고 있다. 이 감춰진 것들은 대화적이다. 실상을 꿰뚫어보려는 마음의 힘, 대화적인 깨달음이 바로 영성이다. 숨은 보석들은 숨은 보석들을 발견할 줄 안다. 그들은 보여지는 삶을 선택하지 않는다. 남에게 보이는 삶보다 보이지 않는 삶이 가진 진리를 이해하기 때문이다.

깨어진 사금파리 조각도 짧은 햇살에 온몸으로 존재를 발휘한다. 숨어서 빛나는 것들도 언제나 온몸으로 가치를 발휘한다. 그 발광은 단순한 흐름이 아니라, 주위도 밝혀 주변의 존재감까지 끌어낸다. 삶의 표피에서 산란하는 빛이 아니라, 깊은 데에 번져나오는 빛이다. 이 빛은 언제나 생명의 역사를 관통하며 비린 탯줄을 만들어낸다. 철학도 예술도 생활도 결국은 존재의 영원성에 귀결된다. 영성이란 나뭇가지가 삭풍에 흔들릴 때마다 돋은 겨울눈과 같다. 오래 기다리며 끝내 근원을 피워내는 자연인 것이다.

무수한 신호등과 거대한 도로들이 함부로 엉키어 오만한 도시를 만들고 있다. 해일처럼 닥치는 소비적 정보에 인간의 영성은 매일 무너진다. 이 시대가 잃어버린 영성은 도토리알을 고르는, 생명을 찾아내고자 하는 손길에 달려 있다. 나의 문학이 부피에노인이 고른 도토리알, 그 작업을 닮을 수 있을까. 묵묵히 황무지를 오르내리며 나무심는 일을 흉내낼 수 있을까.

사람을 사랑하는 진정한 기도는 성속을 뛰어넘는다. 모든 실용주의를 뛰어넘는 영혼의 염려. 무조건 믿음이 아니라 근원을 기억하려는 선량한 의지. 가장 천상적이면서도 대지적인 그리움, 그리하여 '영혼'으로서의 그 사람을 사랑하는 것. 이 모든 것은 숨어서 빛난다. 숨어서 빛나는 삶에 대한 자긍심, 그조차도 숨어 빛난다.

꽃을
그리워하다,
꽃이
되다

당신, 어디 계신가. 어디메쯤서 물끄러미 돌아보고 있는가. 산그림자 안고 돌아서는 중인가. 삶이라는 긴 여행은 당신을 그리워하는 일, 그 자체인지도 모른다. 문화도 교육도 종교도 소비재가 되어버린 물질사회에서 정말 그대가 그립다. 성장과 풍요에도 불구하고 점점 폭력적인 현실이 막막하고 쓸쓸하다.

인간의 지성이 출현한 이후 많은 경전들이 생겼다. 이 무한에 대한 모든 물음은 결국 당신을 그리워하는 방편일까. 생명현상을 자각하면서, 또한 영혼의 실재를 감지하면서 사유해온 인간은 결국 무수한 언어와 개념을 만들고, 형식을 해석하는 지난한 공부를 시작했다. 무수한 것들이 분석되고 오독되고 있다. 하지만 지식을 건너오면서 잃어버린 자리, 그 근원의 숲에는 분열되지 않는, 분석할 필요가 없는 무수한 내가 하나의 얼굴로 기다리고 있다. 녹슨 철탑처럼 황폐한 기억들 속에 아직 뜨거운 전류가 흐른다고 믿는 눈빛들. 그들은 내 그리움으로 만날 수 있는 경계인들이다.

시간여행을 떠나오기 전의 기억들, 예지가 되지 못한 기억을 회복하는 일이 바로 내가 이 지구에 온 이유이리라. 온갖 힘으로 당신을 찾아가는 일이 곧 나의 여행이다. 마음수행이 유행이지만 기실 수행이란 타자를 찾아가는 길이 아닐까. 집착으로 생긴 고통과 무지는 결국 타자에 대한 무관심에서 비롯하며, 이는 계속 무관심을 낳는다. 우리는 함부로 무관심하다. 관심이란 모든 부조화를 극복하려는 의지가 아닐까. 살아있는 것들이 고통스럽지 않도록 배려하는 힘이 우주를 운행시킨다.

우리는 숨을 고르며 볕을 쬐는 평화로운 자연 자체였다. 아힘사, 불살생, 비폭력 등은 윤리 이전의 자연 세계이다. 정직함도 그렇다. 자기 자신과 남을 속이지 않는 것, 물질적인 거나 비물질적인 거나 부당하게 제 몫으로 가지지 않는 것, 말과 행동을 순결하게 하는 것 등은 생명 본래의 중요한 양식이었다. 도덕이란 계율이 아니라 기실 우리 안에 내장된 원형적인 힘인 것이다.

공부란 꽃을 그리워하는 일이고 꽃을 그리워하는 일은 진리에 대한 질문이다. 우리는 서로에게 서로를 부탁할 뿐이지만 말이다.

그냥 오래오래 깜깜했다. 하지만 씨방은 폭발적인 열망으로 계속 부푸는 중이었을까. 봄빛을 타고 여기저기 꽃잎 터지는 소리가 온 천지에 번진다. 씨앗이던 그리움들은 매순간 떨린다. 보이는 곳, 보이지 않는 곳에서 파문진 물결로 온 우주는 하나의 리듬을 입는다. 그 안에 온유한 등불이 밝히고 있는 사람들이 보이는가. 또는 슬픔의 옷을 껴입고 있는 떨림들, 우리 시대의 신음들을 감지해낼 수 있는가.

응시란 결국 존재에 대한 충실함이다. 그 응시로 인해 서로가 서로에게 새롭게 피어나는 것이다. 깊이 바라보는 것 자체가 얼마나 위대한 에너지인지. 응시는 타자를 찾아가는 첫 걸음이면서 동시에 경이를 지속하는 일이다. 이 실천은 어떤 노력에 의해서가 아니라, 꽃잎 떨리듯 감응의 시선 앞에 일어나는 자연 행동이다. 그 충실함은 은빛 자전거가 고대벽화 앞에 서 있는 것과 같이 흔쾌하다.

자신의 얼굴을 육안으로 바라볼 수 있는 사람은 없다. 우리가 바라보는 자신의 이미지는 모두 반사된 것에 불과하다. 정작 내 모습을 보는 이는 타자들이다. 내가 어떤 사람인지 이웃이 더 잘 안다는 말이다. 또 타자의 얼굴도 그들 자신보다 내가 더 정확히 볼 수 있다. 모든 존재가 꽃으로 피어있는 것이라면 어떻게 적의를 가질 수 있을까. 서로가 서로에게 기적이라면 어떻게 설레지 않을 수 있을까. 섬세한 떨림으로 서로 매듭지어진 무늬는 얼마나 경이로울까. 하지만 경쟁과 집착은 이러한 응시를 꺾는다. 딱딱한 시선으로 만난 관계는 두려움과 억울함으로 굳어버린 어떤 이물질 덩어리처럼 불편하다.

하여 나를 제대로 직면하는 일엔 용기가 필요하다. 내가 없고 내 것이 없음을 인식할 때 나는 무한으로 확장된다. 사랑하는 방식, 사랑이 시작되는 방식으로서의 이 질서는 이 별을 다양한 무늬로 수놓는다. 무상을 이해하는 방식은 오히려 너그러운 가치, 용기를 피워낸다. 강물은 그냥 흘러가는 게 순리이지만, 살아있는 물고기는 강물을 거슬러 올라가는 것이 순리인 것이다. 그것이 살아있다는 것이므로. 물살을 만들어내는 투명한 지느러미를 우리는 의지라고 부른다. 그 의지가 꽃을 피운다.

꽃을 오래 보는 것, 문학을 하는 일은 그러한 용기이다.

나는 당신에게 질문하고 당신은 나에게 답한다. 당신은 내게 질문하고 나는 답한다. 그래서 세상은 꽃밭이 된다. 우리는 씨방 속에 맺혀가는 씨앗을 느낀다. 생명을 그리워하는 힘이 자신을 생명으로 만든다.

꽃이 되는 일은 혁명이다. 모든 폭력과 욕망은 꽃을 도구로 활용하고 늘 혼란하게 하지만 결국 꽃은 모든 자리에 찬란하게 피어난다. 꽃답게, 피어나고 만다. 광대한 우주 속에서 적막한 속도로 45억 년을 저 혼자 돌고 있었을 지구, 고생대부터 인류 탄생 훨씬 전부터, 광활한 시간 속에서 꽃들은 피기 시작했다. 꽃은 그 어떤 생명보다 섬세한 우주의 혁명이 아닐까. 생명의 본성에 충실한 것들로 그득한 이 우주에서 타자를 끌어안을 때 나라는 존재가 향기롭게 완성된다. 사회를 끌어안을 때, 동물을 끌어안을 때, 바위를, 강을 끌어안을 때 우리는 완벽한 우주의 질서에 비밀처럼 편입된다.

　인류에게 주어진 수많은 경전을 머리로 가져갈 것인지, 가슴 속으로 가져갈 것인지 우리는 고뇌한다. 머릿속에서 분석하는 무수한 지식은 꽃이 되는 방식은 아닐 듯하다. 경전은 결코 가르침이 아니다. 경전의 언어들은 마음 깊숙이 자리하도록 내버려두고 꿈을 꾸어야 한다. 경전을 이해하려 들기보다 그냥 느껴야 하는 것이다. 진리란 끊임없이 이야기하기보다 그냥 침묵 속에 놓아두는 것이 낫다. 그러다 어느 날 문득 우리는 그 경전의 언어를 손으로 가져갈 것이다. 그 실천은 오래된 딱지를 뗀 분홍 속살처럼 우리를 살아나게 한다. 달래기보다 그냥 함께 울어주는 눈물처럼 치유의 힘을 발휘한다.

　불살생이 확립되면 그 앞에서는 모든 적의가 포기된다. 정직은 우주의 힘에 편승하고 가세하는 힘이다. 도둑질하지 않는다면 모든 방향으로부터 재물이 모여든다고 한다. 정조를 지키고 정액을 아끼면 남의 생각을 움직이는 능력까지 개발된다고 한다. 탐욕하지 않으면 자신의 과거 현재 미래를 안다고 한다. 하여 수행은 무엇을 위해 만들어진 결과가 아니라 무엇을 만들어내는 원인인 것이다. 누군가에게 아름다운 원인이고자 하는 기도가 바로 꽃이 되는 일이다.

　조용히 주변을 둘러본다. 눈에 보이는 순결한 속삭임을 응시한다. 원래 우리 안에 있던 그 무수한 타자들을 듣는다. 마주친다. 그리고 무한이라는 투명한 속삭임을 기억해낸다. 거기서 당신은 나를 기다린다. 하염없이, 따뜻하게, 그리고 눈부시게. 꽃이 되는 것은 진리에 대한 서로의 역할이리라.

　오늘도 나의 문학은 꽃밭에 숨은 씨앗 같고 나는 종일 햇빛받이를 해도 심심하지 않다.

샛골목, 뜨거운 별 하나

태어나 자란 곳이 산복도로 골목이어서일까. 나는 골목에서 늘 생명의 원형과 마주친다. 골목은 늘 시작과 끝이며, 입구이고 출구이다. 모든 길이 풀려나가는 곳이고 모든 길을 감는 곳이다. 실타래 같은 샛길들은 끊기지도 않고, 막힐 듯 이어진다. 지루해하지도 짜증내지도 않고 그 길을 끌어안고 성장했다. 그 엉킨 실타래가 별이 되기도 날개가 되기도 하고 시가 될 것을 알아챘던 걸까.

작업선 등불이 영도 앞바다에 풀어놓던 빛살들은 늘 꿈자락을 풀어놓은 듯했다. 유년시절, 산복도로에서 내려다보던 그 물결은 얼마나 큰 경이를 내게 선물한 것일까. 실꾸리를 풀어헤친 듯 파도를 안고 흐르던 빛의 결들은 모든 고단한 순례에서 삶의 궁극을 꿈꾸게 했다. 경이는 경외로 자랐다. 그 경외와 경이는 척박한 고원을 견디는 모슬렘의 경배, 파키스탄 북쪽 훈자마을의 미루나무들, 해발 오천 파미르에 깨알처럼 핀 흰 꽃들, 인도 고대신전의 그늘, 몽골의 자작나무숲과 지평선, 마야와 잉카를 흐르는 인디언 음악들, 사하라 낙타떼의 그림자, 고대도시 마추피추에서 한결같이 빛나고 있었다. 모든 여행을 거슬러가면 거기 영도 앞바다가 있다. 내 문학의 매듭을 풀다보면 거기 영도 앞바다가 있다. 그 바닷가의 끝자락에 언제나 산복도로 골목길이 타래를 만들고 있다. 그 타래 속에는 내가 존재하던 장소와 시간이 오롯하다. 내 엉킨 욕망들도 골목길에선 졸졸 개여울처럼 풀려나온다.

요즘엔 골목길보다 대로를 많이 걷는다. 10차선 도로를 달리기도 하고 광장에도 자주 선다. 넓은데도 불구하고 마음은 늘 엉켜 있다. 많은 것들이 함부로 부딪힌다. 단순하게 바라보아도 심각하게 바라보아도 늘 위험하다. 편리하고 실용적인데도 길에서 자꾸만 나를 잃게 된다. 거기서 많은 일을 해내지만, 편리하다고 믿지만 마음은 늘 종종거린다. 잘 풀리지 않는 실뭉치들이 자꾸 나를 상실시킨다. 한순간 신호등에 고개 돌리면, 이내 실꼬리를 놓친다. 근원을 찾지 못한다.

골목에서 나는 자유로워진다. 샛길들은 샛하늘을 가지고 있다. 그 샛하늘을 따라 나는 장소와 시간을 뛰어넘는다. 비로소 내 영혼이 나를 천천히 돌아보는 것이다. 그때 나는 날개를 꿈꾼다. 나의 DNA에 선명히 박혀있는 날개, 고요하면 그 날개를 종종 감지한다. 내가 하늘을 바라볼 때는 내

옆구리에서 날개가 감지될 때이다.

아름다운 제단으로 다가오는 샛길은 근원을 기억하라는 당부이기도 하리라. 이제 골목길은 나에게 시학 그 자체, 인문 그 자체, 근원의 매듭으로 걸어온다. 다시 골목정신을 회복하는 것이 이 극단적인 물질세계를 극복할 방편이라 믿게 된다. 묵묵한 어부의 투박한 그물질이 우리를 구원하리라는 것을. 그런 언어를 배워야 하는 것이다. 그래선지 고맙게도 동광동 인쇄골목은 내게 순결한 제단이다. 모든 우울이, 모든 그리움이, 모든 기도가 젯밥처럼 놓인다. 그것이 나에게 시이다.

백년어서원 셔터를 내리고 돌아서는 순간, 언제나 나를 응시하고 있는 별 하나와 마주친다. 늦깎이로 문학의 길에 들어서면서도 시도 제대로 배우지 못한 내가 스승으로 삼는 분들이 꼭 떠오른다. 김시습과 김수영. 그들의 고독이 아프게 닿는다. 깊은 공부로 유불선을 통달하고서도 방외인 문학으로 방랑하던 천재시인 김시습, 현실에 생목소리를 뱉어낸 반시의 문학인

김수영 등 그들의 날카로운 붓이 떠오른다. 발을 멈출 수밖에 없다. 자정이 가까운 시간에도 나는 못 박힌듯 한참을 서있곤 한다. 모든 중력을 이겨내고 날개를 다는 시간. 샛하늘에 떠있는, 눈시울 젖은 별 하나가 늘 뜨거운 까닭이다.

시인이 가난한 이유, 동시에 그 가난으로 해서 가장 부유할 수 있음도 그래서 안다. 그때, 가난은 시인의 훈장이라는 말이 참 당연해진다. 골목길은 시인의 길인 것이다.

우리는 서로 물 듭니다

계산하지 않는 계산

가까운 선배 중에 아름답게 성공한 이가 있다. '나눔의 능력'을 성공이
라고 한다면 말이다. 천성이 부지런한 그녀는 일하는 것, 노동 그 자체를
좋아한다. 그래서 자연이 좋아 사두었던 고성 시골집을 '동시·동화 나무
의 숲'으로 가꿀 거라며 늘 맨손으로 일을 해왔다. 오랫동안 아동문학을
지원해 온 그녀였다. 1만 5천여 평의 깊은 산자락에 뜻을 품고 나무를 가
꾼지 20여 년, 이젠 누구나 감동하는 문학의 숲을 이루었고, 그 향기가 깊
다. 고단한 노동으로 병원에 들락거리는 게 몇 년째인데 얼굴빛이 항상 환
하다. 아직도 주말마다 아픈 몸으로 여름마당 풀을 뽑으면서도 삼매경에
빠지고 만다.

성실하고 헌신적인 삶은 흉내낼 수가 없다. 모든 일을 몸으로 직접 해

내는 그녀에게 물었다. 행복한 삶의 비결이 무엇이냐고. 그녀의 대답은 단순하고 명쾌하다. "계산하지 않는 삶이지요." 그러면서 사랑하는 이에게 다짐하듯 다시 건넨다. "계산하지 않으면 정말 성공할 수 있어요."

계산. 숫자를 따지는 것. 일상은 숫자에서 시작되어 숫자로 끝난다. 숫자에 갇혀 있는 셈이다. 더욱이 우리는 이를 계속 계산하고 산다. 손해인가. 이익인가. 계산을 시작하면서 우리는 불이익을 두려워하게 되었다. 계산이 복잡해지면서 관계도 복잡해지고 상처도 복잡해지고 불평도 복잡해졌다. 끝없이 소유에 집착하게 하는 이 시대의 물질 구조는 인간에게 계산을 선물했다. 이 계산은 우리에게 불신과 불안을 안겨주었다. 10년 후, 20년 후를 열심히 계산하게 한다. 그래서 보험회사만 자꾸 많아진다.

계산을 안 하는 게 가장 큰 지혜지만 자본주의 세상에서 계산을 피할 수는 없으리라. 그렇다면 제대로 계산하는 법을 배워야 한다. 셈법을 제대로 익혀야 계산이 정확해지지 않겠는가. 어떤 게 정말 이익인지, 이익이란 무엇을 말하는지 분명히 따져보자는 것이다. 백년어서원이 6년차에 접어들자 주변에서 자주 묻는다. 어찌 운영되나요? 남는 게 있긴 있나요? 한눈에 보기에도 수익구조가 되지 않는 인문공간이 빤히 보이는 까닭이리라. 나의 대답도 늘 한 가지다. '가난하면 이슬이 달지요.' '돈만 안 남고 다 남아요.' '가난하면 하루하루가 기적이에요.'

정말 많이 남았다. 우선 사람들이 남았다. 따뜻하고 사려 깊은 사람들이 남고, 그동안 한 공부와 독서가 남았다. 관심과 배려가 남았다. 책이 남았고, 추억이 남았고, 무수한 의미가 남았다. 그리고 기적이 남았다. 이 모든 것은 계산으로부터 제외되어 있다. 남는다는 것이 무엇일까. 내 손 안에 남는다는 것이 꼭 물리적이어야 하는 걸까. 가난하면 우리는 사소한 일상이 얼마나 많은 기적으로 구성되어 있는지 체험할 수 있다. 무더울 때 한 줄기 바람이 서늘하게 다가오는 것처럼 말이다. 기적이 우리에게 남는다는 것, 일상의 모퉁이에 기적이 쌓인다는 것, 얼마나 무지한 이익인가.

『그리스인 조르바』에서 조르바는 물질을 정신으로 바꾸는 싸움을 보여준다. '나'라는 주인공의 광산은 망하면서 조르바의 춤으로 바뀌었다. 또 조르바의 춤은 자유를 깨닫는 '나'의 한 권 책으로 바뀐다. 예수는 물을 포도주로 바꾸었고, 또 포도주를 구원을 위한 피로 바꾸었다. 물리적, 화학적 변화를 넘어 포도주가 구원으로 바뀌는 것은 영적인 변화이다. 이른바 '메토이소노', 거룩하게 되기이다. 우리 앞에 놓인 물질들이 내게 와서 어떻게 변화할 것인가.

조르바는 '나'에게 묻는다. "두목, 음식을 먹고 그 음식으로 무엇을 하는지 대답해 보시오. 두목의 안에서 그 음식이 무엇으로 변하는지 대답해 보시오." 밥을 먹고 나는 오늘 무엇을 하였는가. 내가 먹은 양식들은 무엇으로 바뀔 것인가. 내 앞에 놓은 물질을 정신으로 바꾸는 작업은 오롯이 나의 선택이고 실천인 것이다. 존재의 고유한 정신을 끊임없이 물질로 바꾸고 있는 문화 현실, 갈수록 산업화되고 있는 예술을 보면서 마음은 자꾸 벼랑이 된다.

예수가 가르친 자발적 가난이나 부처가 가르친 무소유는 정말 우리에게 중요한 계산법을 가르친다. 이제 정말 생명을 제대로 헤아릴 줄 아는 계산법이 필요하다. 먼 데를 내다보는 계산, 영혼을 내다보는 계산, 사람과 사랑이 남은 계산을 배워야 한다. 이 계산법은 계산하지 않는 것이다. 결과를 바라지 않는다는 말이다. 내 오른손이 한 것을 왼손이 몰라야 하는 이치이다. 나누어주고 나누어준 것을 잊어버리는 삶이다. 내가 한 일에 대해서는 아름다운 기억상실이 필요하다. 준 것을 잊어버리고 또 주는 것이다. 줘 놓고도 더 못준 게 미안해서 자세가 낮아지는 것이다. 그것이 무위이다.

그럴 때 정말 세상은 환해진다. 함께 누리기 때문이다. 세상이 환해야 우리의 삶이 성공이지 않겠는가. 온통 계산하느라 머릿속이 자갈 구르는 소리로 가득하다면, 그래서 계속 이익을 추구하다보면 계산이 잘 맞지 않아 우울해진다. 불평할 수밖에 없고 속은 것 같아 억울하다. 그래서 법이 많아지고 변호사가 많아지고 죄인도 많아진다. 계산의 경쟁이 가져온 생명의 불안으로 우리는 암울하다. 오늘날의 극단적인 빈부격차는 정신적인 셈법은 물론 물질적인 셈법도 제대로 익히지 못한 결과이다. 1950년대 말부터 60년대까지가 미국 중산층의 최고 호황기였는데 그때 부자들이 내는 세율이 최고 91%였다고 한다. 100억 벌면 90억을 세금으로 내고 10억을 실수입으로 가져갔다는 것이다. 왜 그때를 호황이라고 부를까. 부의 독점은 그 사회를 퇴보하게 한다. 부를 사회적 공유물로 생각할 수 있는 사회가 결국 계산을 제대로 해내는 사회인 것이다.

멀리 보자. 계산 안에 있는 에너지보다 계산 바깥에 있는 에너지가 더 크다. 내가 누군가를 용서하고 사랑해주면 그는 또 누군가를 용서하고 사랑한다. 그것이 실뿌리처럼 뻗어간다. 내가 사랑을 뿌리면 우주 전체가 환해질 것이다. 계산은 그렇게 해야 하는 것이다. 이는 '심은대로 거둔다'는 이치 그대로다. 우리의 인연도 그렇고 희망도 미래도 그렇게 계산해낼 때 바른 계산법이 나온다. 나를 계산하기보다 남을 계산하는 것, 그것이 배려이고 환대의 정신이다. 돈 말고, 내게 남은 것을 헤아리자. 쉬운 말로 빈손으로 왔다가 빈손으로 가는 것임을 알아차린 건 아마 구석기 시대부터일 것이다. 그런데 우리는 진정으로 내게 남은 것이 무엇인지 왜 헤아리지 못하는가.

이왕 계산을 하려면 보다 자연적이고 우주적인 계산을 하자. 바다와 같은 계산, 산 같은 계산을 하자. 계산하지 않는 계산은 광활한 자연, 그 자체이다. 계산하지 않을 때 무수한 기적이 우리 삶을 이끌고 간다. 계산하는 머리로 우리는 별것을 다 구상하지만 모든 계산은 우리를 더 빈곤하게 만든다. 계산하지 않는 삶이 오히려 풍요롭다. 내가 우주가 될 때, 우주를 내 것으로 여길 때 계산하지 않은 마음이 가능하다. 스스로 자연임을 알 때 한 존재로 완성된다는 말이다. 아름다운 계산법으로 오늘 '동시·동화 나무의 숲'을 가꾸고 있는 박미숙선배에게 깊은 절을 올린다.

問, 聞, 文 그리고 門

햇살에 온통 빛바늘로 일어선 바다를 보노라면 바람이 어디쯤서 얼마쯤 불고 있는지 느껴진다. 바다를 무늬 놓고 있는 바람의 붓질을 읽게 되는 것이다. 아니 바람을 무늬 놓는 바다의 손길인지도 모르겠다. 산등성에 걸린 구름이나 길었다 짧아지는 나무그림자, 자전거의 늙은 안장이나 자꾸 고쳐도 자꾸 느려지는 벽시계를 볼 때도 그렇다. 자연의 흐름과 낡은 사물들은 우리에게 질문하는 것 같기도, 대답하는 것 같기도 하다. 그렇게 일상의 무늬들은 풍경과 동시에 삶의 이치라는 푸른 門문을 우리에게 선물한다.

門은 일상 중의 일상이다. 문을 열며 하루를 시작하고 문을 닫으면서 하루를 접는다. 출발이면서 도착인 문은 외계와 내계의 연결 또는 새로운 세계와의 만남 그 자체이다. 또한 열린 문은 자유와 가능성, 환대를 뜻하고 닫힌 문은 추방과 불운, 관계의 단절을 의미한다. 통과와 시작, 길흉화복의 통로, 경계, 탈출, 어려운 고비 등 문은 역사나 문화 속에서 다양한 은유로 활용되었다.

문명의 과정이란 새로운 門을 갖고자 한 인류의 지난한 노력이 아닐까. 하여 끊임없이 새로운 무늬를 꿈꾸면서 과학과 예술이 발전했다. 문의 종류는 너무 많다. 솟을대문에서 사립문짝까지 대문도 다양하고, 통유리문에서 찢어진 봉창까지 창문의 종류도 많다. 지구촌 각처에서 발전한 門의 문화를 찾아보면 정말 흥미롭다. 하지만 언제나 문은 바깥으로 향하거나 안을 들여다보는 소통의 역할이었다. 한 마디로 문은 꿈이었고 성장이었다. 어머니가 문이었고 친구가 문이었고 책이 문이었던 것처럼 말이다.

문학과 철학 속에서도 정신성, 영성의 이치를 설명하는데 문의 상징을 많이 사용한다. 노자의 『도덕경』에서도 '아득하고 아득한 곳, 모든 신묘함이 생겨나는 문이니라'며 문을 모든 이치나 생명의 발생처로 제시한다. 다시 말해 문은 내 안의 무한 자연과 내 밖의 우주를 존재의 관계 속으로 끌고가는 가장 근원적인 이미지인 것이다.

門문을 問문과 聞문으로 확장해보는 건 어떨까. 물음을 던지는 일, 그 답을 듣는 일이 곧 門문이다. 人間인문, 人聞인문, 人文인문 그리고 人門인문. 사람을 묻고 사람을 듣는 일이 곧 人文인문이다. 그럴 때 우리는 정말 아름다운 문을 만난다는 말이다. 묻는 일, 듣는 일이 바로 사람의 문을 여는 일이기 때문이다. 그 문을 열어야 거기 진정한 우리가 존재한다. 그 자리에 소박하고도 숭고한, 우주적인 내가 우리로 빛나는 것이다.

人文^{인문}을 人紋^{인문}이라고 흔히들 인용한다. 紋^문은 본디 文^문자에서 나왔다. 얼핏 봐도 文^문이 몇 가닥 실이 얽힌 모습이듯 文^문은 사람의 몸에 새긴 문신을 가리키는 상형이다. 사람의 무늬人紋를 찾아간다는 말은 바로 사람의 門^문을 연다는 말이다. 묻고問 듣고聞 글로文 쓸 때 생기는 결이 문紋이고 이 무늬가 사람의 문門을 만든다. 묻고 듣는 일 자체가 하나의 커다란 門^문임을 말하는 상형에 이미 옛 사람의 지혜가 빛난다. 질문을 만드는 것도 답을 발견하는 것도 간절함이 절대적이다. 절실한 태도가 의문하게 하고, 절실한 의문이 들을 수 있게 하고, 절실한 고뇌가 글을 쓰게 한다. 생명이란 가벼운 터치로 구성된 기계가 아닌 것이다.

하지만 우리의 현실은 너무 기계적이다. 스마트폰에게 묻고 컴퓨터에게서 듣고 사이버를 연다. 누군가의 체온에는 접촉할 수 없다. 아무리 무수한 정보 속에 있어도 눈빛으로 통하는 신뢰는 부재이다. 오늘날 우린 서로에게 가는 문뿐 아니라, 자신에게 가는 문조차 잃어버리고 만 건 아닐까. 생명경시는 바로 이런 현상에서 비롯되는 것이다. 기계화된 삶에 끊임없이 스스로 질문이 필요하다. 구조화된 시스템에 관한 의문이 절실하다. 의문하고 또 의문할 때 주변 모든 사물은 가지고 있던 답을 내어준다. 문제는 우리가 그들을 들을 수 있느냐이다. 구름도, 물방울도, 밭고랑의 흙덩이도, 가까운 사물이나 늘 사용하는 소모품까지도 우리의 질문에 대한 답을 가지고 있다. 그들 모두 생명의 무늬를 가지고 있는 하나의 門인 것이다. 제대로 깊이 들을 수 있을 때 우리 안에 생명의 파문이 인다. 그 울림으로 우리는 서로의 무늬를 읽을 수 있다.

영화 〈설국열차〉에서 꼬리칸으로부터 혁명에 성공한 남자는 드디어 엔진칸에 당도한다. 이제 마지막 문을 열고 구조를 전복하면 된다. 그러나 그 마지막 문 앞에서 송강호는 그 문이 아니라 옆에 있는 다른 문을 열어야 한다고 외친다. 그건 벽으로 알고 있던 문이었다. 너무 오랫동안 열리지 않아 잊고 있던 문이었다. 여기에 여러 상징과 은유가 작용한다. 소유에 갇힌 채 끊임없이 반복해서 돌고 있는 이 자본의 열차에서 우리는 문을 찾아내야 하는 것이다. 벽인 줄 알았지 문인 줄 몰랐던 오래된 문이 우리 속에 선명히 있다.

그 문밖에 흙의 세계, 가장 본래적인 존재를 기억하게 하는 자연이 기다린다. 너무 오래 열리지 않아, 벽이라고 생각한 내 마음의 문은 없을까. 아파트 단지들의 무수한 문들을 본다. 무수한 현관문들, 무수한 창문들, 수도 없이 닫히고 열린다. 그러나 잊고 있었던 큰 문을 기억하자. 문고리를 당기자. 거기엔 꿈이 필요하고 사랑이 필요하고 용기와 절망이 필요하다.

나뭇잎 하나하나가 우리에게 문이다. 물결 하나하나, 만나는 사람사람이 모두 서로에게 비밀의 열쇠이다. 우리 주변에 대답처럼 놓인 저 사물을 듣고, 저 들꽃을 듣고, 저 사람을 듣고, 저 자연을 듣자. 그래서 우리의 모든 것이 門으로 열릴 때까지 묻고 듣자. 그때 우리는 사람의 무늬로 서로 반짝일 수 있으니까. 우리는 과연 삶에 얼마나 절실할 수 있을까. 門^문에 대한 問^문과 聞^문과 文^문과 紋^문의 단상이 윤슬처럼 흐르는 오후, 그리운 사람들이 많아진다.

산제사를 위하여

디오니소스로부터 황금의 손을 선물받은 미다스는 얼마나 행복했을까. 바윗돌이 황금으로 변하는 순간의 환희를 떠올려보라. 하지만 그는 이내 그것이 얼마나 큰 불행인지 깨닫게 된다. 빵도, 포도주도, 사랑하는 딸조차도 만지는 순간 황금으로 변해버린 것이다. 예언의 능력을 선사받은 카산드라도 설득력을 잃게 되면서, 아무리 진실한 예언도 누구도 믿지 않는 비운의 삶을 살았다. 쓸모없는 예지력이란 얼마나 고독한 것일까. 베짜는 솜씨가 너무 뛰어나 아테나에게 도전했다가 거미가 되어버린 아라크네의 고통도 같은 불행이다.

이런 신화들은 행운과 재능이 행복이 되기는 어렵다는 진실에 닿아 있다. 하지만 행운과 재능에 급급한 현실이다. 어떤 행운이 행복을 줄 거라는 착각은 생명성을 왜곡시킬 뿐이다. 어쩌면 행운이 다가오는 순간은 하나의 위기가 아닐까. 특히 편리하게 다가온 행운은 위험한 칼날이다. 욕망과 오만과 질투의 굴레에 쉽게 갇히기 때문이다. 그러나 현대인은 그것을 전혀 감지하지 못한다. 때문에 지금도 복권과 같은 행운에 간절히 매달려 있다.

정말 중요한 행복의 조건이 있다. 바로 낮은 자세, 빈 마음이다. 온몸을 땅에 붙인 땅꽃처럼 낮아질 때 세계가 아름다운 화음으로 작동하는 울림을 들을 수 있다. 또 스스로 비워낸 자리에 주변의 울림이 공명한다. 그때 존재는 강렬해진다. 가난한 자가 복이 있다는 예수의 교훈은 바로 이런 의미가 아닐까. 이러한 청빈과 겸허는 풍요로운 상상력에서 돋아난 잎새들이다. 상상력이 부족하면 눈에 보이는 물신에 밀릴 수밖에 없다. 물질의 힘을 뛰어넘는 상상력이 있을 때 보이지 않던 잠재된 세계가 드러난다.

청빈과 겸허는 보이지 않는 세계를 깊이 감지하는 무한한 지혜가 된다. 그래서 상상력이 필요하다. 상상력은 숨은 질서를 회복하는 원동력이 되기 때문이다. 낮은 차원에서 고립된 것들은 한 차원 위로 오르면 만날 수 있다고 하지 않던가. 그 숨은 차원을 찾아가는 상상력은 먼데서 겨울숲을 뚫고 걸어오는 봄빛과 같다. 상상력을 통해 일상의 속도에서 잠시 벗어나, 먼지투성이 마음을 닦아내는 것이다. 그렇게 우리의 신을 만난다. 그때 만나는 신이란 가장 본래적인 나이리라. 다른 지식은 공부를 통해 채울 수 있지만 상상력은 그럴 수 없다. 경직된 상상력은 혼란스럽다. 청빈과 겸허는 이러한 혼란과 단절을 치유하면서 끊임없이 세계와 관계 맺으려는 물결이 된다.

공존의 가능성에 대한 이 자연적 감성은 상고 때부터 제의의 형식으로 표출되었다. 제사란 우주적 상상력, 자연물에 통합하는 상상의 행위가 아닌가. 제사는 죽음의 형식과 가장 맞닿아있는 삶의 형식, 또한 과거 형식과 가장 맞닿아있는 미래 형식이다. 하여 제사는 그리움의 형식이며 동시에 소망의 형식이 된다. 소통을 고대하던 제사는 한 마디로 근원에 대한 그리움이었다. 어찌 제사가 간절한 봄빛이 아닐 수 있으랴. 기억과 예지, 그 상상력을 통해 생명에 공명하는 힘, 이것이 산제사이다. 청빈과 겸허한 삶은 바로 그 예물인 것이다.

이처럼 청빈과 겸허는 삶을 극진하게 하는 산제사와 상상력의 아름다운 방정식이다. 스스로 적게 쓰면 청빈, 쓰고 싶은 데 못 쓰면 극빈, 스스로 굽히면 겸손, 억지로 굽히면 비굴이 된다고 하지 않는가. 현대인은 비굴한 정신과 빈곤의식으로 가득하다. 그것을 우리는 어쩔 수 없는 현실이라고 부른다. 산제사라는 아름다운 내력을 잃어버린 시대, 오늘날 그 현묘함을 잃어버린 우리 영혼은 지구의 자기장 밖을 떠도는 건 아닌지. 하지만 자발적 가난을 선택할 때 우리 몸속에 숨은 잎눈들이 무수히 돋아날 수 있다. 햇살을 그러모으는 봄꽃을 떠올려보라.

이 시대의 산제사는 이러한 빈 마음이다. 본래의 극진한 마음들은 어디로 갔을까. 무릎을 낮춘 제의를 어디서 찾을 수 있을까. 제의를 잃어버린, 이 영악한 문명 속에서 어떤 실천이 산제사가 될 수 있을까. 청빈으로 산제사로 드린다는 것은 결국 연기緣起를 이해한다는 말과도 같다. 내가 엎드린 자리에 산수유도 피어나고 흰민들레도 피어난다. 물신을 뛰어넘고 자연스러워지는 것이다. 많은 일을 해도 마음이 단순한 사람이 있고, 별일도 하지 않으면서 마음 복잡한 사람이 있다. 제 감정으로 꽉 찬 사람은 스스로 복잡해 간단한 일도 어려워진다. 반면 마음이 단순한 사람은 많은 일을 묵묵히 해낸다. 마더 테레사처럼 말이다. 나를 비우면 세상은 넓어지는 것처럼, 마음이 가난하다면 얼마든지 많은 일을 해낼 수 있음이다.

모든 신화에서 교만은 항상 패망의 원인이었다. 어떤 신이든 교만에 대해서는 가차없이 응징했다. 인간의 자만은 언제나 자멸로 이어졌다. 오만이 극대화된 자본의 시스템에 갇힌 인류의 현실을 어찌할 것인가. 생각지도 못한 불행에 원래의 손을 되찾기를 탄원하는 미다스에게 디오니소스는 말한다.

"미다스여. 팍톨로스강으로 가되, 그 강의 원천까지 거슬러 올라가 그곳에서 그대의 온몸을 담그라. 그렇게 하면 그대가 저지른 과오와 벌이 씻기리라."

팍톨로스강의 발원지까지 올라가 목욕하고서야 미다스의 손은 원래대로 돌아온다. 그때부터 미다스는 부귀영화가 별로 달갑지 않았고, 시골로 돌아가 들판의 신인 판을 경배하며 살았다. 황금만능에 사로잡혔던 미다스가 찾아 올라간 자리, 강이 시작되는 곳, 그 수원지는 물질에 갇힌 우리 삶에 중요한 은유가 된다. 행운과 재능이 아닌 것이다. 황금의 손을 버리고 다시 본래적인 자신이고자 할 때 내가 거슬러 올라가야 할 근원은 어디일까. 청빈과 겸허, 봄빛이 맨발로 뛰노는 푸른 발원지를 상상해본다.

매
화
배
달
부

하동 사는 친구가 망울이 총총한 매화가지를 한 아름 안고 백년어서원에 들어섰다. 해운대에서 초등학교 교사를 하던 친구는 문득 결단을 하고 지리산 자락으로 들어가 매실농사를 짓고 있다. 하동읍에서도 한참 산골짝을 타야하는 그 집에선 발치 아래 저만치 멀리 섬진강이 흐른다. 손수 원두막을 짓고 매화밭을 꾸려가는 친구의 용기를 시샘한지 오래다. 그녀가 아끼는 강아지조차 부러웠으니.

고맙게도 그녀가 부산까지 봄을 배달하러 온 거다. 친구가 다녀간 다음날부터 매화가지는 제 임무를 수행하려는듯 흰 꽃망울을 터뜨리기 시작했다. 계단참이 매화향기로 술렁였다. 덕분에 어느 해보다도 봄을 가깝게, 이르게 맞이한 셈이다. 망울 송송한 매화를 안고 있던 친구 모습은 아마 뇌리 속에 오래 애틋한 향기로 피어오를 것 같다.

어쩌면 우리 삶은 배달부로서의 삶이 아닐까. 사이 '間간'이 보여주듯 인간이 관계의 존재인 것은 누구나 인지하고 있다. '사이'란 결국 인간이 서로에게 무언가를 실어날라야 하는 역할을 전제로 한다. 우편배달부를 보면 괜히 반갑지 않은가. 그가 어떤 '사이'를 배달 중이기 때문이다. 이렇듯 우리는 존재 방식 자체로 자신을 배달하는 우체부가 아닐까. 모든 안부나 기다림이 그렇고 악수나 눈빛이 그렇다. 우리는 김치통이나 순대를 나르기도 하고 꽃이나 책을 나르기도 한다. 시와 음악을, 화평과 치유를 빵처럼 나르기도 한다.

결국 이 지구별에 태어난 자체가 배달부의 삶이 아니겠는가. 우린 무언가를 배달하러 이 땅에 온 것이다. 무엇인가 전달하는 행위는 존재의 무한심층을 이루고 있다. 무엇을 배달할 것인가. 언제, 누구에게, 어떻게 배달할 것인가 하는 숙제를 받아온 것이다. 그것이 바로 우리가 만남이라고, 사랑이라고 부르는 일상이다.

이 시간 이 자리의 내 문학은 과연 어디쯤 닿아있으며 흘러가고 있는 것일까. 만남도 사랑도 내게서 발원되는 세계이다. 내가 저 우주로부터 가져온 삶의 비의를 어떻게 전하고 갈 것인가. 내가 담아온 신비는 역시나 타자들이 품고온 신비와 짝을 이루거나 퍼즐조각으로 서로 완성된다. 생명의 의미란 그런 것이다. 내가 쓰는 언어와 사유는 얼마나 작은 퍼즐일까.

배달할 것이 너무 많다. 하지만 우리는 제대로 건네지 못한다. 물건도 사람도 지식도 소비적인 소유에 갇혀 있다. 소유하고 있다면 그 많은 비의들이 몰락하고 있는 것이다. 진정한 소유란 끊임없이 흘러가는 강물과 같다. 불가에서 무소유를 이르지만 무소유는 가지지 말라는 것이 아니라, 제대로 흘려보내라는 것이다. 그 물결이 우리를 늘 새롭게 반짝이게 할 것이기에.

나는 나룻배
당신은 행인

당신은 흙발로 나를 짓밟습니다
나는 당신을 안고 물을 건너갑니다

나는 당신을 안으면
깊으나 옅으나 급한 여울이나 건너갑니다

만일 당신이 아니 오시면 나는 바람을 쐬고 눈비를 맞으며
밤에서 낮까지 당신을 기다리고 있습니다

당신은 물만 건너면 나를 돌아보지도 않고 가십니다그려
그러나 당신이 언제든지 오실 줄만은 알아요

나는 당신을 기다리면서 날마다 날마다 낡아갑니다

나는 나룻배.

당신은 행인.

만해의 「나룻배와 행인」이다. 매화를 안고온 친구는 한 척 나룻배였다. 누구나 나룻배의 삶을 살고 있다. 동시에 누구나 행인이기도 하다. 관계를 서로 이어주고, 나 또한 누군가를 통해 인연을 맺는다. 한 존재를 어딘가 닿게 한다는 것. 그 자체로 얼마나 귀중한 신비인가. 그때 우리 만남은 생명적일 수 있다. 함부로 만나고 함부로 헤어지는 것이 아니라, 서로를 삶의 선물로 여겨야 한다. 연緣을 이어준다는 것, 바로 우리가 이 별에 있는 이유이며 서로를 완성해나가는 방편인 것이다.

나룻배가 되어 누군가를 건네주고 나루에서 혼자 삐걱이는 순간 진동하는 것, 그것이 사랑이다. 사랑을 일깨울 수 있는, 존재감을 전할 수 있는 바로 지금, 바로 이 자리가 세계 전부인 것이다. 그렇게 우리는 어떤 손길, 어떤 눈빛, 어떤 공간을 통해 새로운 진정성을 만나는 나룻배다.

나룻배가 되어준 매화배달부 친구, 기꺼이 행인이 되어준 매화가지들이 너무 고맙다. 그리고 친구는 또 휭하니 돌아갔다. 혼자 하동 산마루에서 삐걱이고 있을 것이다. 그녀의 뒷모습을 보면서 나도, 내 문학도 매화배달부가 될 수 있을까, 곰곰 헤아린다. 가장 가까운 이에게 전달하는 꽃잎 같은 관심이 서로를 존재하게 하고 동시에 이 시대를 버텨가는 버팀목인 것을. 꽃화분 하나, 아니 엽서 한 장 배달할 수 있다면, 삶은 얼마나 특별한 문학이 될까.

그늘 '지극, 이라는

시대가 참 '함부로'이다. 함부로 문을 열고 함부로 문을 닫는다. 함부로 사랑하고 함부로 이별한다. 함부로 생산하고, 함부로 소비하고, 함부로 편리하고 그리고 함부로 포기한다. 한 마디로 지극함을 잃어버린 시대이다. 예전 우리 삶에는 지극함이 있었다. 용왕님께도 빌고 산신에게도 빌었다. 정화수를 떠놓고 달님에게도 빌고 나무에게도 빌었다. 천지신명을 믿고, 매사 지극함을 믿어 '지성이면 감천'이란 말이 서로에게 위로가 되었다. 그래서 기다릴 수 있었다. 지성至誠도 버리고 감천感天도 버렸다. 어디서 우리는 감동할 것인가.

지극至極은 더할 수 없이 극진함을 말한다. 극진極盡이란 정성이 더할 나위 없이다. 극極에는 사물의 최상 최종의 곳, 지극히 미묘한 곳 등의 뜻

이 담겨 있다. 그 풀이에서 중요한 건 극이 어떤 방향성을 가지고 있다는
것이다. 곧 어디에 지극할 것인가가 문제라는 말이다. 돈에 지극할 것인
가. 명예나 어떤 욕망에 지극할 것인가. 생명에 지극할 것인가. 천천히 반
추해보자. 지극이란 존재를 향하는 것, 곧 타자에 대한 궁극함이다. '혼자
만'의 행복은 결코 지극한 움직임을 만들어내지 않는다. 지극함은 생명에
의 공경을 전제로 한다. 함부로 무언가를 외면하거나 무시하는 사람은 아
무리 열정적이어도 지극함을 가질 수 없다.

　우리 동네 골목 어귀에는 푸성귀를 파는 할머니 몇몇이 종일 나란히 앉
아 있다. 서로 같은 걸 파는 것 같아도 자세히 보면 그날그날 각 할머니들
이 가진 푸성귀가 조금씩 다르다. 오늘 한 집에 배추가 좋으면 옆집에는
고구마가 좋다. 한 집에 미역이 있으면 바로 옆집에는 파를 잘 다듬어놓았
고, 그 옆집은 모과를 갖다 놓았다. 얼핏 같은 좌판처럼 보이지만 나름대
로 충분히 배려하는 마음을 보여주고 있는 것이다. 그곳을 지나면 삯바느
질집, 세탁소, 이발소, 치킨집이 나란하다. 일년내 별 변화없는 풍경을 보
면서, 아무렇지도 않는 잔잔한 일상이 참 지극하다는 것을 발견한다. 하
루하루가 365일 같은, 평생이 하루 같은 그들의 성실함이 어찌 지극이 아
닐 것인가.

　지극함이란 씨앗을 적시는 미세한 습기와 같다. 보이지 않는 데서 생명
을 준비하는 힘 말이다. '神奇卓異非至人신기탁이비지인 至人只是常지인형시상'.
지인至人이란 신기하거나 특이한 것이 아니라, 다만 평범할 뿐이라는 채

근담의 말이다. '지인'은 지극함에 이른 사람을 말하는데 이는 모든 존재와 하나된 상태라는 의미를 품고 있다. '나는 이렇고 이렇다'는 장벽이 제거되어야 하나가 될 수 있다. 참된 도를 가진 사람은 오히려 평범하다. 항상성을 이해할 때 평범할 수 있으며, 햇살이나 바람처럼 생명을 키워낼 수 있다. 마치 모래사장에 놓인 소라고둥 같이 시간과 공간을 조율시키는 힘이 있음이다. 또한 그건 무한히 펼쳐진 밤하늘과 같다. 모든 별은 제자리에서 빛나면서도 시공을 가로지르는 광대함을 보여주지 않는가.

보도블록 틈 납작한 풀잎에서 지극함을 본다. 상처에서 돋는 새살에서, 따뜻한 붕어빵에서, 부러진 의자다리를 처매 놓은 노끈에서도 지극함을 본다. 잘 마른 북어의 눈빛에서도, 걸음마를 막 떼는 아기 발목에서도 지극한 몸짓을 본다. 매사 최선을 다하는 몸짓, 최선으로 흔들리는 모든 움직임이 지극하지 않겠는가. 운명運命을 말할 때 '운運'은 옮기다, 움직이다의 뜻을 가지고 있다. 변화하는 것이 운명이라는 말이다. 결국 운명은 남이 주는 것이 아니라, 자신이 스스로 만들어 가는 지극한 노력을 이름에 다름아니리라.

지극함은 조금 불편하다. 시간이 걸린다. 그래서 지극함은 기도의 자세를 닮지 않을 수 없다. 숨어서 빛나는 외로움처럼 모든 지극함은 따뜻한 체온을 가지고 있으며, 섬세한 파문을 가지고 있다. 어떤 물신화된 구조 속에서도 이 지극함을 회복한다면 인간은 어떤 겨울도 춥지 않을 것이며, 어떤 어둠도 캄캄하지 않을 것이다. 이 지극함에서는 고통이 곰솔의

그늘 같은 기다림의 여백이 된다. 다른 사람을 충분히 돌아볼 때, 사물에
도 마음을 다할 때 기다림의 지혜가 작동한다. 마음이 충분히 낮아진 까닭
이다. 햇살의 모퉁이에서 '함부로'가 아닌 '지극한 고요'를 본다.

희망이 있는
지옥을 위하여

『신곡』에서 단테는 철학자들을 지옥에 가두었다. 피렌체를 떠나 20여
년 유랑 속에서 집필된 이 대서사시는 신화와 현실을 넘나들며 인간의 조
건을 광대하게 그려내고 있다. 시대의 타락을 조롱하는 단테의 주관이 작
용하고 있지만, 삶의 모든 주제를 담은 지옥과 연옥, 그리고 천국은 전체
적으로 고뇌를 통하여 순화되는 영혼의 행로를 보여준다.

그중 지옥편은 재미있다. 충분히 오늘의 문명을 비추어볼만하다. 무신
론자나 이교도를 비롯, 미식가와 폭식가, 재산을 모은 자와 낭비자, 신과
자연을 모독한 자, 유혹한 자, 아첨한 자, 반역한 자 등 역대 실존인물에서
부터 신화적 존재에 이르기까지 엄청난 죄인들이 아홉 개 지옥의 층을 이
루고 있다. 그중 제1지옥에 호메로스, 헥토르, 소크라테스, 플라톤, 아리

스토텔레스, 히포크라테스 등이 갇혀 있다. 왜 그는 영웅들과 위대한 이성을 첫 지옥에 가두었을까. 그동안 인류가 추구해온 모험과 이성은 삶을 구원할 수 없다는 데서 따가운 메시지가 되지 않을까. 개념과 인식이 번성한 시대이다. 이성은 혼잡한 언어를 번성시켰다. 불교에서도 기어綺語를 많이 사용하는 자는 무간지옥에 떨어진다. 이성과 개념은 그만큼 위험하다는 말이다. 인간의 이성과 철학을 상징하는 베르길리우스조차 천국 여행에는 동행하지 못한다.

문제는 희망이다. '여기 들어오는 너희는 온갖 희망을 버릴지어다' 지옥문에 새겨진 문구이다. 지옥이 지옥인 까닭은 희망이 없다는 것이다. 현실 속에 자리하고 있는 저 깜깜한 지옥들은 사실 희망의 상실을 경험한 의식의 표현들이다. 어두운 지하세계나 외딴 섬, 영혼들이 형벌을 당하는 깊은 심연, 끊임없는 갈증을 느끼는 지하의 차갑고 어두운 곳 등은 결국 희망이 사라진 곳을 말한다.

고대인의 종교에서 죽은 사람이 거주하는 장소는 영혼의 종착지이다. 힌두교나 원시불교는 지옥에 대한 견해가 좀 다르다. 지옥은 영혼의 도정 가운데 한 단계에 지나지 않는다. 모든 행위에는 결과가 따르며 그에 따라 환생하기 때문에, 저승 밑에 있는 지옥은 궁극적인 의미가 없다. 결국 영혼은 '궁극의 영혼'에게 돌아갈 것이며, 그렇게 될 때까지 윤회의 바퀴를 돈다. 힌두교에서는 영혼의 궁극에 오르는 길에 지혜, 행위, 믿음이 있는데 그중에서도 믿음의 길이 가장 지고하다고 한다. 단테와는 전혀 다른 방

길 길
의 의
일 일
탈 상
,

　길은 언제나 일상이고 동시에 일탈이다. 그래서 길은 다양한 문학적 상
징성을 지닌다. 아침저녁 내가 다니는 길이 있다. 송도 윗길과 아랫길이
다. 송도에 살다보니 매일 다닐 수밖에 없는, 아주 일상적인 길이다. 하지
만 이 길은 동시에 매일 일탈을 가져다준다. 늘 마주치는 무덤덤한 풍경이
매번 삶의 경이를 환기시킨다. 내가 찾기 전에 이미 나에게 많은 의미를
선물하고 있다는 말이리라.

　송도 아랫길은 언제나 비리다. 충무동 새벽시장을 거쳐 공동어시장을
지나 수산회사 냉동창고들을 관통하는 내내 쩐 비린내가 따라온다. 총총
히 얼룩져 흐르는 간판들. 막창집, 시계방, 건재상, 실비집, 만물상회, 꽃
집, 슈퍼 등이 이어져 있고, 생선 도매집들이 줄지어 있다. 결코 세련되지

1930년에는 나시크에서 칼라람사원 출입할 권리를 따내려 떼거리로 모여 투쟁했다. 결국 폭력사태까지 발생하고 마는데 어려움 속에서도 간헐적으로 투쟁을 지속했다. 분노한 정통파 힌두인들은 불가촉천민들을 엄청나게 학대했다. 이 운동은 결국 5년만에 실패로 돌아가는데, 정통파 힌두인들을 굴복시키는 일은 불가능하다고 판단한 암베드카르는 인근 마을 욜라에서 군중집회를 연다. 그는 힌두교와 결별한 다음, 그들에게 평등하고 정당한 대우를 보장해 주는 다른 종교를 선택할 때가 되었음을 깨달았던 것이다. 힌두교와의 결별을 선언한 지 20년 만에 불교로의 개종을 선택한다. 오랫동안 불교 관련 문헌을 연구하며 숙고한 끝에 내린 결론이었다.

'아버지'라는 뜻의 '바바 사헤브'라 불리는 암베드카르. 그는 1956년 12월 6일 이른 아침, 잠이 든 채 세상을 떠났다. 그는 비록 떠났지만 현대 인도 헌법의 기초자이자 탁월한 행정가, 최하층 계급의 지도자이자 용감한 인권 옹호가, 뛰어난 교육가이자 불교 부흥운동의 아버지로, 무엇보다도 불가촉천민들의 바바 사헤브로 오늘날에도 인도인들에게 존경을 받는다. 암베드카르의 투쟁으로, 인도에서는 1955년 불가촉천민법이 제정되어 하리잔에 대한 종교적, 직업적, 사회적 차별을 금지하고 있다. 하리잔 출신의 장관도 배출되었다.

한 사람의 엄숙한 선언은 얼마나 아름다운가. 그 투쟁과 용기는 별빛과 같다. 물론 인류사 자체가 자유를 향한 역사이다. 그리고 아름다운 전

회를 지배하는 카스트제도였다. 뿌리가 깊고 견고한 카스트 안에서 불가
촉천민의 인권을 주장하기란 쉽지 않았다. 오히려 상위 카스트들은 불가
촉천민이 자신들과 동등한 권리를 가지려는 태도에 모멸감을 느끼며, 온
갖 폭력을 동원해서 저지했다.

1927년 3월 그는 물도 마음대로 떠먹을 수 없는 불가촉천민 1만여 명을
이끌고 마하드에서 상수원인 초다르 저수지까지 행진했다. 그 저수지에
서 물을 떠마심으로써 물 마실 권리를 온천하에 알렸다. 격분한 상위 카
스트들은 마을로 되돌아가던 불가촉천민들을 무자비하게 공격했고, 얼
마 지나지 않아 정통파 힌두인들은 '부정탄' 저수지를 정화하는 의식을 치
렀다. 결국 시 당국도 저수지를 불가촉천민에게 개방하기로 한 당초의 결
정을 철회한다. 이에 암베드카르는 다시 집회를 열어, 카스트의 불평등을
정당화하고 있는 힌두교 법전인 마누법전의 사본을 태워 묻는 화형식을
거행하며 불가촉천민의 인권을 선언한다.

"저는 이 초다르 저수지에서 물을 마시지 못한다고 해서 우리가 멸종
되는 것은 결코 아님을 우리를 적대시하는 사람들에게 분명히 말해
주고 싶습니다. 지금 우리가 그 저수지로 가는 데에는 다른 이유가 있
습니다. 우리가 다른 사람들과 마찬가지로 인간임을 증명하기 위해서
입니다. 이 대회가 열린 목적은 이 땅 위에 평등의 시대를 열기 위함
입니다."

이 엄숙한 선언은 1950년대 중반의 사회운동, 특히 카스트 철폐운동과 연결되어 있다. 이 결단은 1950년 델리에서 대규모 법회를 열었으며 인도에서 사라졌던 불교를 다시 부흥시키는 데 결정적인 역할을 하였다. 56년 니그푸르에서 거행한 개종 의식에선 흰옷을 입은 50만 명이 대대적으로 참석했으며, 그 다음날에는 10만여 명이 몰려와 불교에 귀의를 복창하며 개종했다. 붓다의 나라에서 자취를 감춘 지 800년만에 불교는 새로운 생명을 얻은 것이다. 신불교 운동의 궁극적 목적은 불가촉천민이 인간의 기본권을 향유하는 데 있었다. 힌두교의 불평등을 비판하고, 불교의 평등주의를 고양시킨 이 주장은 전국적으로 큰 반향을 일으켰다.

그 중심에 암베드카르라는 '뜨거운 심장'이 있었다. 암베드카르. 우리에게 생소한 이름이지만 인도에서는 그 어떤 위인들보다 암베드카르의 동상이 많다. 그는 간디와 맞선 인도 민중의 대부로 불린다. 인도에는 브라만, 크샤트리아, 바이샤, 수드라로 나눠지는 카스트 말고도 이 네 단계 계급에 속하지 못한 불가촉천민이 있다. 그들은 짐승 취급을 받으며 살아야 했다. 암베드카르는 불가촉민으로 태어나 불가촉민을 위해 평생을 바친 사회개혁가였다. 그러면서 독립 인도 건설의 주역으로 활동했고, 21세기 합리주의적 해방의 상징이 되었다.

암베드카르는 간디와 더불어 탄생일이 국가기념 공휴일로 지정될 만큼 가장 추앙받고 있는 국민영웅이다. 불가촉천민의 신분으로서 콜럼비아와 런던 등의 대학에서 경제학과 정치학 학위를 취득하고 변호사가 되때 커다란 우주목을 발견하는 것처럼 말이다. 학자가 학자다울 때, 어른이 어른다울 때, 아이가 아이다울 때 일상은 위대한 힘을 발한다. 기적도 그런 것이리라. 제자리를 지킴으로서 기적이 된 사람이 얼마나 많은가. 풍랑 속에서 끊임없이 노를 젓는 가난한 서민이 그렇고, 마음을 쪼개어 부지런히 책을 보는 사람이 그렇다. 그때의 본색은 시간을 넘는 힘, 곧 살아있는 영원성을 보여준다.

문학 또는 인문이란 물화된 지식이 아니라, 정신을 지배하는 관념을 똑바로 들여다보는 의식의 탐험이다. 상황을 합리화하고 있는 왜곡된 지식에서 무엇을 반성할 것인가. 옳다고 하는 것과 참으로 옳은 것과의 차이는 무엇일까. 관계란 무엇이며 진정 존재가 가지고 있는 시간이란 무엇인가. 이러한 회의는 우리들의 본색을 찾아가는 질문이다. 레비나스는 지성이 지속을 체험해 보지 못하면 영원성에 대한 이념조차 소유로 이해한다고 염려했다. 진정한 현존 밖으로 시간을 밀어내면서 추상적 영원성과 죽은 신神이라는 이념을 만들고 있을 뿐이라는 것이다.

본색은 안정된 개인을 욕망하는 문학의 유행을 경계한다. 시민을 관리 가능한 교양인으로 만들어내는, 또는 사회의 관행을 내면화하는 건 오히려 반문학이며 반인문이다. 가치는 실천에서 향기를 낸다. 개념이 아니라, 체온으로 직접 부딪칠 때 인문공부는 앎에서 삶으로 성장한다. 가치를 발견하는 데는 자긍심이 우선이다. 세상의 어떤 명리도 자신의 자긍심 하나를 당할 수 없는 것, 자신만의 본색을 환기하는 게 소중하다.

자기만의 색깔이 인문적 진화를 가져온다. 제 멋이 아닌, 자연을 향한 방향성으로 마음의 유전자를 구성해나가야 한다. 스스로 하나의 다양성임을 자부하고, 동일화에 저항하면서 자연을 향하여 살아있을 때 본색을 회복할 수 있다. 인문의 진화는 다양한 본색이 있는 자연의 힘으로 진행하려는 힘이다. 인문적이든 생태적이든 다양한 본색은 생존하려는 생명의 본성이라는 말이다. 다양성이 줄어든 존재는 면역이 떨어져 결국 멸종하게 된다. 거대한 단일화는 결국 몰락하게 됨을 역사가 보여준다. 본색을 잃은 고대국가들이 다 그렇지 않았던가. 획일화된 삶은 그만큼 변화에 대한 적응력을 둔화시킨다. 문화를 두텁게 하는 본색의 능력이 곧 그 사회의 미래이다.

끝없는 식탐을 채우기 위해 외동딸도 팔고 자기 몸까지 먹어치워 이빨만 남은 에릭시톤의 허기가 오늘 우리의 모습이다. 현실은 본색을 잃어버린 세태를 그대로 보여준다. 행복이란 무엇인지, 자신이 누구인지 도무지 성찰이 없고 하나같이 입신양명에 급급할 뿐이다. 말이 되는가. 참 씁쓸하다. 충분히 자연과 잘 어울리는 나만의 본색은 바깥이 아니라 내 안에 있지 않을까. 곰곰 기억의 창고를 뒤적이는, 그 영원의 창틀을 닦는 하루.

내 안의 깨달음과 감동으로 세계는 새로운 문이 된다. 기억의 윤곽을 따라가 보면 안다. 하나의 기억은 사물을 새롭게 읽어내는 사유의 방식을 만들어준다. 아니 사유의 방식이 끊임없이 기억을 새롭게 재구성하는 것일지도 모른다. 기억 각각, 사물 각각은 주변 풍경과 만나면서 끊임없이 제 스스로 자라고 육화되고 마침내 존재의 의미를 형성한다. 하여 지나간 것들은 봄이 된다. 가난하고 고통스러운 시간도 시절이 지난 후엔 '그래도 그때가 좋았지' 회상하게 되는 것도 그 까닭이다. 문명은 새 것을 따라 흘러가는 것 같지만 결코 그렇지 않다. 오래된 것을 꿰뚫어보는 눈빛, 그 감성의 능력으로 인류는 새로운 역사를 만들어왔다. 낡고 지루함 속에 숨어있는 것들이 새롭게 깨어나는 틈, 그 창조의 순간에 우리는 생명의 본성과 본래적인 사랑을 이해하게 된다. 아주 잠시.

기억이란 바로 내 영혼의 따뜻한 여백이며 일상을 비껴가면서 빈자리, 낮은 자리를 만드는 힘이다. 내 안에서 봄을 길어내고 다른 사람에게 봄을 선물하기 위해서는 내 안의 빈자리가 중요하다. 노자가 가르치듯 서른 개의 바퀴살이 하나의 바퀴통으로 모이되 바퀴통에 바로 빈 구멍이 있어서 수레바퀴로 쓸 수가 있다. 흙으로 아름다운 질그릇을 빚지만 우리가 사용하는 것은 그릇 바깥의 무늬가 아니라 안의 빈 공간이듯 새로움을 창조하는 힘도 빈자리에서 울려나는 파문인 것이다. 그 비어있음이 감수성으로 의지로 지성으로 작동한다. 그 빈자리가 바로 무한한 생성력을 가진 우주인 것이다.

서랍 속 ─ 열대어

에 귀 기울인 분주한 일상을 스스로 깨뜨려나가야 하지 않을까. 보이지 않는 세계를 경청하는 마음의 훈련이 절실하다. 듣는 일에 충실할 때 생명의 매듭이 올올이 자연스럽게 풀려가지 않을까. 누군가 내 말을 잘 들어줄 때 존중감을 누리는 것처럼 말이다.

한국엔 참 억울한 비명이 많다. 아무도 듣지 않는 비명으로 하루하루 가슴밑이 서늘하다. 그 죽음들도 한때 다이아몬드보다 더 반짝이는 눈동자로 하늘을 바라보았다. 함부로 저물어버린 모든 비명을 경청할 때 오히려 우리 갈 길이 보이지 않을까. 식물도 동물도 모두 솜털을 세우고 있다. 주위는 온통 생명의 맥박으로 쿵쾅거린다. 모든 심장의 울림에 공명할 때 비로소 우리 안의 진정한 숨소리를 들을 수 있을 것이다. 낮은 떨림에도 물방울 소리에도 귀를 기울이자. 타자의 말을 잘 들어주는 사람은 파도를 일으키지 않는 조용한 바다와 같다는데, 바로 그 바다 같은 귀가 너무 간절하다.

제 새끼를 잃은 어미 같은 뜨거운 통증으로 무릎을 꿇자. 막다른 길, 내 안과 바깥의 불경스러운 삶을 하나씩 반성해야 하지 않을까. 현명한 질문도 조용한 대답도 주의깊게 들을 때 열리는 문이다. 공존이란 집중해서 듣는 경청과 공감에서 나오는 것. 주변의 미세한 울림에 두려운 귀를 가질 일이다. 오염된 풍경을 끌어안고 정말 펑펑 울어볼 일이다. 오늘날 만연한 소비 속에서 존재의 경이와 신비가 이토록 무참해져야 하는가. 이 땅에 그렇게 많은 비명이 울려도 괜찮은 걸까. 이제 그 비명을 경청해야 하지 않을까.

못한 간판 이름들, 거기 고단한 희망이 비린내를 잔뜩 품고 흔들리고 있다. 이 신작로를 달리면서 어찌 생각이 비릿해지지 않겠는가. 매일 지나는데도 온 힘을 다한 사람살이가 매일 새롭다.

송도 윗길은 산복도로이다. 잔가지 같은 골목이 많고 따라서 좁은 횡단보도도 많다. 달리다보면 조심할 것 투성이다. 구불구불한 2차선 도로라 오가는 차들이 서로 주의해야 한다. 일차선으로 시내버스가 다니다보니 정류소에 멈출 때마다 기다려야 한다. 짜장면집 옆에 세탁소, 치킨집 옆에 미장원, 철물점 옆에 점술집 등 작은 가게들로 이어진다. 학교도 있다. 보도가 명확하게 분리되어 있지도 않아 자동차고 사람이고 서로 돌아보며 다닐 수밖에 없다. 도무지 질서화되지도 길들여질 것 같지도 않다.

늘 다니지만 생각을 주는 길과 생각을 빼앗는 길이 있다. 앞에서 말한 두 길은 생각을 주는 길이라 할 수 있다. 좁은 문으로 들어가기를 힘쓰라 했던가. 좁은 길에서는 느릴 수밖에 없고 그 느림의 틈 속으로 빛을 내는 존재들이 스민다. 그 자리에 잠시 머무는 동안 마음은 얼마나 많은 생각을 주울 수 있는가. 천천히 살피다보니 전선에도 눈길이 한 번 더 가고 남항 앞바다도 한 번 더 내려다보게 된다. 편리에 길든 신도시 사람들은 불편하게 여길 수밖에 없는 길이다. 하지만 차선 많은 대로에서는 우리의 생각이 거대한 속도의 흐름 속으로 딸려가버리지 않는가. 길도 생각도 존재도 빼앗겨 버리는 것이다.

자신이 진정 원하는 것이 무엇인가를 깨닫기 전에 사람들은 이미 주어

늬를 그릴 수 있는 흰 바탕素이란 무엇일까. 바탕이 살아있어야 그림을 제대로 그릴 수 있다. 인간이란 타자와의 공명을 흰 바탕으로 하고, 문화란 존재의 숨은 질서를 흰 바탕으로 한다.

진정한 실리가 무언지 한번 따져볼 필요가 있다. 모두들 부의 축적, 남을 이기는 것이 이익이라고 생각한다. 좋은 친구, 믿음과 의리 등 내가 죽은 후에도 부끄럽지 않은 것들은 내가 손해를 볼 때 생기는 이익들이다. 선택은 여기에서 출발한다. 진정한 실리란 시간을 이기고 죽음을 이기고 마침내 별이 되는 것. 많은 사람을 빛나게 하는 것이다. 손해를 보면 피해 의식이 아니라 긍지를 품을 수 있는 마음의 힘이 생긴다. 이기기보다는 무지는 일에 관심을 가질 때 가능한 자세이다. 머리로 계산하기보다는 가슴으로 조화를 이루는 일이 진정한 이익임을 아는 것이다.

이제 생명의 미래는 존재론에서 관계론이다. '君子和而不同군자화이부동, 小人同而不和소인동이불화'라는 논어의 가르침은 이 시대에 필요한 용기를 보여준다. 군자는 다른 사람과 화합을 이루기는 하지만 남들과 똑같아지지는 않으며, 소인은 타인과 똑같이 행동하면서도 화합하지 못한다는 뜻이다. 진정 탁월한 사람은 다양성을 인정하고 공존하며 결코 지배하려고 하지 않는다.

초록이 한껏 푸르다. 서로 풍요로워지는 조화를 한 잎 초록에서 본다. 우리는 그들의 언어를 읽어야 한다. 짧은 햇살에도 기꺼이 돋아나던 이른 봄의 잎눈들, 실바람에도 기꺼이 떨어지는 늦가을의 단풍들. 그들의 몸짓은 어떤 경우에도 기껍다. 대자연을 보고 온 사람이면 그는 묵묵해진다. 조용히 실천한다. 우리의 앎이란 게 얼마나 왜소한 것인지 깨닫는 것이다. 조화를 이루는 데는 스스로 손해보는 방식이 가장 쉽다.

재주 있는 사람이 재주 없는 사람의 종노릇하는 것, 돈 있는 사람이 돈 없는 사람의 종노릇하는 세상, 생각만 해도 가슴이 뭉클하다. 예禮란 윗사람이 아랫사람을 섬기는 데서 시작한다는 옛 지혜도 있지 않은가. 기꺼이, 흔쾌히 손해를 보는 용기만 있으면 우리 시대가 당면한 소외와 분노를 한결 쉽게 넘어갈 수 있지 않을까.

향기를 믿다

백년어서원 앞에 있는 천리향을 누군가 뽑아갔다. 볼통해진 꽃망울을 하루하루 들여다보던 중이었다. 일순 당황스러웠다. 그러나 이내 그조차 내 것이 아님을 깨닫는다. 이태 전 변두리 한 화원에서 사왔던 것이니, 그도 우리를 다녀간 인연이었을 뿐이다. 어디서든 꽃잎 틔우고 향기를 피우리라, 믿기로 했다. 어디서든 환한 향기를 발휘하고 있겠지. 마음을 내려놓고도 쓸쓸해서 빈 화분에 지난 해 안동 친구집 앞마당에서 받아온 범부채 씨앗을 심었다. 열흘쯤 지났을까. 천리향 화분이 하나 배달되었다. 발신인은 이름도 모르는, 화명동에 산다는 시민이다. 누군가 천리향을 뽑아갔다는 소문을 들었다는 것이다. 일부러 화원을 찾아 잘 생긴 녀석으로 챙겨 보낸 것 같았다. 먼데서 그야말로 진한 향기를 보내온 것이다. 그 향기를 기적이라고 이름 붙이면 어떨까. 정말 선택은 언제 어디서든 기적을 만들 수 있는 힘이 있었다.

기적이란 언제나 우연이 아니라 어떤 필연이고 선택이다. 역사는 매순간의 선택으로 구성된다. 결혼이나 취업에서부터 어물전 고등어 한 마리 고르는 것까지 선택이 작용한다. 기준은 다양하다. 대체적으로 내가 좋아하는 일인가, 할 수 있는 일인가이다. 그리고 선택 조건은 행복이다. 하지만 기적이 되는 선택들은 타자의 행복, 모두와 함께 하는 행복을 고뇌한다. 기적은 보이지 않는 마음의 작용인 것이다.

선택은 하나의 계단이 아닐까. 선택은 선과 악, 물질과 정신, 좌와 우등 양극단을 오가는 일이 아니라 하나의 오름이 되어야 한다. 몸과 영혼이 향상되는 자리 말이다. 그것은 간교해진 이성의 세계가 아니라, 감성이 작동하는 향기의 세계이다. 양극만 강조하는 선택의 오류는 우리를 얼마나 혼란하게 하는가. 위를 바라볼 때 우리는 뒤꿈치를 세울 수 있다. 이런 선택은 자기희생을 기반으로 한다. 내게 생기는 이익이 아니라, 모두에게 생기는 이익을 계산한다. 진정한 대지적 모성을 기억해보는 건 어떨까. 제 자식 배부른 것만 다행스러워하지 말고, 자식이 타자를 위해 희생할 수 있는 향기를 지닐 수 있게 가르쳐야 한다. 자발적인 가난과 겸허를 본보여야 하는 것이다.

하수상한 시절일수록 개인의 자각이 너무 절실하다. 개인이 건강해야 사회가 건강하고, 한 개인이 자유로워야 사회 전체가 자유롭다. 여기에서 결국 가치의 문제가 나온다. 사회적인 메카니즘 문제라고 합리화하지만 결국 개인의 선택을 벗어날 수 없다. 개인적인 자각이 발휘될 때 삶이 도구적 수단으로 떨어지는 것을 막을 수 있지 않을까. 문화는 사회적 통념과 대립하는 꿈이며, 세계를 반성하는 자리이며, 타락한 가치와 맞서는 힘이어야 한다.

공짜 치즈는 쥐덫에만 놓여있다는 러시아 속담이 문득 떠오른다. 물질이 모든 잣대가 된 사회는 미래가 없다. 고등어나 푸성귀를 고르는 데는 내가 좋아하는 것이면 고만일 것이다. 하지만 지금 절실한 건 타자의 삶, 그 소외와 절망에 어떻게 공감할 수 있는가 하는 고민이다. 이야말로 진리를 향한 모험이기에. 맹자는 是非之心시비지심을 지혜의 단서로 이야기했다. 타자를 착취하고 제 자신까지도 스스로 착취하면서도 자유라고 착각하는 이 소비사회에서 옳고 그름을 가릴 줄 아는 마음이란 무엇일까. 是非의 문제도 본래를 지키는 큰 마음 자체이며, 소외된 고통을 찾아가는 대인의 발걸음이리라.

공존이라는 숙제 앞에서 꽃들이 화창하다. 향기가 번져가리라. 인간을 위대하게 하는 것도 비천하게 하는 것도 나의 선택이다. 삶은 향기의 기적이다. 문명사를 바꾸는 진정한 힘은 뚜벅뚜벅 걷는 개인의 자각이다. 개인의 선택, 그 향기를 믿자. 새로 도착한 천리향 화분은 몇 해째 백년어 문앞을 지키고 있다. 기적을 만드는 선택과 인연이 오늘도 먼데서 은은하다.

118

우리는 서로 물듭니다

노오란 은행잎들로 하늘이 환하다. 갈빛 플라타너스 잎새들이 바스락바스락 땅바닥을 걷는 소리가 정겹다. 신록도 지나가고 태풍도 지나가고 조금은 허전한 가슴으로 모퉁이를 쓸고 있는 낙엽 옆에 선다. 지구라는 별에 도착한 이유가 무언지 알 것도 같은 가을 문턱이다. 삶의 숙제를 되새기는 오후, 이제부터 사람의 마음도 한 잎씩 물들어가겠지. 잠잠히 물들어온 잎새들은 지혜로 다가온다. 자연이 위대한 건 가르치려 하지 않으면서도 인간에게 많은 진리를 전하기 때문이리라.

우리 또한 거대한 자연 속에 물드는 존재이다. 나뭇잎은 햇살을 입고 바람을 타고 빗소리로 물들지만 사람은 꿈을 꾸는 누군가의 목소리로 물든다. 인간은 혼자서는 물들 수 없다. 누군가로부터 영향을 받고, 그 영향으로 빛나는 것이다. 슬픔과 기쁨이 다녀가는 사이사이 물든다. 불현듯 돌아보는 눈빛이 영혼을 아름답게 물들이는 것이다.

천연염색을 해본 사람들은 그 물듦의 신비를 잘 안다. 무미한 천이 쪽빛이나 겨자빛, 다홍으로 번지는 올올의 순간은 얼마나 설레이는가. 물듦은 보이지 않는 창조이며, 그 순간순간이 곧 생명이다. 물듦은 어떤 모험이나 결단이 아니다. 그건 아주 사소한 일상이다. 이름을 불러주는 일, 사람을 추억하는 일, 기도해주는 일, 기다려주는 일, 손짓해주는 일들이 사람을 물들게 한다. 작은 빛과 소리, 흔들림에 감동하고 설레일 때 우리가 물드는 순간이다. 우리는 우리답게 물들고 있는 것일까. 우리는 어떤 빛깔의 단풍일까.

쉽게 누군가를 가르치려하거나 함부로 자신을 주장하거나 강요하는 일은 오히려 삶을 거칠고 어둡게 물들인다. 우리가 여러 가지 위기에 부딪치고 있는 건 이러한 거친 물듦이 우리를 더 퇴색하게 하는 까닭이다. 우린 서로 물들고, 물들이는 존재이다. 있는 그대로를 이해하고, 차이를 관용하는, 매일 또는 오래만에 나누는 안부들이 서로 물들인다.

무한에 대한 물음들은 이제 단풍으로 돌아온다. 그대, 어디 계신가. 삶이라는 긴 여행은 그대를 찾아가는 일, 그대를 찾아 물드는 일 그 자체인지도 모른다. 그 많은 지혜들이 결국 그대를 그리워하는 방식이었고 그 그리움은 근원을 기억해내는 길목이었다. 단풍잎들은 삶을 머리로 가져갈 것인지, 가슴 속으로 가져갈 것인지, 고뇌하게 한다. 떠나는 것도 존재의 방식이라면 분명 까닭이 있는 작별일 것이다. 가슴 속 서랍에 아끼던 것들이 손잡이 삭아버린 도구가 되어버린 것 같은 요즈음 그래서 그대가 더 그립다.

진정한 발견도 배움도 가장 가까운 일상에서 비롯한다. 굳이 높은 산을 오르지 않아도 열린 눈동자는 낮은 자리의 높이를 본다. 아무렇지도 않게 제 가지를 비워가는 가로수들을 보며, 검은 타이어에 밟히면서도 가볍게 날리는 낙엽들을 보며 내 자리를 깨닫는다. 도심 여기저기 붉은 빛을 품은 작은 단풍숲들은 그 자체로 한 마디 온화한 음성이다. '너도 물들고 있니…' 대답하듯 나를 물들이고 있는 아름다운 인연들을 떠올리며, 나는 어느 마음을 아름답게 물들이고 있는지, 곰곰 헤아린다.

고마운 일이다. 잊지 않는다. 나에게 달려오던 명랑한 햇볕. 잘 아는 것처럼 톡톡 문을 두드리던 빗방울들. 구름을 몰고와서 서둘러 몰아가던 바람들. 오늘 내가 물든 한 잎 단풍이 될 수 있도록 내 주변에 머물러 주었던 시간과 공간을 기억한다. 함께 해주던 그대와 그대의 친구도 기억한다. 우리는 서로 물든다. 아픈 자리들, 고독한 자리들, 잊혀진 자리들도 물들어 가리라. 상처들이 물든다는 것은 결국 세계를 이해하는 방식, 사랑하는 방식이 아닐까. 저녁이면 찬 기운에 몸을 옴추릴 정도지만 가을햇살은 곡식과 나머지 과실을 여물게 하느라 종일 바쁘다. 자그마한 진동에도 낙엽처럼 물들 수밖에 없는 계절, 그대가 나의 오롯한 단풍숲이다. 오래 오래 향그럽기를.

심우도 ── 속으로

돌
마
의　눈동자

　봄빛이 한참 출렁거린다. 주변에 진해진 초록이 햇살의 두께를 느끼게
한다. 그 햇살은 송도 앞바다에 무수한 은비늘을 쏟아놓는다. 빛바늘이
꽂힐 때마다 그 심연과 함께 어떤 눈동자가 떠오른다. 라다크지역 어느 한
적한 고원을 여행할 때였다. 천 년 사원의 공사판에서 아장아장 걷는 여자
아이와 마주쳤다. 아빠는 아이를 안고 공사장에 출근했다. 엄마가 아팠기
때문이다. 아이는 온몸이 먼지투성이였고 맨발이었다. 아이의 새까만 눈
동자와 부딪혔다. 순간 먼 하늘로 내동댕이친듯 몸도 마음도 망연해졌다.
깊숙한 고대 우물이나 아니면 아득한 허공 너머에 있는 근원적인 어둠에
갇힌 것이다. 그 어떤 기표도 허용하지 않는 광막한 우주였다.
　거긴 실재계였던 걸까. 이후 십 년이 가까운데도 나는 그 눈동자 바깥

을 벗어난 적이 없는 것 같다. 무엇을 보건, 어떤 일을 하건 그 시선 속에서 내가 움직이고 있다. 크고 새까만 눈동자는 늘 묻는다. 지금 뭐 하지? 여기 어디지? 사랑을 기억하니? 아침마다 묻고 저녁마다 묻는다. 건널목 앞에서도 묻고 통화하는 중에도 끼어드는 것 같다. 그 오래된 물음은 하루에도 몇 번씩 삶의 매듭을 풀고 또 묶곤 한다.

도스또옙스키의 『까라마조프가의 형제들』엔 사랑에 대한 심리적 유형과 사유가 큰 강처럼 도도하다. 조시마장로는 믿음을 증명할 수 있는 건 아무 것도 없는 반면, 확신은 할 수 있다고 말한다. 바로 사랑을 실천에 옮기는 것이다. 사랑을 실천할 때 신의 존재도 영혼의 불멸도 확신하게 된다는 말이다. 문제는 이 사랑이다. 몽상적인 사랑과 비교할 때 실천적인 사랑이란 잔혹하고 무섭다.

우리는 보답에 집착하는 탓에 몽상적인 사랑에 붙들린다. '인류 전체를 사랑하게 될수록 개별적인 사람들, 즉 개개인을 점점 덜 사랑하게 된다'는 말처럼 몽상적인 사랑은 봉사와 위업을 향한 열정으로 목숨조차 내놓을 수 있다. 알아준다, 라는 보답이 있기 때문이다. 하지만 가까운 한 사람을 향해 자기희생에 도달해야 하는 실천적 사랑은 노동이자 인내이며, 완전한 학문이나 다를 바 없음을 조시마장로는 강조한다. 또한 그는 구원이란 진실되게 스스로를 인식하는 일인데, 거기서 무엇보다도 거짓을, 어떤 것이든 거짓을, 특히 자기 자신에 대한 거짓을 피하라고 당부한다.

인간은 자신의 거짓을 얼마나 의식할 수 있을까. 자신의 내부를 매순간

들여다보는 시선은 진실을 인지하는 능력이기도 하다. 믿음도 사랑도 결국은 자신을 지각하는 눈, 자신의 거짓을 들여다볼 수 있는 응시에 달렸다. 응시란 곧 내면에 실재하는 어떤 진실을 만나는 일일 것이다. 그것은 신을 직면하는 것과 같은 두려움이 아닐까. 거기선 순간도 영원일 수밖에 없다. 거기선 자신도 타자일 수밖에 없다. 거기선 예술도 철학도 절규처럼 나타난다. 도무지 감지할 수 없지만 내 안에 분명 나를 안고 도는 우주가 있다. 그것은 사랑을 통해서 확신한 믿음으로만 감응할 수 있다. 그리고 그때 비로소 우리는 정직해진다. 그렇다면 오늘날 만연한 불신은 우리가 뇌까리는 사랑이 얼마나 몽상적인 것인지 보여주는 게 아닐까. 그것은 헐리우드 영화 속의 폭력처럼 무의미한 공포일 뿐이다.

사람을 사랑하는 능력이란 곧 보답을 바라지 않는 능력과 같다. 실천적인 사랑이 잔혹하고 무서운 이유이다. 아무도 내 사랑을 알아주지 않을지 모른다. 얼마든지 고독할 준비가 되어있는 자만이 사랑할 수 있다는 말이다. 언어 바깥의 세계를 언어로 표현해야 하는, 사랑의 바깥을 사랑해야 하는 인간에게 사랑과 믿음은 늘 한계이고 고통일 수밖에 없으리라. 때문일까. 조시마장로는 다시 알료사에게 당부했다. '크나큰 고뇌를 보게 될 것이며, 그 고뇌 속에서 행복하여 질 것이다'라고.

응시라는 개념은 철학에서 다양한 스펙트럼을 가지고 있지만, 모두 어떤 어둠의 한 실재를 향해 나 있는 길일 것이다. 실재를 직관하려는 의지도 바로 옆에 있는 한 사람을 제대로 사랑하는 능력에 닿아 있다. 그제야 우리는 신을 사랑하게 될 것이므로. 보답에 사로잡히지 않는 사랑은 실재를 응시하려는 스스로의 노력에서 피어난다. 힌두 철학에서 가르치는 '결과를 바라지 않는 행위'는 초월적이라기보다 오히려 가장 밑바닥에 있는 근원의 둔중한 울림이 아닐까. 어떤 언어로도 개념화시킬 수 없는 더 큰 본래가 있음이다. 그 응시와 실천이 무념무상이라는 간단한 말로 정리되기는 쉽지 않을 것이다.

두살박이 여자아이의 눈동자, 너무 순수해서 두렵고 너무 투명해서 캄캄한 사랑, 거기선 어떤 인위도 작동하지 않고 언어도 작동하지 않는다. 하지만 거기서 나는 믿음을 확신한다. 사랑의 능력이란 끊임없이 경계에 서는 맨발과 같다. 자박자박 모래 위를 무심히 걷던 먼지투성이 맨발을 기억한다. 그 어느 것도 기대하지 않는, 투명한 눈동자를 키우고 있는 맨발 말이다. 어떤 것도 판단하지 않는, 어떤 것도 정의내리지 않는, 그러나 무한 순수로 깊어가는 응시. 그렇기에 혹독하고 고독하다. 그 아이의 이름은 돌마였다. 그 이름은 최초의 여성보살의 티벳 이름이라고 한다. 그 아인 지금 어디쯤 있을까. 나뭇가지 엮은 땔감을 어깨에 메고 고원언덕을 내려오는 중은 아닐까. 그 눈동자, 어느 만큼 더 깊어졌을까.

아장아장 맨발로 걷던 돌마는 나를 오래 응시했다. 시간이 지날수록 그 순수한 눈동자는 뜨거운 질문으로 동시에 대답으로 다가온다. 진실은 간결하다. 그리고 삶의 비의는 투명하다.

이허以虛,
비워야 채워지는

몽골 중원을 여행했다. 이어지는 구릉과 초원, 그리고 몇 가닥 비단실
로 흘러가는 길과 강물들. 하염없이 달리다 밤이 되면 게르를 찾아 쉬면서
별자리를 헤아렸다. 다음날 다시 달렸다. 지프로 열흘을 달려도 같은 풍
경이었다. 그 광대함, 그건 예비된 세계였다. 지평선 그득히 피어오르는
구름이나 구름 밑을 걷는 긴 양떼나 햇살이 고여있는 자작나무숲조차 미
리 준비된 평화였다. 삶이란 출생 이전에 예비된 선물이었던 것이다. 그
러나 언젠가부터 이 축복을 잃어버린 우리들이다.

처음엔 초원의 광대함에 감탄했지만, 나중엔 그 광대함이 아주 여린 풀
과 미세한 풀꽃으로 촘촘히 구성되어 있음에 놀랐다. 이허以虛, 이허의 세
계였다. 이허란 비어 있거나 비울 수 있다는 뜻이다. 하늘보다 커보이는

'비어있음'의 초원은 손톱보다 작은, 각양각색 꽃들로 채워져 있었다. 비어 있으나 허전하지 않고, 가득 차 있으나 포만감을 느끼지 않는 것. 그 원리를 깨달았다. 그것이 바로 자연이고 조화였다.

문화는 그런 것이다. 이허, 비워 있어 채워지는, 아주 자연스러운 귀기울임 같은 거 말이다. 비울 때 비로소 광대함이 보이고 광대함을 채우고 있는 사소함이 보인다. 쓰레기를 쌓는 소비적 일상, 공허하게 난무하는 인터넷 대화들이 오늘 문화의 흐름이다. 엄청난 예산이 집행된 축제들이 진정한 문화인지 의심스럽다. 자본주의에 파편화된 개인들이 제조해낸 문화가 얼마만큼 존재감을 길어낼 수 있을까. 상품화된 문화는 오히려 삶을 더 목마르게 한다. 주변 현상들이 하나같이 문화라는 이름을 달고 우리 몸과 마음을 소비하고 있다.

'오직 변두리로!'. 언어학자 야콥슨의 말처럼 스스로 고립할 때 사람은 광대해지는 게 아닐까. 이 시대에 변두리란 다양한 은유일 수 있지만, 여기서는 소비의 중심을 벗어나 작은 풀꽃으로 피어나야 한다는 말이다. 작은 풀꽃의 강렬한 존재감이 진정한 광활함을 꾸리기 때문이다. 독창적인 문화는 그런 것이다. 변경이나 유배지에서 훌륭한 학문과 예술이 나온 것처럼. 모름지기 문화는 보이지 않는 데서 하늘과 통해야하는 것이다. 돈이 있어야 만들어지는 문화는 영혼을 상승시키는 문화라고 할 수 없다. 소박한 독서 모임, 작은 대화공간, 토끼풀 같은 인문적 골방이 자꾸 생겨야한다. 끊임없이 살아 움직이며 산소방울을 뿜어내는 박테리아 같은 작은 만남이 광대한 자연을 형성하는 것처럼 말이다.

그것이 문화가 절대 그럴듯한 행사가 되어선 안 되는 이유이다. 보이지 않는 데서 조금씩 시민들의 사유가 깊어지고 또 타자의 체온을 감지하는 일상이 향기처럼 번져갈 때, 문화는 예비된 축복이 된다. 문화란 빈 마음에서 비롯한다. 가난한 마음이란 이허의 세계이며, 본래를 의미한다. 조금 부족한 듯 마음을 비우고, 조금 덜 채워진 자리가 문화의 바탕이다.

여행에서 돌아온 일상엔 새로운 광대함이 기다리고 있었다. 사람들이 있었다. 관계들이 있었다. 매일 함께하는 그들이 곧 내게 예비된 광대한 자연이었다. 사람 속에 푸른 하늘과 초원이 있고 길이 있었다. 사람 속에 쉴 자리를 마련해야하는 것이다. 사실 사람만한 자연이 어디 있으랴. 사람만한 문화가 어디 있으랴. 다른 사람의 무늬가 나를 풍요롭게 한다. 나도 다른 사람에게 즐거운 무늬일 수 있을까. 문화란 끊임없이 서로에게 닿으려는 의지이고 이는 마음의 빈 자리에서 싹튼다.

집으로 돌아오는 길, 동광동 밤하늘을 올려다보면 낡은 건물 사이로 흐린 별이 깜박인다. 애처롭다. 하지만 밤하늘 가득 지평선까지 쏟아지던 초원의 별들이 별반 부럽지 않다. 비워야 채워지는 삶의 이치를 깨닫는다면 나와 마주치는 그 모두가 별빛이 아니겠는가. 믿음이란 알 수 없는 신비와 공포에도 불구하고 '그래도 인생은 의미 있는 것이란 확신을 뜻하는' 말이라는 아르투어의 생각에 공감한다. 그 의미란 게 바로 너와 나이리라.

신의 얼굴, 카일라스

모든 여행 속에는 예술과 인문학이 고스란히 담겨 있다. 모든 풍경은 말을 한다. 그리고 그 말은 늘 태고의 목소리이다. 역사일 수도 종교일 수도 철학일 수도 있다. 여행은 새로움을 찾아가는 게 아니라, 낯익은 본래를 찾아가는 길이다. 무엇이 미래인가, 어떻게 공존할 것인가, 자유란 무엇인가 등 지혜의 방향성에 대한 생명적 가치를 그대로 체득하는 것을 우리는 여행이라고 부른다. 하여 '티베트의 성자' 밀레라빠는 '여행을 떠나는 것만으로도 깨달음의 반을 성취하는 것'이라고 말했던가.

시간과 공간에 대한 체험은 나와 타자를 확장시킨다. 그 풍경들은 어쩌면 내면 속에 오래 있었던 풍경들이리라. 새롭다는 것은 결국 내 안에 있는 더 깊은 응시에서 나오는 것. 모두가 간절히 행복을 지향하는데도 불구하고 왜 삶엔 고통스러운 순간이 많을까. 백년어서원에서 종종거리는 일상에 조금씩 지쳐가던 하루, 문득 우주의 중심이라고 불리는 카일라스산의 순례를 선택했다.

　카일라스는 불교와 힌두교와 자이나교의 성지이다. 불교에선 수미산이라고 해서 우주의 중심이 있는데 이것이 지상에 그대로 나타난 곳이 바로 카일라스이다. 인도의 힌두교인들에게는 가장 위대하다는, 파괴의 신 시바신이 사는 곳으로 받들어져 있다. 이 산을 한 번 순례하며 도는 것을 코라라고 하는데, 한 번의 코라는 금생의 업 카르마 Karma를 소멸시킬 수 있고, 108번을 돌게 되면 해탈을 할 수 있다고 한다. 이처럼 카일라스는 영성이 깊은 성산이기도 하고 비범한 형세나 엄청난 기氣로 자연의 불가사의로 손꼽힌다. 나는 기독교인이지만 존재하는 방식으로서의 영성이 간절했고, 정말 그 우주의 중심에서 나를 다시 만나고 싶었다.

　카일라스는 라싸에서 1,300km 떨어진 서부 티벳에 위치한 높이 6,714km의 성산聖山이다. 인더스강, 갠지스강 등 아시아를 적시는 4대 강의 발원지이기도 하다. 그 산자락에 닿는 일부터가 멀고 먼 길이었다. 북경에서 칭짱열차를 타고 45시간의 장거리 열차여행. 그리고 라싸에서 차로 출발, 1,300km의 광활함을 가로질러야 했다. 고원지대와 초원지대와 여러 도시를 지나는 동안 조금씩 고도에 익숙해지듯 이방인의 자태에 익숙해졌다.

　어느 도시의 한 식당에 도착했을 때 주인이 흰 스카프를 목에 걸어주며 인사를 한다. 그제야 기억났다. 장롱 속에 들어있는 두 개의 흰 스카프. 몇 년 전 다람살라와 라다크에서 받은 티벳의 인사였다. 티벳인들은 처음 온 손님에게 하얗고 긴 스카프를 목에 걸어주며 인사한다. "따시텔렉". 티벳의 환영법이라고 한다. 그땐 티벳 관습이려니 했는데, 시간이 지날수록 그들이 직접 감아준 흰 천은 마치 내게 영성을 한 벌 입혀주는 것이었다는 생각이 든다. 그들이 나에게 입혀준 영성은 세 벌이나 되었던 것이다.

티벳은 그 어느 나라보다 영성적이다. 전 국민이 불교에 귀의하고 있어서이기도 하겠지만 그들의 자연이나 일상을 들여다보면 저절로 그렇게 느껴진다. 한 마디로 장엄한 침묵이라고 표현할 수 있을까. 우주의 중심이며 속세의 축이라는 카일라스 순례를 나선 것도 결국 영성을 회복하고 싶어하는 내 영혼의 간절함이 있어서이리라.

라싸에서 서쪽으로 서쪽으로 달려 한국에서 출발한지 열이틀만에 해발 4,800미터의 다르첸에 도착했다. 하늘 아래 첫 마을이라는 작은 동네다. 여기서 코라가 시작되어, 해발 5,600미터의 설산을 넘어 55km의 코라를 돌게 된다. 짐은 야크떼에게 싣고 카메라만 들었는데도 쉽지가 않다. 이박삼일, 발자국 떼는 일에만 열중하는데 바람소리가 얼마나 세찬지 온몸이 얼얼하다. 과연 업장을 다 풀어낼만한 바람이다. 광활한 허공을 소용돌이치는 바람 소리, 물소리. 설산 눈더미 사이로 피어있는 좁쌀만한 꽃들, 티벳할머니들의 기도문과 코라, 순례자들의 짐을 싣고 오가는 소녀 마부들, 한 무리의 힌두인들. 그속에 모래알 같은 내가 숭엄한 존재로 걷고 있었다.

지구에서 가장 신비한 곳이라는 카일라스의 모습은 웅혼했다. 영혼의 성소라는 이름 때문인지 부드럽고 위대한 신의 얼굴을 직면한 느낌이었다. 주변도 아름다운 봉우리들로 가득하다. 선명한 신비를 만난다는 것은 얼마나 아름다운가. 정말 내가 얼마나 많은 것을 까마득 잊고 있는지를 깨달았다.

다음날, 다음날도 코라를 계속하는데 유월인데도 설산을 관통해야 했다. 고갯길이 가파르기 짝이 없다. 한숨한숨 몰아쉬며 쩔쩔매는데 누군가가 조언한다. "모든 힘의 20%는 남겨두어야 합니다." 그 말이 귀에 꽂힌다. 그래, 20%의 여력. 더 천천히 오른다. 삶의 모든 부분에서 그 여력은 존재를 누릴 수 있는 참 조건이리라. 여력이라곤 한 방울도 남기지 않고 그저 온몸으로 달리는 데만 급급해온 내 생애가 카일라스에 그대로, 슬프게 비치고 있었다.

다섯 발짝 떼고 한 숨 몰아쉬고 또 다섯 발자국 떼는데 저만치 앞서 그 얼음 덮인 길을 오체투지로 가는 수행자가 있다. 정신이 번쩍 든다. 망치로 꽝 맞은 느낌이다. 맨몸으로도 그 가파른 비탈과 고도가 고통스러운데, 온몸을 비닐로 감고 얼음판 위로 몸을 던지는 저 사람. 그 혼자만의 온몸의 기도. 그는 무엇을 위해 기도하고 있을까. 도대체 업장의 소멸이란 얼마나 절실한 것이란 말인가.

카일라스의 영혼이 알아주리라 믿는, 그 믿음. 아니 그들은 그 믿음조차도 소멸시키기를 원하는 것이리라. 온몸을 마구 흔들어대던 바람 소리, 그것은 영혼의 소리였는지도 모르겠다. 나를 밀어내려는 듯한, 몰아세우려는 듯한 그 엄청난 울림은 결국 인간의 교만을 깨뜨리려는 자연의 힘이었을까. 다른 순례자들도 손에 마니차를 돌리며 중얼중얼 '옴 마니 반메 훔'을 외우며 부지런히 앞서간다. 이는 '온 우주에 충만하여 있는 지혜와 자비가 지상의 모든 존재에게 그대로 실현될지라.'는 기도이다. 새삼 삶이란 결코 내가 흉내낼 수 없는 것임을 깨닫는다. 바람들이 길들이 중얼중얼 끊임없이 주문을 외우는 것 같다. 티벳 서북쪽을 가로지르는 3주내내 대자연의 법문 또는 기도를 듣는 느낌이었다. 티벳문학을 대표하는 『십만송』에 있다는 밀라레빠의 시 「무상의 노래」가 저절로 떠올랐다.

아버지 살아계실 때 내 나이 어렸고
내가 성인되니 그분 이미 세상에 없네.
우리 함께 있었다 해도
영원을 기약하진 못할 것
이 세상 모든 것 덧없고 무상하여라.
어머니 살아계실 때
나는 집을 떠나 없었고
나 이제 돌아오니 그분 이미 세상에 없네.
우리 함께 있었다 해도
영원을 기약하진 못할 것
이 세상 모든 것 덧없고 무상하여라.

경전이 있을 때 공부할 사람 없었고

공부할 사람 돌아오니

그건 이미 낡고 헤졌네.

우리 함께 있었다 해도

영원을 기약하진 못할 것

이 세상 모든 것 덧없고 무상하여라. (후략)

—「무상의 노래」에서

티벳의 전설적 수행자인 밀라레빠(1052~1135)는 동굴생활을 하며, 틈틈이 제자와 보시자들에게 노래로 가르침을 베풀었다. 이 노래를 모은 것이『십만송』이다. 소박한 묘사를 통해 티벳인들에게 영감을 주는『십만송』은 성자의 전기로, 불교 수행의 책자로, 노래와 시집으로, 그리고 티벳의 전설과 요정들의 이야기책으로 읽혀진다. 이 책은 티벳 국민의 중요한 재산이다. 티벳의 곰파에서마다 웃는 얼굴에 손을 귀에 대고 자신의 노래를 스스로 듣고 있는 듯한 밀라레빠의 좌상은 쉽게 볼 수 있었다.

어쩌면 무상을 이해하는 것이 삶의 전부인지 모른다. 무상을 이해하면 밀라레빠처럼 웃고 노래하고 시를 쓸 수 있을까. 인간은 행복을 추구하지만, 오히려 추구하지 않는 고통 속에서 고귀한 인생을 헛되이 보낸다. 자기가 진정으로 누구인지 알지 못하면, 수없는 삶을 반복하면서 잃고 또 잃는 고통을 반복하게 된다.

카일라스를 내려오면서 조금씩 이해하게 된다. 무상이란 이미 내 안에

늘 현존하는 삶의 궁극을 깨닫는 것임을. 자아에 가로막혀, 내 안의 궁극을 모르기 때문에 두려워하고 싸우고 고통 받으며, 반대 방향을 향해 치달리는 것을.

자신의 실체를 발견하려면 우리는 각자에게 조건지어진 환경이라는 견고하고도 강한 껍질을 뚫고 나와야한다. 이러한 마음의 새로운 자각이 진실한 정신의 목표이며 또한 생명의 전체적인 흐름을 형성하는 동기를 파악하게 되는 것이다. 정신적 착각은 대단히 파악하기 어려워서 그것이 착각이라는 사실조차 깨닫기 어렵다.

카일라스를 돌아나오니 눈덮인 설산이 이어졌다. 하루를 그렇게 달리다 보니 양떼 많은 초원이 이어졌다. 거대한 대지를 하염없이 달린다는 것도 축복이며 공부이다. 오래된 나도, 다시 태어날 나도 그 실체가 없음을 다시 깨달아야 했다. 하지만 무상이란 얼마나 아름다운가. 그래서 모든 것을 더 사랑할 수 있음이니.

그 영혼의 마을, 훈자

이슬라마바드 공항에 밤늦게 도착했다. 일 년 전 배낭여행을 떠난 아들이 마중나와 있었다. 아들은 수염까지 기른 산적이 되어 있었다. 이슬람 국가를 여행하려면 어쩔 수 없다고 했다. 숙소를 구해놓았다고 하더니 집채만한 남자 8명이 코를 골며 자고 있는 게스트하우스로 안내한다. 아연실색했다. 높은 데 수도꼭지 하나 달린 공동욕실에서 겨우 씻고 삐걱이는 플라스틱 침대에 누웠다. 투덜대니 빈손으로 배낭여행 중이던 아들은 저는 일년째 그런 잠자리였다고 무심히 대답한다. 그러면서 되묻는다. "오늘은 어디서 자지, 하고, 매일같이 고민해봤어요? 엄마." 파키스탄 훈자 마을로 가는 여행은 그렇게 시작되었다.

다음날 북쪽으로 850km 떨어져 있다는 훈자를 향한 버스를 탔다. 낡은 버스 지붕에 짐을 싣고 원주민 속에 끼어 앉았다. 십여 시간의 버스여행은『왕오천축국전』을 쓴 신라 고승 혜초가 서역을 왕래했다는 바로 카라코람 하이웨이의 한 부분이었다. 파키스탄 국경을 벗어나기 전에 훈자마을이 있었다. 비포장도로 버스여행이 끔찍해질 무렵, 그 한 길목, 훈자에 닿았다.

훈자마을에 들어서는 길은 미루나무로 가득했다. 따뜻하고 평화로웠다. 마음이 이내 혹 빨려들어가는 것이 여행자들의 블랙홀이라 불릴만 했다. 한여름인데도 해발 7000미터에 가까운 설산봉우리들과 거대한 골짜기들이 사방을 둘러싸고 있어 자연의 숭엄함이 저절로 감지된다. 작고 한적한 마을은 숲과 몇 개의 골목으로 구성되고, 키 큰 미루나무들이 마을 전체를 가로지르며 초록 풍경을 만들고 있다. 띄엄띄엄한 집들, 좁은 길로 아이들이 재잘재잘 학교를 오간다. 오지 중의 오지이지만 가장 원형적이고 평화로운 풍경을 열고 있는 이 곳은 살구가 유명하다. 햇살 좋은 지붕엔 살구와 오디가 마르고 있다.

살구꽃과 미루나무길을 자랑하는 훈자마을은 세계적인 장수촌이다. 그들은 자신들의 장수 비결이 소박한 삶에 있다고 자부한다. 울타르피크에서 부터 내려오는 빙하수로 수로를 만들어 농사도 짓고 모든 일상에 이용한다. 험준한 고산 협곡 속의 경이로운 이 마을은 마치 꿈속 같다. 미야자키 하야오의 '바람계곡의 나우시카'의 무대로 유명해지면서 동양인 여행자가 많아졌다.

만년설의 설산들과 어우러진 아름다운 풍광은 영원을 떠올리게 한다. 영원이 곧 자연이며 자연이 곧 영원임을 깨닫게 하는 것이다. 왜일까. 그곳은 꿈속의 오랜 고향 같았다. 그 작은 마을을 골목골목 돌아다니면서 행복했다. 두어 시간이면 마을 전반을 대충 다 둘러볼 수 있었다. 아이들은 어깨를 걷고 걷는다. 노래를 부르며 학교를 간다. 둘러맨 가방은 한국에서 재활용으로 수거한 듯한 속셈학원 가방이다. 그러한 남루가 그곳에선 존재로 빛이 난다. 눈이 마주친 소녀들이 수줍게 웃는다. 메인 스트리트 Main Street라는 게 그저 고만고만한 골목이다. 거기 소박한 식당과 공예품점이 몇 있다. 조용하고 평화롭고 따뜻하다. 파는 물건이 허드레가 아니다. 하나하나 꼼꼼한 것이 질 좋은 공예품들이다.

빙하수로 내려온 물은 거의 검은 회색이다. 이 물로 일주일을 머리감고 양치질할 생각을 하니 정말 막막했다. 도무지 안될 것 같아 양치질할 생수를 사오라 하니, 아들이 다시 타박이다. 색깔이 그래도 깨끗하다는 것이다. 문명이란 게 얼마나 불편한 것인지 다시 알게 된다. 이십여 년 전 처음 중국, 한 시골에 갔을 때 단체로 들락거리는 화장실이 불편해서 쩔쩔매던 일이 기억났다. 하지만 이틀만에 적응해내면서 인간이란 확실히 환경적인 존재임을 자각하지 않았던가. 어쨌든 검은 회색물은 장난이 아니었고 결국 수소문해서 덜 진한 회색수돗물이 나오는 집으로 숙소를 옮겼다. 하지만 생각해보니 그러한 자연이 문명에 지친 여행자들은 마음을 정화시킨 건 아닐까 싶다.

한 친구가 레이디핑거 베이스캠프인 레이디핑거 레스토랑의 커피맛이 일품이라고 소개한 걸 기억하고 그곳을 찾아나섰다. 레이디핑거라, 숙녀의 손가락, 예쁜 이름에 비해 날카롭고 우뚝한 봉우리만큼이나 그 길은 가파르고 거칠었다. 왕복 두 시간이면 충분하다는 정보에 트레킹 준비를 제대로 하지 않았으니, 무지 고생했다. 헉헉거리며 겨우 찾은 레이디핑거 레스토랑. 아주 조그마한, 몇 사람 들어가지도 못할 천막이었다. 황당했다. 워낙 높은 데라 스프도 얼마나 비싼지. 너무 비싸, 커피는 고사하고 쫄쫄 굶은 채 다섯 시간만에 숙소로 돌아왔다. 고생한 때문이지 그 오가는 길이 아주 인상적으로 뇌리에 남았다.

여행길에서 돌아올 무렵이면 늘 지쳐있기 마련이어서 돌아오는 길은 늘 흔쾌한 편이다. 그러나 훈자를 떠날 땐 너무 서운했다. 돌아보고 또 돌아보아야 했다. 하지만 마음이 훈훈해진 자신을 발견했다. 꼭 다시 와야지. 아마 내 인생이 마지막 무렵엔 이곳에 있게 될 거라고 혼자 예언하며 떠나왔다. 꼭 이곳에서 1년 이상을 머물면서 좋은 작품을 쓰리라. 파슈 빙하를 보느라 많이 걷고, 국경마을 소쉬트에서 지내고 국경을 넘는 버스를 타는 동안, 훈자는 마음 가장 밑바닥에 따뜻하게 자리잡았다. 걱정없었다. 꼭 다시 갈 수 있을 것이라는 믿음이 생겼다. 그 믿음으로 갑자기 마음이 넉넉해졌다.

훈자마을은 가장 근원적인 향수를 내게 안겨주었다. 하지만 그후 파키스탄 북쪽지역을 여행하기란 쉽지 않았다. 하도 멀고 험하지만 아직도 내 안에 푸른 소원으로 맺혀 있다. 하지만 오고가지 않아도, 그런 풍경이 내 속에 흐르는 것만으로도 내 영혼은 환기된다. 종종 그 풍경 속으로 내 마음을 내려놓는다. 문득 내가 자연이 되는 순간이다. 훈자는 내 영혼이 도착하는 또한 출발하는 한 꼭지점이 된다고 할까. 무언가를 꿈꾼다는 것만으로 아직 이 지상은 살만한 곳이 아닐까. 푸른 미루나무 사이로 흔들리던 햇살은 언제든 나를 기다려주리라. 아름다운 추억은 얼마나 삶을 기특한 부자로 만드는가.

카라코람
하이웨이의
들꽃

카라코람 하이웨이는 오래 전부터 배낭여행자들에게 전설적인 여행 구간으로 꼽혔던 곳으로 세계에서 가장 높다. 파키스탄 이슬라마바드에서 중국 카슈카르까지 총 1,200여 km에 이른다는 이 길은 옛 실크로드로써 불교의 전파 통로이며, 이슬람교의 전래 길이었다. 히말라야 14좌 중 5개의 봉우리가 있는데 '하늘의 절대군주'라고 불리는 K2도 이곳에 있다. 가장 위험하면서도 가장 아름다운 카라코람은 '세계의 지붕' 파미르 고원을 넘으며 해발 4,700m에 이르는 쿤자랍 고개를 가로질러 중국과 파키스탄을 연결한다.

끝이 없을 듯한 고원의 사막을 낡을대로 낡은 버스를 타고 건너간다. 몇 시간만에 중국과 파키스탄을 오가는 '국제버스' 안 사람들은 눈사람처럼 먼지를 뽀얗게 덮어썼다. 버스바닥으로 먼지가 다 올라온 것이다. 깜박이는 눈썹에도 먼지가 소복하다. 모두들 묵묵히 잘 견디는 게 신기할 지경이다. 파키스탄에서 출발하여 파미르고원을 넘어 중국 국경에 닿는 길은 내내 먼지였다. 어쩌다 보이는 한두 채 인가와 거기서 손을 흔드는 아이가 없었다면 나는 지구 바깥에 나와 있는 게 아닐까 착각했을 것이다. 중국과 파키스탄 두 나라의 협력으로 완성되었다는 이 길은 만드는 데만 20년이 걸렸고, 수백 명의 노동자가 목숨을 잃었다. 산사태와 가혹한 기후 조건과 열악한 작업 환경 때문이었다.

광활한 고원은 마치 먼 별에 와있는 느낌을 주었다. 잠시 고원 한가운데 버스를 세우면 무릎을 펼 수 있다. 나는 화장실을 찾지만 이슬람의 사람들은 먼저 절할 공간을 찾는다. 그리고 신에게 절을 시작한다. 이 황막한 고원에서 신에게 올리는 기도라니. 쿵, 마음에 바윗덩이가 울리는 느낌이다. 척박한 곳에 인간이 태어난다면 인간이 가장 먼저 배우는 건 경외라는 걸 다시 확신하게 된다. 다시 출발, 가도가도 아득한 설산을 따라 고원을 달린다.

그 긴 여행 중에서도 날이 갈수록 선명해지는 장면이 있다. 해발 오천에 가까운 고원의 황야에 넓게 펼쳐져 있던 들꽃들이다. 바람 때문인지 바짝 땅에 붙어 자란 손톱만한 꽃송이들 형형색색 눈부셨다. 인적도 없는데 흰색, 보랏빛, 노란색 들꽃들이 고원이 끝나는 그 광막함 속에서 반짝이고 있었다. 사막을 벗어난지 얼마 안되는 자리인데 말이다. 그건 한 편 고대 신화였고, 장편 서사시였다. 설산으로 둘러싸인 실크로드, 세계에서 가장 험하고 가장 아름답다는 카라코람을 종일 달려왔으면서도 진정한 위대함을 그제야 발견한 듯한 느낌이었다.

아무도 살 것 같지 않는 황무지를 가로지르다 잠시 멈춘 자리, 문득 아득히 그러나 선명하게 펼쳐진 꽃송이들. 인류가 태어나기 전, 고생대의 지구가 저랬을까. 그 경이로움은 생각할 때마다 아직도 나를 설레게 하고, 특별한 원초적인 지혜가 되어주곤 한다. 어느 꽃이 신비가 아닌 게 있을까만 나는 그때 꽃의 순수한 기쁨을 만난 것이다. 평화란 그런 순수. 영혼도 그런 순수가 아닐까.

당나라 현장도 신라 혜초도 '죽은 이의 흰 뼈를 이정표 삼아' 넘었다는 쿤제랍 패스에 당도한다. 그래서일까. 쿤제랍은 '해골'을 뜻한다고 한다. 세계에서 가장 높은 이 국경은 겨울에 길이 닫힌다. 쏟아지는 눈 탓에 겨울이면 차들이 다니지 못하게 통제하는데, 얼었다 녹았다를 반복하면서 눈과 얼음, 물과 흙으로 길이 만신창이가 되기 때문이다.

너무나 간단한 초소 하나인 국경을 넘어 중국의 서쪽 끝 국경 도시 타쉬쿠르칸에 하루 머물렀다가 7월의 카라코람 주위에 한창인 들꽃을 보며 다시 여러 시간을 달려 카슈카르에 도착한다. 도시 전체가 거대한 시장이다. 지금도 일요일이면 천 년 전과 다름없이 실크로드에서 가장 큰 규모를 자랑하는 시장이 선다. 얼굴도 종교도 언어도 중국 한족과는 판이하게 다른 신장의 위구르인들의 문화와 마주친다. 카슈카르에 머무는 일주일 내

내 골목과 시장만 다녔다. 관광지도에 표시된 사원들보다 간 길, 가고 또 가며 시장을 실컷 누렸다. 일요시장 끝에 있는 당나귀 주차장이 너무 신기했다. 너른 광장에 당나귀수레들이 끝없이 주차되어 있고, 사람들은 당나귀 궁둥이에 붉은 물감 푸른 물감으로 열심히 번호를 써넣었다. 그 풍경 속에서 카라코람 여행은 막을 내렸다.

아들과 함께 넘은 카라코람 하이웨이는 내겐 특별한 선물임에 틀림없다. 파키스탄 국경마을 소쉬트나 파슈 빙하 등 카라코람 하이웨이의 중간중간의 모든 여정이 모두 하나의 전설처럼 내 가슴 속에 뿌리내렸다. 그러나 그 모든 풍경 중에서도 가장 감동적인 것은 멀리 설산이 둘러쳐진 황무지 한가운데 끝없이 피어있던 들꽃들이다. 그 아름다운 경이는 내가 태어나기 훨씬 전부터 계속되어왔고, 내가 죽은 후에도 영원히 계속될 세계였다. 아무도 칭찬하지 않아도 묵묵히 피고지면서 제 생명을 살아내고 있는 힘. 그것이 자연이었고 신이었다.

나는 저 꽃잎들 중 하나처럼 묵묵히 신실하게 피고질 수 있을까. 삶이 고단할 때마다 지금도 떠올리는 풍경이다.

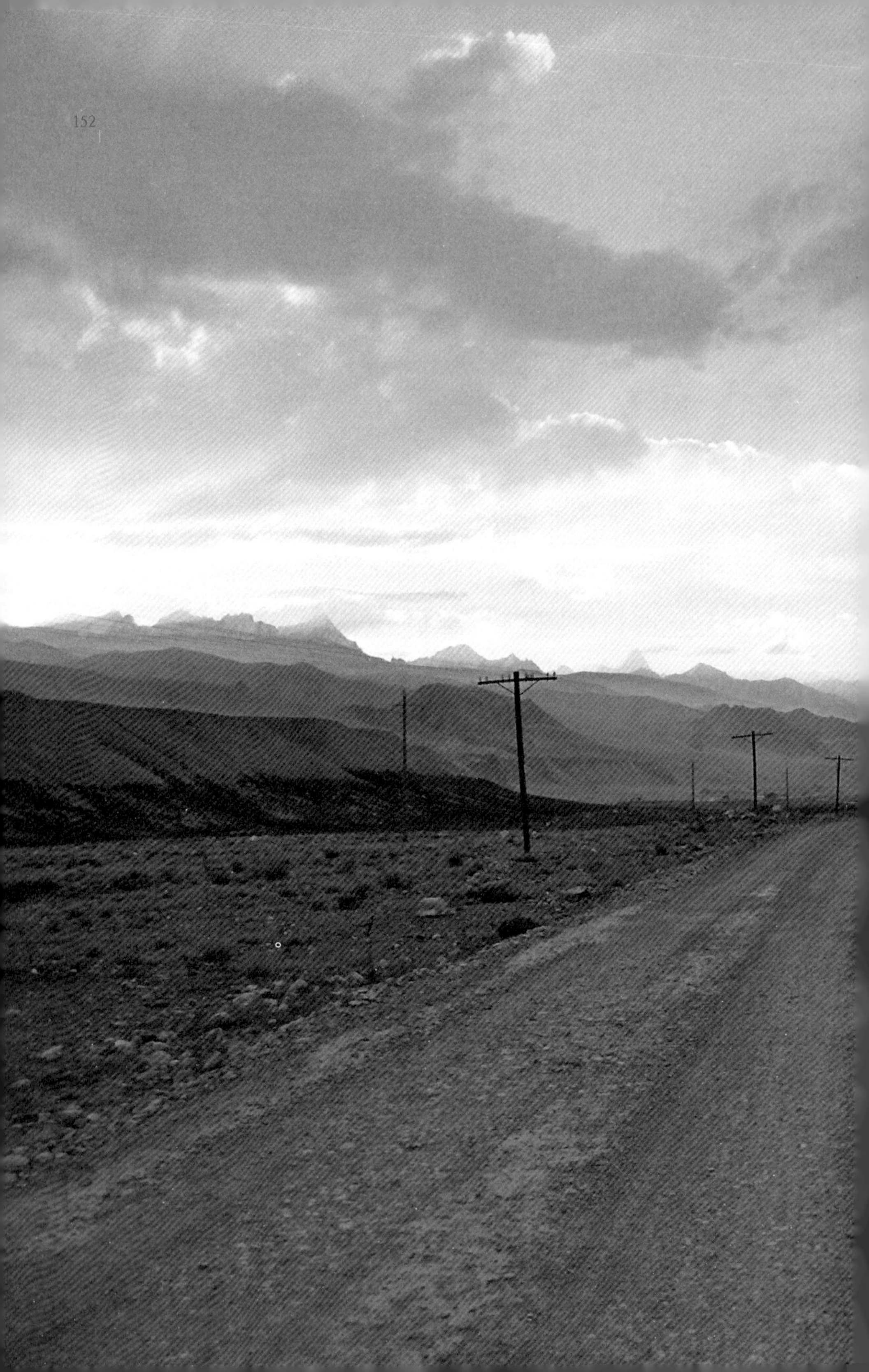

척박한 곳에 태어난 자는 제일 먼저 무엇을 배우게 될까. 설산을 따라
가는 카라코람 하이웨이의 황막한 고원에서 나는 배웠다. 그것은 삶에
대한 경외였다.

씨앗이 되는 시간

마음이 복작거리면 배낭을 메고 훌쩍 민들레 씨앗처럼 길을 나서곤 했다. 먼 물결에 몸을 싣는 심정으로 걷고 버스를 타고 비행기를 탔다. 거대한 자연이나 타자들의 삶을 비집고 다니면 내가 새롭게 보일까해서 였다. 그래서 인도나 이탈리아를 여러 번 여행하고, 유럽도 돌고 중국이나 파키스탄, 그리고 파미르 고원도 넘었다. 티벳이나 몽고, 쿠바나 중남미를 돌아오기도 했다. 하지만 그건 단편적인 몸짓에 불과했다. 돌아오면 난 늘 같은 자리를, 같은 슬픔과 분노를 다시 맴돌고 있었다. '쉼'을 오해하고 있었던 것이다.

쉼은 나무그늘도 아니고 공터도 아니다. 쉰다는 건 삶의 창을 여는 것이며, 하나의 여백을 갖는다는 건 내면을 길어올리는 과정이다. 결국 쉼이란 자신을 환기하려는 의지 자체인 것이다. 쉼을 선택한다는 것은 훌쩍 떠나는 것 이상의 절실함이 있기 마련인데, 절실함을 동반한 환기가 영적인 진보를 가져올 수 있다. 그것이 바로 성장이다.

사람들은 한결같이 쉼을 열망한다. 쉼에 대한 무수한 계획을 세운다. 하지만 쉼은 계획될 수가 없다. 다만 선택된다. 진정한 쉼은 비어있는 마음이다. 아무리 바빠도 마음이 비어있으면 그는 충분히 다른 사람을 배려한다. 반면 아무리 시간이 많아도 어딘가에 사로잡혀 있는 사람은 마음의 여백이 없다. 마음이 바쁜 건 소유와 축적 때문이다. 소유가 삶을 복잡하게 한다. 이 시대는 끊임없이 우리를 소비에 몰두하게 하고, 엄청난 정보는 계속 내면의 풍경을 지우고 있다. 쉼조차도 계획된 소비가 되고마는 것이다.

쉼의 속성은 빈 마음이며 자유이며 관심이며 사랑이다. 타자를 돌아보는 너그러움이며, 모든 상황에 의미를 부여할 줄 아는 힘이다. 남에게도 여백을 만들어주는 것이 진정한 쉼이라는 말이다. 남을 환대하는 마음자리가 있다면 그건 우주적 여백이기도하다. 반면 아무리 헐렁한 삶이라도 욕망에 사로잡혀 있다면 그건 번뇌일 뿐이다. 나를 비우는 연습은 나를 가난하게 하는 연습이다. 속도가 아니고 느림이며, 덧셈이 아니라 뺄셈이며, 소비가 아니라 재활용인 것이다. 하여 쉼은 빗방울 같은 것이며, 유리쪽창 같은 것이며 비둘기 울음 같은 것이며 뱀딸기 또는 문득 코끝에 닿는 찌개냄새 같은 것이다.

쉼은 씨앗이 되는 시간이다. 보이지 않는 것, 잘 들리지 않는 것들과 감응할 수 있는 힘, 상상해내고 소통해내고 결국 꽃을 피워내는 힘. 그것이 곧 쉼이다. 우리의 눈길 끝, 손길 끝에 진정한 쉼이 있다. 가로수 그늘에 핀 풀꽃을 발견하고 그 생명성에 감동할 수 있다면 그건 자유이다. 생명 투성이인데도 함부로 지나치고 만다면 아무리 한가한 중이라도 얽매임 속에 있는 것이다. 그렇다면 쉼은 결국 선택 또는 수행의 문제인 걸까. 보지 못하던 것들을 발견한다는 데서 쉼은 일탈이 된다.

쉼은 시간의 한가함이 아니라 사유의 한가함이다. 또 한가함이 나를 향한 것인지, 타자를 향한 것인지도 하나의 문제점이 된다. 동양철학에서는 무위를 많이 강조한다. 무위와 무행위는 다르다. 무행위는 아무 것도 하지 않는 게으름이지만 무위는 매사 최선을 다하는 노력이다. 최선을 다하면서도 결과에 집착하지 않음이 무위이다. 결과에 집착하지 않는 삶이 가장 뛰어난 쉼의 지혜이다. 우리가 찜질방에 가거나 노래방에 가서 열심히 악악거려 스트레스를 푼다고 해서 그것이 마음을 내려놓는 쉼이 되겠는가.

책은 중요한 쉼터이다. 마음이 번잡할 때는 사집집이나 그림집을 펼쳐 놓고, 그 시공을 넘는 자리에 마음을 내려놓는다. 나름 지혜로운 쉼임을 자처한다. 고흐의 그림이나 신디 셔먼의 사진이나, 베토벤의 음악을 듣고 있으면 그들의 치열한 삶과 열정 속으로 빨려들면서 가슴은 충분히 하나의 여백을 확보한다. 내셔날 지오그래픽 같은 다큐사진집은 세계를 더 가깝게 크게 만들어준다. 간접적이긴 하지만 잉크 냄새 나는 페이지들이 나를 선명하게 열어준다. 내가 당면한 문제들이 문득 헐거워지면서 새로운 정신성을 선물한다. 복닥복닥거리는 현실이 느티나무잎처럼 가볍게 흔들리는 것이다.

쉼은 하나의 도착점이고 동시에 새로운 출발점이다. 쉼은 삶의 깊이를 지각하는 눈길에 있고, 그 삶을 실천하는 손길에 있다. 새로운 사유를 환기시키는 힘은 거대한 사건을 필요로 하지 않는다. 페이지를 넘기다 만나는 그림 한 장의 쉼, 시 한 편과 같은 쉼이 우리 자신을 푸르게 한다. 여행 또한 한 권의 책과 같은 무수한 갈피가 아닌가. 무수한 풍경의 갈피들은 기억을 미래로 만든다. 중요한 건 내가 부여해내는 의미의 힘이 아닐까.

천심天心, 내가 좋아하는 말이다. 자연스럽고 단순하여 가장 쉬운 것. 어린아이 같을 수밖에 없는 마음이다. 쉼은 그러한 단순함이다. 옳고 그름, 좋고 나쁨을 따지지 않는 순결함이 즐거운 쉼을 선물한다. 쉼이란 천심의 발로이다. 어떤 형편에 처하든지, 어느 누구를 만나든지 내 마음이 천심으로 움직이면 그 자체로 아름다운 쉼이다. 어떤 의도도 어떤 욕망도 작용하지 않는 자리에 그 자리에 민들레 씨앗이 날아와 앉는다. 꽃이 피고 다시 씨앗을 틔우며 지구라는 별을 빛나게 하는 것. 우리는 그렇게 꿈을 꾸고, 그렇게 서로를 향하여 마주 앉는다. 우리는 그렇게 쉰다. 그렇게 씨앗이 된다.

구름 한 점 떠있는 하늘은 날개 같은 생각을 선물한다. 생각의 보풀이 일면서 마음은 팔랑팔랑 흰나비처럼 날아가곤 한다. 그리고 마음은 가까운 그림자, 가까운 소리와 함께 바람처럼 일상으로 돌아온다. 이내 복잡한 물상 속에 잠기고 말지만, 먼 데를 돌아온 마음의 바퀴는 영혼의 한 지층을 이룬다.

우리는 흘러흘러 그 자리에 닿는다. 한참 흘렀는데 그 자리에 머무르는 것, 어쩌면 이것이 신神이고 도道인지도 모른다. 끊임없이 변하지만 우리는 원래 이 자리, 생명이라는 자리, 관계라는 한 자리에 있었던 것이다. 과거도 미래도 그런 것이리라. 모든 시간도 결국은 자리의 형태가 아닐까. 구름은 우리에게 그런 시간의 지혜를 가르쳐준다. 항상 근원의 자리에 서는 법, 근원의 슬픔을 읽는 법, 그리고 죽음도 삶도 바로 한 둥치라는 것을 말이다.

여행을 다니면서 높고 낮은 구름을 만난다. 아니, 늘 있던 구름도 늘 놓치고 살았던 까닭에 길에 서면 더 많은 구름을 발견하는지 모르겠다. 구름에 자주 감동하고 구름사진만 자주 찍어댄다. 시선에 따라 여러 양태로 읽히지만, 구름을 응시하는 것은 마치 마음자리를 여는 것과 같다. 그래서 구름은 서정시인에게도, 초현실주의 화가에게도, 포스트모던한 건축가에게도, 생선좌판 할머니에게도, 고층빌딩 속 재벌가에게도, 연설문 준비하던 정치가에게도 같은 생각을 모아준다. '가벼워지고 싶다', '여기는 어딜까' 하는 희푸른 질문을 촉촉한 습기처럼 떠올리는 것이다.

구름을 볼 때마다 난 사랑 때문에 물방울이 되어 공기 속으로 사라진 인어공주를 떠올린다. 인어공주의 기나긴, 머나먼 영원의 여행 속에 우리도 존재하는 것이다. 우리는 흘러서 늘 그 자리에 도착하는 물방울들이다. 그래서 구름을 보면 생을 인식하게 되고 마음도 덜어내게 되고 먼 데도 바라볼 줄 알게 되는 것일까. 슬픔도 기쁨도 물방울이다. 그대도 나도 과거도 미래도 모두 물방울이다. 그 물방울에 우주가 비친다. 우리는 방울방울 서로 고여서 생명을 담아낸다. 우리를 몰아가는 모든 물상들은 시간의 표피에 지나지 않는다.

구름은 순환을 가르쳐주는 은유이다. 늘 어딘가로 떠났다가 늘 돌아온다. 그 은유를 통해 우리는 생의 뒷면을 바라보게 된다. 보이지 않는 무수한 층으로 삶은 피고 진다. 저 구름은 한때 산골짝 응달에 쌓인 싸락눈이었고, 물고기 키우는 강물이었고, 고래의 푸른 물줄기였고, 내 핏줄이었다. 오늘 마주친 저 구름은 엄마 등에 업혀서 보던 구름일지 모르고, 내가 부지런히 향하고 있는 미래는 아주 오래된 과거일 수 있음이다.

순환은 결국 '비움'이라는 지혜와 한 가지이다. 구름은 우리에게 '비움'을 가르쳐준다. 허나 '비움'을 배우기란 쉽지 않다. 생존의 법칙으로 물신화된 본상은 정신없이 출렁인다. 가치를 따라갈 것인가. 욕망을 따라갈 것인가. 구름은 우리에게 선택의 방정식을 보여준다. 구름의 무상성은 허무가 아니다. 그건 현실의 잘못된 오류를 뛰어넘으려는 적극적 이상, 비전일 수도 있다.

성경은 마음이 가난한 자가 복이 있다고 강조한다. 부자가 천국가기는 낙타가 바늘구멍을 통과하는 것보다 어렵다고 말한다. 부처님도 무소유를 설파한다. 마음을 비운 사람이란 욕망이 아니라 가치를 따라가는 자를 이른다. 가난한 마음은 관계를 섬세히 바라본다. 욕심을 부리지 않고, 얽매임을 벗어던지며, 자신의 것을 거리낌없이 나누고, 자기의 슬픔보다 타자의 슬픔, 사회적 고통을 더 애통해 한다. 구름은 우리에게 자기의 것이 없음을 가르치는 자연의 음성이다. 그것을 이해하고 실천하는 일도 하나의 모험이리라. 선택과 용기란 숨은 정신에서 일어서는 꽃대 같은 것. 어쩌면 우리를 억압하는, 저 어려운 과제와도 같은 일상들은 사실 충분히 가벼울 수 있지 않을까. 조금 더 가볍다면 정말 더 행복할 수도 있을 것을.

종종종, 까치발로 뛰어다니다 문득 봄하늘을 본다. 저만치 옅은 구름 한 자락 몰래 지나간다. 마음이 따라간다. 인어공주의 순수한 사랑을 따라간다. 어디선가 꽃망울이 정신없이 터지고, 어디선가는 꽃잎이 쏟아지는 중이다. 하루에 두 번, 딱 두 번만이라도 하늘을 바라본다면 우린 아마 욕망보다는 가치를 선택할 수 있지 않을까. 하늘을 보는 습관, 구름을 따라가는 습관. 그 끝자락에 사랑을 완성한 인어공주가 맑게 흐른다. 아주 잠시일지라도, 그 옆에 가장 나다운 내가 환하게 서있다.

아, 고귀하게 태어난 자여

　"아, 고귀하게 태어난 자여" 또는 "오, 고귀한 가문의 자손이여!" 이 말은 『티벳사자의 서』에서 끊임없이 존재를 향하여 부르는 말들이다. 죽음의 세계에 들어선 영혼들에게 빛을 주기 위해, 영혼들이 상심하지 않도록 격려하는 이 부름이 늘 가슴을 뜨겁게 한다. 내가 고귀한 존재임을 새삼 일깨워준다. 다람살라와 라다크 지역, 중국의 샤허 사원 그리고 카일라스 순례를 하면서 만난 티벳의 영성이 『티벳사자의 서』에 잘 정리되어 있다. 어떤 공부로 티벳을 다 이해할 수 있을까만은 몇 번의 여행 속에서 그 우주적 영성을 조금은 배운 느낌이다.

　기독교인인 나는 다람살라에서 달라이라마 존자로부터 보살계를 받았다. 우연히 일주일 간 존자의 법문을 직접 공부할 기회가 있었고 감동받았다. 그렇다고 종교를 바꾼 것은 아니다. 나의 구루는 여전히 예수이다. 하지만 시간이 흐를수록 예수를 닮아가는 삶이란 결국 보살행에 다름아님을 믿게 된다. 자기와 남을 이롭게 하는 원만한 행동, 자리이타의 삶이 보살행이다. 보살행은 삼라만상 일체를 자기자신으로 느낄 때, 그 일체감이 생겼을 때 가능하다. 깨달음을 '깨어남'이라고도 하지 않는가. 무지와 집착에서 벗어나 자유와 사랑으로 가는 것이 깨어나는 것이며 깨닫는 것이다. 보살행은 영이 진화하는 방식이다. 실천이 갖추어지지 않은 믿음은 깨달음이 될 수 없다.

티벳이나 라다크의 작은 곰파를 돌아다니는 내내 그 영적 스승들의 전설을 엿본다. 파드마 삼바바(717~762)는 티베트 불교의 대성인이다. 인도에서 태어났고, 어린 나이에 출가하여 영적 탐구의 중심지인 나란다 불교대학에서 전통 불교를 전수받았고, 여러 스승을 따라 수행했다. 깨달음을 얻은 후, 티벳에 건너왔다. 티벳인들은 그를 문수보살, 금강수보살, 관음보살 세 존자가 합일한 화신으로 믿고 있다.

파드마 삼바바는 티벳 히말라야 설산에 머물면서 많은 탄트라 경전들을 인도의 산스크리트 원본으로부터 티벳어로 번역하고, 또한 궁극의 깨우침으로 인도하는 비밀의 책들을 자신의 언어로 썼다. 그리고 이 뛰어난 비밀 교법들을 주로 바위틈이나 동굴 등에 숨겨놓았다. 교법이 세상에 나와야 할 시기까지 훼손을 막기 위해서였다. 죽기 전 몇 명 제자들에게 특별한 능력을 주어 적당한 시기에 환생하여 그 책들을 찾아내도록 하였다고 전한다. 책을 찾아내는 사명을 가진 사람들을 '보물을 찾는 자'라 하여 테르퇸이라 불렀으며, 이들이 찾아 낸 파드마 삼바바의 경전은 65권에 달한다고 한다.

파드마 삼바바의 경전 중 가장 잘 알려진 『티벳사자의 서』는 14세기에 카르마 링파에 의해 발굴되었고, 티벳 문화가 산출해 낸 아주 중요한 책 중에 하나다. 20세기 초 심리학자 카를 융은 '가장 차원 높은 정신의 과학'이라고 극찬, 직접 장문의 해설을 쓰기도 했다.

『티벳사자의 서』의 원제는 '바르도 퇴돌 첸모'로서, 흔히 바르도 퇴돌이라고 부른다. 그 의미는 '죽음과 환생의 중간 상태에서 듣는 영원한 자유의 가르침'이다. 『티벳사자의 서』에 가장 빈번히 나오는 용어가 '바르도 Bardo'이다. 바르도는 한 마디로 '틈'이라는 뜻으로, 일반적으로 저승의 중음中陰상태를 일컫지만, 티벳의 가르침을 보면 바로 현재 삶의 기간도 '일상 바르도'이다.

『티벳사자의 서』의 내용은 죽음과 환생 사이에서 일어나는 과정을 묘사하면서, 사후세계에서 경험하는 모든 것이 자신이 만든 환상임을 깨달아 해탈에 이르기를 권고한다. 현실에 근본적인 자연법칙으로 영향을 미치는 카르마에 대한 고대인들의 가르침을 담고 있는 것이다. 이 책에 의하면 죽음은 더 이상의 단절이 아니라, 삶의 연장선에 불과하다. 그리고 사자에게 탄생과 죽음의 윤회를 넘어서 니르바나의 길로 들어갈 수 있도록, 무지의 어둠을 걷어내고 내면에 있는 지혜의 빛을 보도록 도와준다.

『티벳사자의 서』가 주는 메시지는 죽음의 기술은 삶의 기술만큼 중요하다는 것이다. 죽음은 삶을 완성시켜 주며 한 인간의 미래는 어떤 방식으로 죽음을 맞이하는가에 달려 있다. 죽음의 순간에 가지는 마지막 생각이 그 다음 환생의 성격을 결정짓는다. 그러므로 사람은 마지막 순간까지 자신의 생각을 올바르게 통제할 수 있어야만 한다는 것이다. 대부분의 범부들은 무지하여 사후세계에 두려움을 가지고 있기에, 『티벳사자의 서』에는 사후에 맞닥뜨릴 존재와 사물의 본질을 설명하고 용기를 북돋는 말로 그득하다.

인간은 분명한 의식을 지닌 채 마음의 평정을 이룬 상태에서 죽음을 맞이할 수 있을까. 육체의 고통과 질병을 정신적으로 초월할 수 있는, 훈련된 지성을 가진다는 게 쉽지는 않을 것이다. 살아있는 동안 삶의 기술을, 죽음에 임해서는 죽음의 기술을 실천하는 것이 바로 공부의 힘이다. '우리의 모든 것은 우리가 생각한 것의 결과이다. 그것은 모두 우리의 생각에서 나온 것이다. 그것은 모두 우리의 생각으로 이루어져 있다'는 것이 『티벳사자의 서』에 깔린 메세지이다. 대승불교의 교리를 압축해 놓은, 종교적 철학적 역사적으로 중요한 텍스트이다.

'있는 그대로를 본다'는 것은 사고 과정을 거치지 않고, 직관을 통해 즉각 체험하다는 뜻이다. 있는 그대로를 보는 것은 개념을 통한 의식이나 선입관에 물든 무의식이 완전히 정지할 때 가능해진다. 이 순수한 의식이 곧 붓다이다. 우주를 지탱하고 있는 강력한 힘인 사랑, 신뢰, 안정, 힘, 투명성, 깨달음 등이 우리의 순수한 의식이다. 모든 존재는 마음 속의 불완전한 관념들로부터 생겨난 것이며, 모든 차이는 곧 마음 속의 차이이며, 하여 모든 존재는 거울에 비친 실체 없는 그림자와 같고, 마음 속의 환영과 같다는 것을 『티벳사자의 서』에서 지속적으로 언급하고 있다.

모든 존재들이 처한 상황과 장소와 조건들은 모두 현상에 의존한다. 모든 현상은 윤회하는 마음에게만 나타나는 것일 뿐 실제로는 환영일 뿐이다. 사후세계는 그 조건만 다를 뿐 인간 세상에서 만들어진 현상들의 연속이다. 이 두 세계는 똑같이 카르마 법칙의 지배를 받는다. 죽음과 환생 사이에서 어떤 일이 일어나는가 하는 것은 이 생에서 행한 행위에 따라 결정된다. 완전한 깨달음은 윤회계가 또는 존재 그 자체가 하나의 환영이며 실재하지 않는 허상임을 깨닫는 데서 얻어진다.

우주의 궁극적인 실체인 마음을 깨닫지 못하면,
그대의 혼미한 마음으로 인해
윤회의 수레 바퀴에 휘말려 들어간다.

그대의 마음이 붓다인 줄을 깨닫지 못하는
그 마음이 니르바나(涅槃)를 흐리게 하는 장애물이다.
아느냐 모르느냐에 따라 해탈과 윤회가 갈린다.

　　　　　　　　　　　　　-『티벳 사자의 서』 중에서

『티벳사자의 서』를 뒤적일 때마다 중음천을 향하는 죽은 자들을 부르는 음성을 듣는다. 그것은 한결 같다. 가슴이 뭉클, 뜨거워진다. "고귀하게 태어난 자여" 또는 "고결한 가문의 자손이여"라고 부르면서 죽음의 길이 결코 외롭거나 두렵지 않으며 그 자리에서도 위로를 얻고 깨달음을 얻기를 당부하고 있다. 이 책에서 생명의 고결함과 생명의 지혜가 그대로 와닿는 부분이다. 아직 살고 있는 이 시간에 우리는 서로를 그렇게 부를 수는 없는 것일까.

"고귀한 가문의 자손이여", "고결하게 태어난 자여" 서로를 그렇게 부른다면 삶은 얼마나 경외와 경이로울 것인가. 파드마 삼바바의 깨달음이 그대로 가슴에 스미어드는 언어들이다. 라다크를 다니면서 한때 티벳 고원에 살던 뺨이 붉은 계집애였다는 느낌을 자주 갖게 된다. 동시에 이 지구란 결국 영적인 진화를 위한 수행하러 온 작은 별임을 깨닫는다.

마추피추의 슬픔

　리마에서 하룻밤을 자고 곧장 꾸스꼬로 향했다. 안데스산맥의 해발 3,400m에 세워진 꾸스꼬는 잉카제국의 수도로서 지상에서 태양과 가장 가까운 고도古都였다. 잉카의 수도라는 명성에 맞게 매력적이다. 자연과 인간이 잘 어우러진 느낌이 아름답다. 13세기 초 페루의 한 고원에서 기원한 이 제국은 1438년에 본격적으로 역사시대를 맞이했다. 이후 약 95년 동안 콜럼버스 이전의 아메리카에서 가장 거대한 제국이었다. 무력 정복과 조약 등 다양한 방법으로 안데스 산맥을 중심으로 넓게 퍼진 방대한 남서 아메리카 대륙을 융합했다.

　잉카제국에서 가장 극적인 사건은 잉카의 마지막 군주 아타왈파의 생포와 죽음이다. 그러면서 잉카 문명, 나아가 안데스 문명이 몰락하고 혹

독한 스페인의 식민지배가 시작되었기 때문이다. 8만의 전사를 가진 잉카는 불과 스페인군 168명에게 정복되었다. 야욕으로 접근한 피사로가 회견 자리에서 방심한 아타왈파황제를 납치했기 때문이다. 황금을 대가로 풀어달라고 제의하고 엄청난 황금을 모아 바치지만 결국 아타왈파는 교수형을 당한다. 안데스 전체가 식민지가 되는 비극의 역사를 의식하고 있어서인지 꾸스꼬에서 만나는 아름다움과 인디언들의 소박한 삶은 또 하나의 심연으로 다가왔다.

저기 솟은
저 검은 무지개는 무슨 무지개란 말인가?
꾸스꼬의 적들이 끔찍한 천둥번개를 내리치고,
불길한 우박이 도처에
쏟아지는구나.
내 심장은 매 순간 예감했고,
- 불안하고도 기이한 -
내 꿈에서는
푸른 파리의 불길한 징조를 보았다. (중략)
　　　－「강력한 잉카 아타왈파에게 바침」에서

이 시는 안데스 원주민의 언어인 케추아어 문학의 백미로 꼽히는 작품이다. 구전되어온 작자 미상의 「강력한 잉카 아타왈파에게 바침」은 잉카

멸망의 비애와 간절한 기원을 담고 있다. 잉카에는 문자가 없고 구전으로만 모든 것이 전달되었다. 이는 케추아어가 세상에 대한 사색과 이해라는 생각의 산물이 아니라, 살아 있는 생생한 경험에서 비롯할 언어임을 보여준다. 때문에 케추아어 문학은 인간이 경험하는 특수하고도 일반적인, 구전되어온 체험이다. 민중 시가집에서 필사되었다는 이 시는 잉카인의 기원이 담긴 채 고스란히 가슴에 다가온다. 왕을 잃고 식민지가 되는 순간, 그들의 비통함과 두려움은 마지막 왕 아타왈파를 전설로 만들었던 것이다.

꾸스꼬에 머무는 일주일 동안 골목을 걷거나 광장을 산책하며 지냈다. 그러다가 잉카의 마지막 도시 마추피추를 찾아갔다. 새벽 1시에 출발하여 마추피추행 기차가 출발하는 오얀따이땀보까지 2시간 넘어 차를 탔다. 역에 도착하여 새벽을 맞이하고 멀리 보이는 설산을 바라보며 기차를 기다렸다. 잉카레일을 타고 마추피추를 향하는 동안 나는 이방인이란 생각을 잊는다. 아주 낯익은 곳에 온듯 풍경도 마음도 익숙해진다. 험준한 협곡을 3시간 넘게 달려 도착, 기차에서 내려서도 버스를 타고 한참 지그재그로 산자락을 오른다. 마추피추로 가는 길은 멀다. 이 높고 깊은 산 속에 고대도시가 있다니. 산그늘이 높아지면서 아래 흐르던 강이 점점 까마득해진다.

마추피추는 신전과 궁전, 거주지, 묘지로 나누어지며 통로와 수로를 갖추고 1만 명이 거주할 수 있도록 지어진 완전한 계획 도시의 면모를 가지고 있다. 계단식 밭 사이에 오밀조밀한 집들을 지어놓고 살면서 태양을 향해 자신들의 소원을 빌던 그 도시는 오랫동안 폐허로 잊혀져 있다가 1911년 탐험가 하이럼 빙엄에 의해 발견됐다고 한다.

산 속에 있는 정교한 도시 마추피추. 충분히 설렐만했다. 우선 고대문명을 둘러싼 산봉우리들의 기운이 신비했다. 해발 2,400미터의 험준한 산악 지대에 자리잡은 마추피추. 잉카 제국의 수도 꾸스꼬 근처에 자리잡은 이 유적은 급격한 절벽들 사이에 건설되었다. 공중에서 내려다보지 않으면 밑에서는 그 높은 봉우리에 도시가 있으리라곤 상상조차 할 수 없다 하여 '공중도시'라 이름 붙여졌다.

세계의 신비로 남아있는 유네스코 문화유산들을 만날 때마다 늘 솟구치는 게 있다. 누군가의 노동이 있었다. 그것은 끔찍한 억압이었을 것이다. 이집트나 인도의 고대신전들, 만리장성을 비롯한 중국의 거대한 궁전이나 인공호수들, 로마의 유적들 등 우리가 경이롭게 바라보는 그 아름다움은 결국 누군가의 희생이었던 것이다. 이 높은 데로 끌어올린 돌덩이라니. 마찬가지로 이 아름다운 마추피추는 누군가의 노동이 만든 도시였다.

마추피추를 거니는 동안 시인 네루다가 발견한 라틴아메리카의 생명력에 공감되었다. 칠레의 가난한 철도 노동자 아들로 태어난 네루다는 라틴아메리카의 인디오들을 생각하면 가장 먼저 떠오르는 시인이다. 그는 일생 동안 라틴아메리카 민중들의 삶을 노래하면서 라틴아메리카의 정신을 세계에 알렸다. 1971년 노벨 문학상을 받은 파블로 네루다의 문학 정신은 장편 시집『모든 이의 노래』에 압축되어 있다. 라틴아메리카의 지리사이면서 생물사이며, 남미의 역사를 담은 시라고 일컬어지는 이 시집의 2부는 바로「마추피추 산정」시편들이다.

이 시편들은 라틴아메리카 대륙의 과거에 생명을 불어넣는다. 마추피추의 돌들로 하여금 그 유적을 세운 사람들, 핍박받았던 노동자들, 인디오의 슬픔에 대해 이야기하도록 한다. 안데스의 광대한 숲속에 숨어 있던 잉카의 유적에서 과연 네루다는 무엇을 본 것일까? 1943년, 네루다는 멕시코 주재 총영사에서 해임되어 칠레로 돌아오는 길에 페루를 방문했다. 그리고 잉카의 고도 마추피추의 유적을 찾아갔다.

"나는 칠레인이자 페루인, 아메리카인이었다. 그 험준한 산정에서 장엄한 모습으로 여기저기 흩어져 있는 폐허 속에서 나는 시를 계속 쓰기 위해 내가 필요로 했던 믿음의 원리를 발견했다. 나의 시「마추피추 산정」이 태어난 것은 바로 그곳에서였다."

그의 회고에서 보이듯 네루다는 안데스의 뾰족한 봉우리 사이에서, 자부심으로 가득한 석조건물 속에서 노동을 보았다. 마추피추를 세웠던 인디오들의 고통과 그 끈질긴 생명력에서 그리고 독재자들에게 핍박받는 민중들의 모습에서, 라틴아메리카 대륙의 자연과 역사 속에서 자신의 위치를 깨닫게 된다. 그리고 이제까지의 시와는 사뭇 다른 목소리로 라틴아메리카의 고통과 생명력을 노래한다.

올라와 나와 함께 태어나자, 형제여

내게 손을 다오 그 깊은

너의 고통이 뿌려진 그곳으로부터

바위 밑바닥으로부터 돌아오는 것은 아니다

땅 밑의 시간으로부터 돌아오는 것은 아니다

굳어진 너의 목소리가 돌아오는 것은 아니다

구멍 뚫린 너의 눈이 돌아오는 것은 아니다

땅 밑으로부터 날 봐 다오

농부여, 방직공이여, 말없는 목동이여

사나운 고슴도치를 길들이던 친구여

일어나는 발판을 만드는 미장이여

도전적인 교수대를 만드는 석수장이여

안데스의 눈물을 길러오는 물장수여

손가락이 다 뭉개진 보석공이여

씨앗 속에 떨고 있는 농부여

점토 속에 녹아버린 도자기공이여

이 새로운 삶의 잔에

땅에 묻힌 너희 오랜 고통을 가져 오라.

그리고 피와 그대의 주름살을 보여다오(후략)

　　　　　　 － 네루다, 「마추피추 산정」에서

이 시에서 고스란히 읽히듯 네루다는 선명한 리얼리즘 작가로 비상하

는 인간정신을 보여준다. 라틴아메리카의 운명과·삶·열정·사랑은 시의

174

벽돌이 되었다. 인류역사는 정신 해방의 염원 속에서 격동한다. 인간은 독립과 자유를 원한다. 억울한 민중이 많다면, 누구도 그 고통을 돌보지 않는다면, 결국 그 역사는 폐허에 이르지 않을까.

마추피추를 내려올 땐 차량을 이용하지 않았다. 가파른 내리막을 걸으면서 생각이 많아진다. 올라갈 때 버스로 지그재그 오르던 길을 곧장 내리꽂듯이 내려오니 이내 무릎과 온몸이 곤핍해졌다. 할 수 없이 맛사지를 받았는데, 버스비용보다 훨씬 많이 든 셈이다. 몸의 곤함보다 마음 깊은 데서 어떤 슬픔이 괴어왔다. 모든 사라진 것들은 연민의 감정을 자극한다. 하물며 그것이 한때 거대한 제국이었고, 자신들의 문자가 없어 아무런 기록으로도 남지 않은 망각의 대상일 때 그 쓸쓸함과 안타까움은 더욱 깊어진다.

꾸스꼬에서 마추피추와 티티카카 호수를 다녀오는 동안 페루의 대자연에 감명받았다. 거대한 산맥의 자락마다 몇 채로 이루어진 작은 마을과 도시들을 만난다. 다시 리마로 돌아와 여러 문화를 읽었다. 부러운 것이 많았다. 하지만 페루를 떠나면서 인디오들의 아픔이 앙금처럼 내 속에 가라앉음을 느낀다.

자본주의에 잠식되어버린 그들의 아름다움. 짧은 기간에 강국을 이루었던 그들의 기도는 제국주의의 폭력에 파편이 되어 우리 가슴에 남아있다. 태양신을 섬긴 그들의 전설은 한밝을 섬긴 우리 민족과 닮았다. 그들의 케추아어도 우리 언어와 비슷한 부분이 많다는 연구도 있다. 때문인지 그들의 겸연쩍은 눈빛들이 가슴을 저리게 한다. 케추아어로 구전된 그들의 문학이 계속 발굴되기를 간절히 기원하는 마음이다. 그 작품들이 번역되어 충분히 읽혔으면 하는 바람. 내가 시인이기 때문일까.

엄숙한 선언을
배우다

엄숙한, 엄숙하다는 말은 무엇일까. '엄숙'은 뭔가 중세기적인, 시대착오적인 느낌도 든다. 하지만 '엄숙'이 불러내는 경건함을 이해한다는 것은 이 시대에도 긴요하다. 인도의 바바 사헤브 암베드카르. 그에게서 나는 시대의 엄숙한 선언을 본다. 그는 선언을 통해 몇 천 년 인도 문화의 뿌리이면서 생활양식 그 자체인 힌두교와 결별한다.

"불행하게도 저는 힌두교인으로 태어났습니다. 그것은 저로서도 어쩔 수 없는 운명이었습니다. 하지만 저는 지금 여러분 앞에서, 제가 힌두교인으로 죽는 일은 결코 없으리라고 엄숙하게 선언하는 바입니다. 우리들 각자의 행복한 삶을 위해서 반드시 필요한 것이 바로 자유와 평등과 사랑입니다."

이 엄숙한 선언은 1950년대 중반의 사회운동, 특히 카스트 철폐운동과 연결되어 있다. 이 결단은 1950년 델리에서 대규모 법회를 열었으며 인도에서 사라졌던 불교를 다시 부흥시키는 데 결정적인 역할을 하였다. 56년 니그푸르에서 거행한 개종 의식에선 흰옷을 입은 50만 명이 대대석으로 참석했으며, 그 다음날에는 10만여 명이 몰려와 불교에 귀의를 복창하며 개종했다. 붓다의 나라에서 자취를 감춘 지 800년만에 불교는 새로운 생명을 얻은 것이다. 신불교 운동의 궁극적 목적은 불가촉천민이 인간의 기본권을 향유하는 데 있었다. 힌두교의 불평등을 비판하고, 불교의 평등주의를 고양시킨 이 주장은 전국적으로 큰 반향을 일으켰다.

그 중심에 암베드카르라는 '뜨거운 심장'이 있었다. 암베드카르. 우리에게 생소한 이름이지만 인도에서는 그 어떤 위인들보다 암베드카르의 동상이 많다. 그는 간디와 맞선 인도 민중의 대부로 불린다. 인도에는 브라만, 크샤트리아, 바이샤, 수드라로 나눠지는 카스트 말고도 이 네 단계 계급에 속하지 못한 불가촉천민이 있다. 그들은 짐승 취급을 받으며 살아야 했다. 암베드카르는 불가촉민으로 태어나 불가촉민을 위해 평생을 바친 사회개혁가였다. 그러면서 독립 인도 건설의 주역으로 활동했고, 21세기 합리주의적 해방의 상징이 되었다.

암베드카르는 간디와 더불어 탄생일이 국가기념 공휴일로 지정될 만큼 가장 추앙받고 있는 국민영웅이다. 불가촉천민의 신분으로서 콜럼비아와 런던 등의 대학에서 경제학과 정치학 학위를 취득하고 변호사가 되었다. 암베드카르는 힌두교를 중심으로 인도의 통합을 꾀하던 힌두 민족주의자들의 유화적 개선에 단호히 반대하고, 하리잔을 위한 연설로 끊임없이 간디와 논쟁을 벌였다. 이처럼 그는 민중교육자로서 불가촉천민의 인권을 위해 운동하면서, 독립 인도의 초대 법무장관을 지냈고, 카스트제도 철폐와 노동자, 여성의 인권 보장을 명시한 인도헌법을 기초했고, 싯다르타 대학 등 여러 학교를 설립했다.

간디는 불가촉천민들에 대해 연민과 동정심을 가지긴 했지만, 카스트제도에 있어서는 정당성을 인정하며, 각자 타고난 맡은 일에 충실할 것을 주장했다. 간디는 모든 직업은 평등하다고 말하면서, 불가촉천민들을 힌두교의 틀 안으로 끌어들이려고 했다. 그러나 암베드카르는 경험을 통해 그것이 허황된 것임을 충분히 알고 있었다. 암베드카르가 '간디의 시대는 인도의 암흑기였다.'라는 말을 할 정도로 간디는 힌두교에 충실했다.

"선생님은 저에게 조국이 있다고 하십니다만, 분명히 말씀드리건대 저에게는 조국이 없습니다. 개돼지보다도 못한 취급을 당하면서 마실 물도 얻어먹을 수 없는 이 땅을 어떻게 조국이라고 부를 수 있겠습니까? 그리고 그런 나라의 종교가 어떻게 저의 종교가 될 수 있겠습니까? 눈곱만한 자부심이라도 갖고 있는 불가촉천민이라면 이 땅을 자랑스러워하지 않을 것입니다."

암베드카르가 간디에게 한 말이다. 그의 엄숙한 선언은 유년 시절 어느 하루에 이미 시작되었다. 교사가 암베드카르를 불러내 칠판에 쓰인 수학 문제를 풀라고 했다. 그러자 갑자기 카스트 출신 학생들이 소란을 떨었다. 만약 암베드카르가 칠판에 손을 대면, 그 칠판 뒤에 넣어 놓은 도시락이 부정탄다는 것이다. 결국 도시락을 모조리 끄집어낸 다음에야 암베드카르는 칠판 위에다 수학 문제를 풀 수 있었다고 한다. 그때 암베드카르는 불가촉천민들이 겪는 굴욕이 사회적 저주에서 오는 것임을 깨달았다. '같은 불운을 안고 살아가는 수많은 민중들을 사회적 노예의 멍에에서 해방시키는 일에 몸과 마음을 다 바치겠다.'는 엄숙한 각오는 그렇게 씨앗을 품었다.

"저는 힌두 사회의 최하층민 출신이기 때문에 교육의 필요성을 그 누구보다 절감하고 있습니다. 오늘날 최하층민에게 가장 중요한 것은 결코 의식주 문제의 해결이 아닙니다. 그들에게는 성장 과정에서 물들어온 노예로서의 열등감을 어떻게 해서든 떨쳐버리고, 인간으로서의 존엄성과 조국에 대한 사명감을 회복하는 일이 시급합니다."

목표를 위해 공부에 매진했던 암베드카르는 변호사가 되면서 '불가촉'이라는 사회적 저주와 정면으로 부딪쳤다. 모든 문제는 불평등한 분배에 있다고 말하면서, 평등한 분배를 위한 사회조직을 갖출 것을 주장했다. 중요한 것은 단순한 생존이 아닌 가치 있는 삶을 사는 것이었으며, 무엇보다도 빈곤 문제가 해결되어야 한다고 믿었다. 하지만 근본적인 원인은 사회를 지배하는 카스트제도였다. 뿌리가 깊고 견고한 카스트 안에서 불가촉천민의 인권을 주장하기란 쉽지 않았다. 오히려 상위 카스트들은 불가촉천민이 자신들과 동등한 권리를 가지려는 태도에 모멸감을 느끼며, 온갖 폭력을 동원해서 저지했다.

1927년 3월 그는 물도 마음대로 떠먹을 수 없는 불가촉천민 1만여 명을 이끌고 마하드에서 상수원인 초다르 저수지까지 행진했다. 그 저수지에서 물을 떠마심으로써 물 마실 권리를 온천하에 알렸다. 격분한 상위 카스트들은 마을로 되돌아가던 불가촉천민들을 무자비하게 공격했고, 얼마 지나지 않아 정통파 힌두인들은 '부정탄' 저수지를 정화하는 의식을 치렀다. 결국 시 당국도 저수지를 불가촉천민에게 개방하기로 한 당초의 결정을 철회한다. 이에 암베드카르는 다시 집회를 열어, 카스트의 불평등을 정당화하고 있는 힌두교 법전인 마누법전의 사본을 태워 묻는 화형식을 거행하며 불가촉천민의 인권을 선언한다.

"저는 이 초다르 저수지에서 물을 마시지 못한다고 해서 우리가 멸종되는 것은 결코 아님을 우리를 적대시하는 사람들에게 분명히 말해주고 싶습니다. 지금 우리가 그 저수지로 가는 데에는 다른 이유가 있습니다. 우리가 다른 사람들과 마찬가지로 인간임을 증명하기 위해서입니다. 이 대회가 열린 목적은 이 땅 위에 평등의 시대를 열기 위함입니다."

1930년에는 나시크에서 칼라람사원 출입할 권리를 따내려 떼거리로 모여 투쟁했다. 결국 폭력사태까지 발생하고 마는데 어려움 속에서도 간헐적으로 투쟁을 지속했다. 분노한 정통파 힌두인들은 불가촉천민들을 엄청나게 학대했다. 이 운동은 결국 5년만에 실패로 돌아가는데, 정통파 힌두인들을 굴복시키는 일은 불가능하다고 판단한 암베드카르는 인근 마을 욜라에서 군중집회를 연다. 그는 힌두교와 결별한 다음, 그들에게 평등하고 정당한 대우를 보장해 주는 다른 종교를 선택할 때가 되었음을 깨달았던 것이다. 힌두교와의 결별을 선언한 지 20년 만에 불교로의 개종을 선택한다. 오랫동안 불교 관련 문헌을 연구하며 숙고한 끝에 내린 결론이었다.

'아버지'라는 뜻의 '바바 사헤브'라 불리는 암베드카르. 그는 1956년 12월 6일 이른 아침, 잠이 든 채 세상을 떠났다. 그는 비록 떠났지만 현대 인도 헌법의 기초자이자 탁월한 행정가, 최하층 계급의 지도자이자 용감한 인권 옹호가, 뛰어난 교육가이자 불교 부흥운동의 아버지로, 무엇보다도 불가촉천민들의 바바 사헤브로 오늘날에도 인도인들에게 존경을 받는다. 암베드카르의 투쟁으로, 인도에서는 1955년 불가촉천민법이 제정되어 하리잔에 대한 종교적, 직업적, 사회적 차별을 금지하고 있다. 하리잔 출신의 장관도 배출되었다.

한 사람의 엄숙한 선언은 얼마나 아름다운가. 그 투쟁과 용기는 별빛과 같다. 물론 인류사 자체가 자유를 향한 역사이다. 그리고 아름다운 전사들이 많다. 하지만 수 천 년 내려온 인습을 깨뜨리는 노력은 순수한 열정이 아니면 불가능하지 않을까. 인도를 여행할 때마다, 곳곳에서 고단한 인도 민중들을 만날 때마다 암베드카르의 강인한 눈빛을 떠올린다. 오늘은 어떤가. 우리는 자유로우며 인간다운가. 우리 사회에도 이제 엄숙한 선언이 필요하지 않을까. 시대가 혼탁할수록 그러한 엄숙함이 그리워진다.

길 길
의 의
일 일
탈, 상,

길은 언제나 일상이고 동시에 일탈이다. 그래서 길은 다양한 문학적 상
징성을 지닌다. 아침저녁 내가 다니는 길이 있다. 송도 윗길과 아랫길이
다. 송도에 살다보니 매일 다닐 수밖에 없는, 아주 일상적인 길이다. 하지
만 이 길은 동시에 매일 일탈을 가져다준다. 늘 마주치는 무덤덤한 풍경이
매번 삶의 경이를 환기시킨다. 내가 찾기 전에 이미 나에게 많은 의미를
선물하고 있다는 말이리라.

송도 아랫길은 언제나 비리다. 충무동 새벽시장을 거쳐 공동어시장을
지나 수산회사 냉동창고들을 관통하는 내내 쩐 비린내가 따라온다. 총총
히 얼룩져 흐르는 간판들. 막창집, 시계방, 건재상, 실비집, 만물상회, 꽃
집, 슈퍼 등이 이어져 있고, 생선 도매집들이 줄지어 있다. 결코 세련되지

못한 간판 이름들, 거기 고단한 희망이 비린내를 잔뜩 품고 흔들리고 있다. 이 신작로를 달리면서 어찌 생각이 비릿해지지 않겠는가. 매일 지나는데도 온 힘을 다한 사람살이가 매일 새롭다.

송도 윗길은 산복도로이다. 잔가지 같은 골목이 많고 따라서 좁은 횡단보도도 많다. 달리다보면 조심할 것 투성이다. 구불구불한 2차선 도로라 오가는 차들이 서로 주의해야 한다. 일차선으로 시내버스가 다니다보니 정류소에 멈출 때마다 기다려야 한다. 짜장면집 옆에 세탁소, 치킨집 옆에 미장원, 철물점 옆에 점술집 등 작은 가게들로 이어진다. 학교도 있다. 보도가 명확하게 분리되어 있지도 않아 자동차고 사람이고 서로 돌아보며 다닐 수밖에 없다. 도무지 질서화되지도 길들여질 것 같지도 않다.

늘 다니지만 생각을 주는 길과 생각을 빼앗는 길이 있다. 앞에서 말한 두 길은 생각을 주는 길이라 할 수 있다. 좁은 문으로 들어가기를 힘쓰라 했던가. 좁은 길에서는 느릴 수밖에 없고 그 느림의 틈 속으로 빛을 내는 존재들이 스민다. 그 자리에 잠시 머무는 동안 마음은 얼마나 많은 생각을 주울 수 있는가. 천천히 살피다보니 전선에도 눈길이 한 번 더 가고 남항 앞바다도 한 번 더 내려다보게 된다. 편리에 길든 신도시 사람들은 불편하게 여길 수밖에 없는 길이다. 하지만 차선 많은 대로에서는 우리의 생각이 거대한 속도의 흐름 속으로 딸려가버리지 않는가. 길도 생각도 존재도 빼앗겨 버리는 것이다.

자신이 진정 원하는 것이 무엇인가를 깨닫기 전에 사람들은 이미 주어진 소비에 내몰리고 있다. 해일처럼 밀려오는 정보에 길들여지면서 어떻게 하면 돈을 벌어 삶을 오래 소비해볼까 염려한다. 그것이 전체적으로 웰빙문화를 만들고 있다. 그러나 정작 중요한 것은 well-being이 아니라 well-dying이다. 결국 산다는 것은 아름다운 죽음을 향해 나아가는 길이기 때문이다. 사람들은 오래 사는 것에 천착한다. 본능이라 하지만 어찌 그것이 인간의 몫이겠는가. 오래 사는 것보다 의미있게 사는 선택이 더 절실하다.

불편함을 자발적으로 수용하는 자체가 이미 일탈이다. 퇴락한 풍경 속에서 본래를 발견한다는 것은 얼마나 눈부신 일인가. 묻혀있던 기억의 사금파리가 햇살에 반짝, 하고 빛나는 것이다. 편리주의를 따라가는 이 시대에 불편주의를 강조하면 누구나 의아해한다. 대책없는 어리석음으로 본다. 허나 무용지용無用之用이라고, '불편'은 속도 중심의 이 문명에 대한 하나의 대안이다. 편리함으로 쉽게 규격화되지 않는 것, 그것이 자연이 아닌가. 개발 논리로 장소성이 뭉그러지고 말끔히 정리되는 현실이다. 겉으로 반듯해졌지만 실지 우리는 삶의 본질과 그 서정을 잃어버리고 있진 않은지. 삶은 독후감 숙제가 아닌 것이다.

국밥냄새와 삶의 비릿함이 다닥다닥한 송도 아랫길이나 산중턱까지 층층이 빼곡한 송도 윗길의 지붕들을 보노라면 모든 삶이 갸룩해진다. 너무나 풋풋한 생명의 현장들이다. 퇴락한 데서 일어나는 새로운 꿈들이 줄기 햇살에 떠오른 먼지처럼 살아있다. 서로 배려할 수밖에 없는 좁은 길은 부산이라는 도심의 특징이기도 하다. 소외된 골목길은 부산을 살아있게 하는 핏줄 같은 것이기에.

아침이고 저녁이고 함부로 내달릴 수 없는 산복도로, 버스 꽁무니를 따라 자꾸 멈추며, 자주 브레이크를 밟으며, 문득 과제 이전의, 과제 너머에 있는 내 영혼을 만난다. 진정한 나는 어디쯤 있는 걸까. 지는 법, 손해보는 법, 실패하는 법을 흔쾌히 배울 수 있을까. 허둥거리는 나를 잠시 돌아보게 하는 이 길이 무한 소비의 일상에서 작은 일탈을 선물하는 셈이다. 그 짧은 일탈이 내 안의 많은 것을 회복시키고 있음이니.

송도 아랫길, 윗길을 번갈아 오가며 집에서 나오고 또 집으로 들어간다. 그 과정을 나는 공부로 삼는다. 수행이 따로 있을리 없다. 일상을 어떻게 누리느냐, 그리고 어떻게 나누느냐가 곧 수행 방식이 아닐까. 생각하게 하는 길을 가진 것만으로 내 하루는 넉넉하다. 얼마나 고마운 다행인가.

188

서랍 속 ─ 열대어

내 안에서
꺼내는
봄

나이가 들면서 봄을 더 좋아하게 되었다. 예전엔 겨울의 고요와 침잠, 긴 외투를 좋아해서 오죽하면 겨울이면 네 생각이 난다는 친구들 전화를 종종 받곤 했다. 그러나 지천명이 가까워지면서 햇살의 깊이가 더 미세하게 감지되었다. 쉰을 훌쩍 넘기고부터는 하루하루 봄빛이 간절해졌다. 노화란 봄볕이 얼마나 기적 같은 것이며, 꽃잎들이 얼마나 기특한 것인지 설명하는 어떤 가르침이 아닐까.

봄은 신화적, 문학적으로 상징이 풍부한 계절이다. 부활, 시작, 풍요, 생명, 출발, 희망, 젊음 등의 코드로 예술과 일상에서 무수한 이미지를 작동시킨다. 이 많은 상징들을 하나의 단어로 묶는다면 그건 새로움일 것이다. 새로움은 늘 환희를 선물하면서 우리를 설레게 한다. 새롭다는 것은 무엇일까. '해 아래 새로운 것은 없다'고 성경에도 이르지 않았던가. 첨단의 문명을 이룬 이 지상에서 과연 어떤 것이 새로운 것일까. 모든 세계는 태어나는 순간 강렬한 빛을 발한다. 하지만 동시적으로 퇴색하기 시작한다. 새로움은 태어나는 순간 죽음을 향해 질주할 수밖에 없는 것이다.

그러나 우리가 알거니와 존재는 비의이다. 옛 선인의 말대로 해 아래에는 새로운 것이 없다. 하지만 새롭게 바라보는 눈빛이 있다. 그것이 영혼을 가진 존재들의 봄이다. 단독자의 고독이 아무리 절실해도 그 눈빛은 우리를 꿈꾸게 한다. 아기를 키우는 어머니의 눈빛이 순간순간 새로움으로 빛나고, 엄마를 바라보는 아기의 눈빛이 순간순간 새로움으로 빛나듯 말이다. 하여 생명은 예측할 수 없는 아름다움이다.

새롭게 바라보는 눈빛으로 대상은 매순간 새로워진다. 이 미래적인 문장은 봄이 어떤 물리적 구분이 아니라, 정서적 내지는 정신적 환경임을 말한다. 새로움은 내 안에 있는 우물이며 봄은 내 속에서 길어내는 것이다. 늘 있던 그 자리에서, 늘 만나는 그 사람에게서 새로운 봄을 읽어낸다는 것은 일종의 영혼의 능력이다. 18세기의 철학자 라로미기에르는 영혼의 능력을 감수성과 의지, 지성으로 분류했거니와, 베르그송도 '정신의 가장 높은 능력들은 감수성과 결부시켜야 하고 창조란 무엇보다도 감동을 의미한다'고 말했다. 봄을 맞이하는 건 그만큼 내면적인 작업이라는 말이다. 새로움은 결국 감성의 문제이며, 개인의 감성이 봄을 끌어내는 온도이며 마중물인 것이다.

내 안의 깨달음과 감동으로 세계는 새로운 문이 된다. 기억의 윤곽을 따라가 보면 안다. 하나의 기억은 사물을 새롭게 읽어내는 사유의 방식을 만들어준다. 아니 사유의 방식이 끊임없이 기억을 새롭게 재구성하는 것일지도 모른다. 기억 각각, 사물 각각은 주변 풍경과 만나면서 끊임없이 제 스스로 자라고 육화되고 마침내 존재의 의미를 형성한다. 하여 지나간 것들은 봄이 된다. 가난하고 고통스러운 시간도 시절이 지난 후엔 '그래도 그때가 좋았지' 회상하게 되는 것도 그 까닭이다. 문명은 새 것을 따라 흘러가는 것 같지만 결코 그렇지 않다. 오래된 것을 꿰뚫어보는 눈빛, 그 감성의 능력으로 인류는 새로운 역사를 만들어왔다. 낡고 지루함 속에 숨어있는 것들이 새롭게 깨어나는 틈, 그 창조의 순간에 우리는 생명의 본성과 본래적인 사랑을 이해하게 된다. 아주 잠시.

기억이란 바로 내 영혼의 따뜻한 여백이며 일상을 비껴가면서 빈자리, 낮은 자리를 만드는 힘이다. 내 안에서 봄을 길어내고 다른 사람에게 봄을 선물하기 위해서는 내 안의 빈자리가 중요하다. 노자가 가르치듯 서른 개의 바퀴살이 하나의 바퀴통으로 모이되 바퀴통에 바로 빈 구멍이 있어서 수레바퀴로 쓸 수가 있다. 흙으로 아름다운 질그릇을 빚지만 우리가 사용하는 것은 그릇 바깥의 무늬가 아니라 안의 빈 공간이듯 새로움을 창조하는 힘도 빈자리에서 울려나는 파문인 것이다. 그 비어있음이 감수성으로 의지로 지성으로 작동한다. 그 빈자리가 바로 무한한 생성력을 가진 우주인 것이다.

현대는 물신과 정보로 현란하다. 스펙터클한 이미지와 광고로 도시는 꽉 차 있다. 사람들은 끝없는 생산을 소비하느라 지칠대로 지쳐 있다. 끊임없이 새로움을 소비하지만 도무지 가슴 설레는 신생의 경이로움을 생성하기 어렵다. 새로움을 바깥에서 추구하고 있음이다. 진정한 새로움은 바깥에 있지 않다. 새로움은 몸안에 있다. 제 속에 있던 본래를 새롭게 발견하고 새롭게 읽고 새로운 의미를 부여하는 것이다.

여행을 좋아한 덕분에 다양한 장소에서 봄과 마주쳤다. 서부 아프리카 사하라 사막에서도 몇 번의 봄을 지냈고, 대서양의 카나리아 섬에서도 많은 봄을 만났다. 이탈리아 베네치아에서 팔레르모까지를 비롯, 유럽 여러 군데에서 봄을 만났다. 파미르 고원에서도 파키스탄 훈자마을에서도 중국 남쪽 운남성, 서쪽 끝 위구르지방의 카슈카르 일요시장에서도 봄을 만났다. 인도의 남부 바닷가에서도, 또 북쪽 라다크지역에서도 봄을 만났다. 몽고 중원에서도 서티벳에서도 쿠바의 카리브해에서도 페루의 고원에서도 꽃과 햇살, 훈풍이 향기로웠다.

그러나 봄을 느끼게 한 건 사람이었다. 낯선 여행지에서 새로운 사람과 부딪치고 새로운 도움을 받을 때였다. 봄은 나였고 사람이었고 그 관계의 여백이었다. 세계 곳곳에서 봄의 의미는 그렇게 따뜻한 존재감으로 다가왔다. 바깥이 따뜻한 게 아니라 내 안이 따뜻하고, 다른 사람의 가슴 또한 따뜻할 때 곧 봄이다. 존재를 새롭게 열어주는 부드러운 바람결. 결국 봄은 사람 안에서 번져오는 것을 확신한다.

겸허해지자. 조금씩 자신을 낮은 자리로 내릴 때, 그리하여 살아있는 뿌리를 의식하게 되었을 때 가슴 속 물관부는 천천히 더운 물기로 차오르게 된다. 내가 먼저 꽃피고 다른 사람을 꽃피우는 우정을 발휘할 때 봄은 완성되며, 바깥의 봄은 더 의미 있는 생명력으로 분출되지 않을까. 인간만한 위대한 자연이 없다. 자신을 덜어내어 다른 사람을 꽃피울 수 있는 존재이기 때문이다. 내가 타자를 꽃피우게 할 때 다른 사람도 나를 꽃피워주지 않을까. 이타利他는 결국 자신을 사랑하는 가장 큰 방법이며 가장 절실한 울림이기에.

그렇다면 인생의 봄날은 결국 내가 누군가를 사랑하고 누군가를 믿는데서 화창해지는 것. 누군가를 데워주면서 내가 온유해지는 그 순간이 봄이 아니겠는가. 결국 봄바람은 내 바깥에서가 아니라 내 안에서 불기 시작한다. 하여 몸은 낡아가지만 혼은 얼마든지 새로워지는 것이다. 새로움은 나의 빈자리에서 오고, 봄은 연민을 키우는 언덕이다. 봄이다. 우리는 또 어디서 어떻게 새로울 수 있을 것인가. 누구에게 어떤 봄을 선물할 수 있을 것인가.

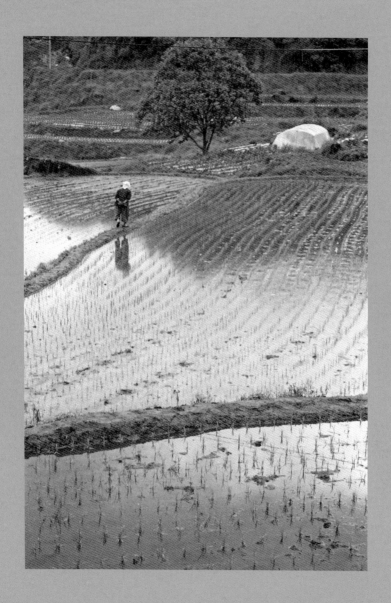

손이 살아있는 사람들

손바느질을 좋아하는 이웃이 몇 있다. 그들은 옷을 짓고, 자잘한 일상의 소품을 깁고, 사소한 액세서리를 만들어 나눈다. 함께 호호거리는 웃음 속에서 삶의 무게가 문득 깃털처럼 자유로워진다. 손이 얼마나 마음을 순수하게 하는 걸까. 조각천과 색실들, 바늘이 있는 그들의 작은 책상은 늘 요술처럼 새롭다. 그 손끝에서 태어난 것들은 어떤 보석보다 환하고 다채로운 표정을 갖는다. 아무렇지도 않은 틈이 기실 얼마나 많은 신비를 품고 있는지 말하듯 말이다.

서예가 석정선생은 폐품을 줍는 게 취미다. 녹슨 못에서부터 나뭇조각이든 유리든 천연재료이면 무조건 챙겨둔다. 그 주변은 언제나 버려진 것들로 가득하다. 함부로 버려진 것들, 오래된 것들, 사소한 것들을 다시 살리는 작업에 그는 빠져 있다. 꼴이 험해 아무짝에도 쓸모 없을 것 같은 사물들은 그의 손끝에서 새로운 이름과 형상을 얻는다. 시렁으로 사용되었던 나무는 책상다리가 되고, 공사장에 버려진 각목은 이쁜 주사위와 윷이 되기도 한다. 자신이 마신 맥주병 뚜껑도 두들겨 곧게 펴서 예쁜 고리를 달아 책갈피로 만들어낸다. 얼마 전에도 그는 자신이 먹은 계란껍질을 한지로 여러 번 감싸 만든 병아리 오뚝이를 보내왔다. 생업에 매여 있으면서도 그는 그 작업에 알뜰하다. 손재주를 칭찬하니 불뚝, 나무란다. 그것이 손재주로 보인다는 데에 섭섭했던 것. "이건 재주의 문제가 아니라, 애정의 문제이지요." 새 이름을 달아주는 일에 몰두하는 그의 손끝에서 누추한 것들은 새롭게 존재한다. 그건 손재주이기 이전에 생명을 꿈꾸는 마음의 문제라는 것이다. 존재에 대한 끝없는 애정이 아니면 눈에 보이지 않는 게 생명성 아닌가. 그는 결국 나무물고기 백 마리를 깎아 백년어서원에 보내왔다.

또 한 친구는 아침마다 책을 들고 가까운 데를 산책하면서 작은 풀꽃들을 따 책갈피에 끼워둔다. 그렇게 마련한 압화押花를 단정하게 코팅해서 책갈피를 만들어 주변 사람들에게 선물한다. 그 세월이 무려 십여 년이다. 그 일상이 어찌 단순한 습관만일까. 끊임없이 자신과 세계를 가꾸려는 노력이 아니겠는가. 그 외에도 극진한 손들이 많다. 떡을 예술처럼 빚는 손도 있고, 신문 스크랩을 예술의 경지로 하는 손, 유달리 청소를 깨끗하게 하는 손도 있다.

손은 삶을 얼마나 지극하게 하는가. 직접 체온이 닿는 것들이기에 더 그렇다. 손은 마음을 표현하는 도구이며 마음 그 자체이다. 섬세한 손 넉넉한 손은, 섬세한 마음 넉넉한 마음에 다름 아니다. 하여 손은 곧 정성이고 실천이다. 손맛을 중요한 미덕으로 삼던 옛사람들의 지혜는 곧 성심, 그 진솔한 애정을 가르치는 게 아닐까. 요즘은 학교도시락을 싸지 않는 세태이다. 도시락에 대한 추억을 가진 아이와 급식으로 자란 아이들이 생각하는 법이 다른 건 당연하리라.

손은 또한 영혼을 표상한다. 가슴에 손을 얹을 때 우리는 절실해진다. 손은 육체라는 물리적 영역과 의식이라는 정신적 영역을 매개하는 힘이 있다. 하여 삶의 모든 영역에서 손은 초월성과 육체성이라는 이중적 상징으로 작용해왔다. 이는 기도하는 손이 아름다운 것과 통하며, 아픈 곳을 낫게 하던 할머니의 약손과도 통한다. 손금으로 운명을 판단하는 풍속 또한 그만큼 손에서 신의 섭리를 읽어내려는 열망이다. 이는 손이 모든 관계에 최초의 접촉을 가져다주기 때문이 아닐까. 그래서 손은 치유의 근원이다. 촉수 낮은 백열등 아래서 낡은 양말을 꿰매던 바느질 모습이 실은 몸과 마음을 회복하는 근원이었던 것이다.

또한 손은 결속하려는 의지와 노동이라는 사회적 가치를 가지고 있다. 살아있는 손들이 집단적인 결속을 통해 존재의 의지를 실현해왔음이다. 시장에서 우리가 활력을 느끼는 것도 손이 살아있는 현장이기 때문이다. 푸성귀를 파는 할머니의 손이나, 폐지를 줍는 정맥 불거진 노인의 손 등,

거친 노동의 손들을 볼 때마다 삶은 더없이 신성해진다. 손의 노동이 살아 있다는 것은 양심이 살아있다는 말이고, 정직한 열매를 걷는다는 말이다. 이 손들은 나눔을 지향한다. 손이 다른 사람을 향해 무언가를 건넬 때 우리는 스스로 존재감을 느끼고 또 타자로 하여금 존재하게 한다. 손이 가장 가깝고 분명한 매체인 까닭이며, 손을 통해 서로 스미는 까닭이다. 혼자만의 아름다움도 무가치한 건 아니지만 함께 나눌 때 생명은 그 아름다움을 증폭시킨다.

인류의 문명은 손에 의해서 이루어졌다. 뿔도 날카로운 발톱도 없고 날개도 없는 인간에게 신은 손을 선물했다. 손의 사용은 인간을 인간답게 하는 뚜렷한 변별을 가져왔다. 옛사람들은 손이 살아있었다. 특히 상고사를 살펴보면 우리 조상은 손재주가 뛰어난 민족이었다. 각 시대마다 장인이 있었고, 장인정신이 살아있었다. 오늘날 그 정신은 흉내내기도 어려워졌다. 공예가들이 손의 작업에 대한 자부심이 강한 건 작업이 곧 생명성에 다름 아니기 때문이다. 감동이란 정직한 손, 손이 담은 애정에서 온다. 그래서 손은 천심이다. 누군가를 진정으로 사랑하게 되면 제 손으로 직접 표현하고 싶지 않은가. 만져보고 싶고 밥을 지어주고 싶고 직접 뜨개질한 옷을 입혀보고 싶은 것이다.

그러나 기계화 시대가 되면서 인간은 손을 빼앗기고 있다. 손이 하던 일들을 기계가 하고 있음이다. 손이 할 일이 없어지면 인간은 잉여적인 존재가 되고 만다. 많은 물질을 누리면서도 늘 공허한 것이 그 때문이다. 기계적인 삶에는 감동이 없다. 네일아트샵이 주변에 번성하고 있다. 손을 가꾸는 데 열중하는 유행을 보면서 과연 매력적인 게 무엇인가를 다시 생각한다. 게으른 손, 꾸민 손, 오만한 손이 어떻게 매력적이겠는가. 그 매끄러움을 아름답다고 생각하는 건 본래적 생명을 제대로 이해하지 못한 탓이다. 거친 관절과 부르튼 손은 가슴을 울컥하게 하는, 소통의 절실한 힘이 있다.

손을 살아있게 하는 건 손재주가 아니다. 재주 많은 손으로 무언가를 창조해내는 건 중요하지 않다. 손이 보여주는 건 마음이다. 일상의 사소한 노동과 베풂은 인간이 영혼을 가진 존재임을 보여준다. 살아있는 손은 사람을 살리는 손이다. 베푸는 손, 일하는 손, 위로하는 손, 묵묵히 마주잡는 손들인 것이다. 누구든 손을 갖고 태어난다. 손을 통해 인간은 사회를 이루고 자신을 표현하며 누군가를 어루만진다. 그대 손은 어떤가. 무엇을 하고 있는가. 매력적이며 반짝이며 느끼고 있는가. 우리의 존재론적 사유도 실천도 바로 손을 통해 완성되는 것을.

동광동에서 백년어서원을 운영하면서 발견한 것이 손의 마음, 손의 법칙이다. 손이 살려내는, 살려낼 수 있는 마음들을 매일 마주친다. 또 사람을 사랑하는 법을 다시 배우고, 세상을 사랑하는 일에 부지런해질 수밖에 없다.

말의 심연

바다 위에 떨어진 햇살은 물결을 황금바늘처럼 세운다. 빛살의 파편들은 끊임없이 해안으로 우주의 신비를 실어 나른다. 그 반짝임은 오랜 심연에서 걸어나오는 걸까. 또 심연은 얼마나 먼 데서 얼마나 먼 시간을 흘러온 것일까. 바닷가에 서면 몸 속으로 밀려오는 어떤 파문과 진동에 숨이 멎곤 한다. 한 마리 고등어만큼도 우린 그 심연을 이해하지 못하리라.

일상도 그렇다. 우리가 누리는 삶의 표면, 그 순간순간은 실지 영혼의 거대한 심연에서 비롯된다. 세태가 워낙 거칠어 우리는 삶의 근원을 감지하지 못한다. 우리는 심연을 잃어버린 시대를 산다. 심연 없이도 어디든 흘러갈 수 있다고 함부로 믿어버리고 만다. 말은 심연의 출구이다. 영혼의 심연에서 길어올리는 물비늘이다. 하여 말의 현장은 시대를 들여다보는 현미경이 된다. 가는 데마다 함부로 된 말들, 거친 말들, 거짓의 말들, 매끄러운 말들이 난무한다. 표피적이며 속도적인 목소리들이 사방에 넘치지만, 거기엔 진실도 진실에 대한 의지도 없다. 어떤 다양함을 내세워도 이는 소통이 되지 못하고, 사회는 우울하다.

"말씨란 말이 있지만 말이야말로 씨 같은 것이다. 그것은 지나간 것의 결과인 동시에 장차 올 것의 원인이다. 말씀은 현재요, 현재는 말씀하는 뜻이다. 그것은 뵈지 않는 것과 뵈는 것 중간에 선다. 그것은 정신인 동시에 물질이다. 심판인 동시에 구원이다. 그것은 역사인 동시에 계시다. 말을 입으로 하게 된 것은 우연한 일이 아니다. 입은 한 입으로, 들어가기는 물질이 들어가서 나오기는 정신이 나온다. 죽음도 거기 있고 삶도 거기 있다." 함석헌 선생님의 『인간혁명』에서 퍼온 말이다. 이처럼 함석헌 선생님은 이미 언어의 근원적인 문제를 지적했다. 물질이 들어가지만 정신이 나오는 입. 거기에 우리의 미래가 달려있지 않을까. 우리에게 심연이 있다는 건 결국 인간은 영성적인 존재라는 말이다. 입은 정신이 나오는 곳이다. 인류의 장구한 역사는 입으로 전해졌다. 따뜻한 목소리들로 전해져온 아름다운 전설과 신화들, 인류는 말을 통한 상상력으로 문명을 건설해온 것이다.

옛말에 천사와 악마의 차이는 그 외양에 있는 것이 아니라, 그 말에 있다고 하였다. 입술의 언어가 우리를 괴물이 되게 하거나 인간이 되게 한다. 한 마디로 우리를 인간답게 하는 것은 입술의 언어에 있다. 모든 말은 현재성을 가지고 우리를 표현한다. 입과 입속의 말은 그만큼 영혼의 척도인 것이다. 그래서 우리 몸에서 혀는 가장 길들이기 어려운 부분이었고, 성경 속의 선지자들도 입에 파수꾼을 세워달라고 하지 않았던가.

현대인들은 맛집 기행에 여념이 없다. 이른바 미각의 시대이다. 모든 매체는 미각을 찾아 나서고 사람들은 점점 더 미각의 쾌락에 환호한다. 하지만 그 맛을 섭취한 후, 입에서 나오는 건 정신이 아니라 기어綺語들이다. 정치와 경제판에서 종교와 교육판에서 밀실에서 광장에서 퉁겨나온 무수한 말들이, 무수한 소문들이 우리를 아프게 한다. 절망스럽게 한다. 끊임없이 심판하는 말들이 오고간다. 말이 넘친다. 그러면서 우리는 말을 신뢰하지 않는다. 우리 사회가 총체적으로 신뢰를 잃어버린 까닭은 무엇일까. 왜 돈만, 보험만 신뢰하게 되었을까. 오늘날의 말은 광고처럼 매끌매끌하고 번지르르하다. 그리고 무수한 소문과 험담 속에서 함부로 번성되는 분노와 폭력들. 특히 험담은 세 사람을 죽인다고 한다. 말하는 자, 험담의 대상자, 그리고 듣는 자이다. 그만큼 말은 위험하다. 어떤 칼보다도 위험하고 어떤 방사능보다도 위험하다. 영혼을 죽이기 때문이다. 삶도 죽음도 말에 감전되는 것이다.

지하철에서 보면 모두들 손바닥 안 휴대폰에 몰입해 있다. 신인류라는 표현을 그대로 절감한다. 끊임없이 검색과 삭제를 클릭하는 눈빛과 손끝만이 자기를 찾아가는 방법이 되어버린 것 같다. 그것도 선택과 실천이 작동하지만 행여 말의 심연을 기억하지 못하게 하는 건 아닐까 두렵다. 입은 근원이다. 삶을 함정으로 만들기도 하고 존재의 심연으로 만들기도 한다. 심연은 보이지 않는 거대한 말의 질서를 이룬다. 소리없이 흐르는 그 도도한 흐름을 우리는 자연이라고 부른다. 거기엔 아름다운 공존이 존재한다. 공존은 말의 현장을 기반으로 한다.

입이 만드는 문화가 맛집기행뿐이어서야 하겠는가. 진실의 입, 입의 약속을 통해 말의 심연을 키워나갈 때 우리는 어떤 환경에 처하든지 공존하는 법을 익혀내지 않겠는가. 말은 감정을 만들어내고 동시에 행동을 만들어낸다. 문화란 전체를 전제로, 그리고 전체의 말을 통해서 진행된다고 할 때, 말은 미래를 바꾸는 힘이다. 하여 모든 희망의 근원이기도 하다. 한마디 말로 천 냥 빚도 갚을 수 있듯 말이다. 어조로 한 사람의 심연을 읽어내듯, 전체의 언어현실을 통해 공존하는 사회를 추구할 수 있다. 무릇 시대를 걱정하는 자, 미래를 꿈꾸는 의인이라면 입의 문화에 좀더 고뇌해야 하리라.

지성의 진정한 입술은 어떤 빛깔일까. 말은 소비의 방식에서 사랑의 방식으로 흐를 수 있을까. 과연 우리는 말의 진정한 심연을 찾아갈 수 있을까.

흔쾌한 화엄

대낮인데도 잡화점 안은 컴컴했다. 눈에 조금 익숙해지자 그야말로 오만 잡동사니가 빼곡이 쌓인 가겟방이다. 필요한 것을 찾으니 늙은 아낙은 잠시 뒤적거리더니 이내 챙겨준다. "이리 침침한데 왜 불을 안 켜고 있어요.", "텔레비전에서 그라는데 나라에서 전기가 모지라다 안 하요. 우리가 애껴야지." 흔쾌한 일침. 전력 수급 위기 운운하던 팔월 초였다.

"고춧가루 이천 원어치만 팔 수 있나요. 한 숟갈이면 되는데." 물어물어 찾아낸 길가 모서리에 작은 부식가게에서였다. 주인할매는 구석에서 유리단지를 꺼내오더니 비닐봉지에 쏟는다. "쬐금만, 쬐금만요." "농사지은 것이라 팔아본 적 없어. 이천 원어치가 얼맨지 몰라." 자꾸 붓는다. 비닐봉지가 볼록해졌다. "너무 많아요." "그냥 가져가." 구멍가게에서 얼은 또 하나의 일침이었다.

일상의 틈을 비집고 나선 짧은 여행길. 동해안 작은 어촌에서 마주친 두 개의 시간은 내게 큰 선물이 되었다. 삶이 무엇인지, 어떻게 살아야하는지가 선명하게 다가오는, 그야말로 흔쾌한 일침이었다. 거기엔 우리가 잃어버린 삶의 방식이 그대로 바람처럼 햇빛처럼 머물고 있었다. 평상으로 거지를 불러앉혀 밥 한 그릇 퍼주는 일이 당연하던 생명의 전통 말이다. '나' 중심이 아니라 '함께'가 중심이던 공감을 제대로 배운 셈이다.

삶의 이치란 몸에 먼저 배이는 법임을 깨닫는다. 그들이 인문학을 따로 공부했겠는가. 『그리이스인 조르바』을 읽었겠는가. 들뢰즈의 미학을 읽었겠는가. 공존을 주제로 토론을 했겠는가. 하지만 인간의 구원이 무엇인지, 진정한 아름다움이 무엇인지 그들은 정확하게 안다. 우리가 이 지상에 태어난 건 함께 살기 위해서다. 이 진실을 온몸의 노동으로, 온몸의 시간으로 익힌 사람들, 몸뚱이는 남루하지만 그들의 영혼은 유리알처럼 투명하다.

그들은 진리를 말하려고 하지 않는다. 실천을 강조하지도 않는다. 그냥 산다. 부지런하고 알뜰하게. 그러면서 손해도 보고 이익도 본다. 삶이란 게 그런 건 줄 알고 있다. 그래서 그들은 자연이다. 애써 궁리하지 않는 삶이다. '흔쾌'란 잘 궁리해서 만드는 행위가 아니다. 흔쾌하다는 것은 너그러움과 순수함과 유쾌함이 보태진 말이다. 자유와 자연이 덧셈되어 나오는 행동이다. 이는 순간적인 별똥별의 기도와 닮았다. 일상 속에서 오래

닦여져 어느 상황에서나 즉시, 저절로 발현되는 진실 같은 것 말이다.

　그 자유는 홀로 누리는 진실이 아니라, 남을 배려하는 진실이다. 그 자유는 흔쾌하다. 그야말로 종심從心의 세계인 것이다. 육십 년을 건너온 늙은 아낙들이 마치 다섯 살 계집애들의 소꿉살이처럼 단순하고 명쾌하다. 사람을 사랑하는 일도 용서하는 일도 물건을 사는 일도 파는 일도 그렇게 흔쾌하고 투명했으면 얼마나 좋을까. 마음이 하고자하는 대로 해도 도에 어그러지지 않는다는 건 얼마나 순수한 경지인가. 이는 니체가 말한 초인의 개념보다 더 자유로운 상태가 아닐까.

　'함께'라면 어떤 불편도 즐겁게 해낼 수 있는 것이 사랑이다. 이익사회에서 불편을 넉넉히 감수하고 있는 이웃을 본다는 것은 정말 행운이다. 히말라야 장대한 산맥을 바라보거나 파미르의 거대한 고원을 달리는 느낌과 같다. 주변에 넘쳐나는 정보들이 바로 그런 사랑에 닿는 여울이면 좋겠다. 손해와 이익을 따지는 사람, 편리와 불편을 따지는 사람, 끊임없이 따지다보니 법규만 자꾸 많아진다. 우리가 갇힌 무수한 경계들이 아프다. 경계만 늘어나다보니 조화를 이루어내기가 점점 어려워지는 것이다.

　여행이란 일탈을 통해 자기를 환기하는 과정이다. 결국 우리는 마음을 여행하는 것. 사람이 곧 숲이고 자연이고 일탈이고 일상이다. 사람이 곧 화엄인 것이다. 나도 그렇게 늙을 수 있을까. 아무렇지도 않게 전기걱정하면서 스위치도 내려놓고, 농사지은 것을 푹푹 덜어주는, 순진하고 고지식한 여행자이고 싶다. 함께 살기 위해서라며 기꺼이 손해를 볼 줄 아는,

이치가 몸에 배인 늙은이로 늙어가고 싶다. 하여 아무렇지도 않는 일상
이 특별한 선물이 될 수 있다면 모두 행복해지지 않을까. 여행은 끝났다.
그러나 삶이 계속되듯 그렇게 우리의 여행은 계속되리라.

발꿈치돌의 비밀

늘 소지하는 오래된 물건이 하나 있다. 새끼손가락만한 플라스틱 미니 어처에 새긴 도장이다. 17살 때 원양어선을 타던 아버지가 대서양의 어느 항구에서 기념으로 사다준 것이다. 어린 눈에도 유난히 귀여워 그 밑면에 도장을 새겼다. 세상에서 유일한 물건이 되겠구먼, 도장집 할아버지가 재미있어 했다. 그리고 40년이다. 직장생활을 하다 결혼하면서 사하라사막으로 스페인으로 떠돌던 십여 년, 귀국해 대전에서 이방인으로 십년 가량, 다시 고향으로 돌아와 십여 년. 이십 차례에 걸친 이삿짐 속에서도 도장은 내 곁을 지키고 있다. 중요한 것을 결정하는 순간마다 나를 대변한 셈이다. 보는 이들도 신기해한다. 나를 가장 잘 아는 친구 같기도 하다. 아직도 손안에 얌전한 도장을 볼 때마다 그 오래된 만남이 귀하고 신비하다.

또 하나 인상적인 게 있다. 목욕할 때 쓰는 발꿈치돌이다. 결혼하고 살림을 차리면서 세간을 따라다니던 그 작은 돌은 별로 대접을 받지 못했다. 어느 날 문득 툭, 토막이 나면서 부스러졌다. 그제야 그 돌이 내 발꿈치를 민 게 삼십 년이 가깝다는 것을 깨달았다. 아쉽고 미안하고 서운했다. 그냥 버리긴 했지만, 사실 그냥 버릴 수 없는 어떤 존재의 장엄함이 한참 나를 사로잡았다. 너무 아쉬워 다시 하나를 사서 또 그것도 십 년 정도 된다. 그러고 보면 얼마나 많은 사물들이 나를 오래 지켜왔던가. 보이지 않는 데서 묵묵히 나를 존재하게 한 무수한 만남을 발견한다.

기실 얼마나 사소한 만남들이 나라는 심층을 구성하고 있을까. 시간의 때가 꼬질꼬질한 낡은 액자나 냄비, 바느질함, 살이 흔들리는 우산, 목이 헐거운 양말 등 대수롭지 않은 것들이 다 그랬다. 그것들이 다 반짝이는 우주의 문들이다. 그 볼품없는 것들이 내가 존재하는 근거였으며, 나를 나답게 가꾸어 왔음을 나이가 들면서 새삼 깨닫는다. 결국 나는 그 마주침 속에서 자란 영혼이었던 것이다. 삶이란 결국 만남의 지층 전부이다. 그 만남들이 생의 세포를 이루고 있으며, 모든 우연을 필연으로 가꾸어내는 인드라망인 것을.

철학자 마틴 부버는 관계의 철학을 강조했다. 모든 관계는 '나−너'와 '나−그것'으로 구성된다. '나−그것'은 도구적인 관계로 소유와 경쟁을 통해 인격적 주체를 소외시킨다. 대상을 끊임없이 사물화시키는 것이다. 반면에 '나-너'는 어떤 대상을 끊임없이 존재화시킨다. 마틴 부버는 '나-그것'이 아니라 '나-너'의 철학을 강조한다. '나-너'는 비록 사물일지라도 존재하게 만드는 인격적 만남이다. '너'를 소유가 아니라 존재로 이해하는 것이다.

오늘날 모든 만남은 '나-그것'으로 도구화되었다. 그래서 부모자식 관계도 왜곡되고, 스승과 제자 관계도 비뚤어진다. 모든 것이 목적적이고 기계적이다. 물질적 풍요에도 불구하고 행복하지 못한 이유는 '나-그것'이 우리의 만남을 구성하고 있기 때문이다. 이러한 욕망과 소유 중심의 만남은 인간에게 미래를 선물할 수 없다. 계속 소외만 만들어낸다.

만남이란 결국 의미를 부여하는 작업이다. 무심코 지나치던 것들도 의미를 부여할 때 비로소 존재하게 된다. 아무리 눈부신 것도 내가 의미를 부여하지 않으면 일순 그것은 빛을 잃는다. 유대인 수용소에서 살아남은 빅토르 플랭클이란 정신분석학 의사는 의미요법Logotherapy이란 정신치료이론을 만들어냈다. 의미를 부여하고 부여받을 때 인간은 어떤 환경에서도 절망하지 않는다는 것이다. 자살율 높은 현실이 얼마나 당황스러운가. 죽음을 선택하는 건 고통 때문이 아니라고 한다. 고통은 오히려 살아남고자 하는 본능을 준다. 어떤 재난이나 전쟁 속에 던져지면 인간은 생존을 위해 전력을 다하게 되어 있다. 죽음을 선택하는 이유는 자신이 무의미하다는 절망이다. 자신이 존재의 가치가 없다고 판단될 때 왜 삶을 포기하고 싶지 않겠는가.

타자지향의 삶이란 의미를 부여하려는 의지 자체이다. 나무 한 그루나 낡은 접시나 그것이 '나-너'의 관계로 바뀔 때 삶은 그 자체가 신비가 된다. 아름다움이란 가치로 존재를 세우는 작업인 것이다. 사소한 것도 존재하게 만들어주는 것, 그것이 만남이다. 예술이 오래 작업해온 것처럼. 결국 만남이란 의미를 부여하는 능력에 다름 아니다. 응시할 수 있는 능력이 곧 만남의 힘이다. 새로운 것과 부딪쳤다고 다 만남일 수는 없는 것이다.

중요한 것은 만남의 모든 고리는 내가 쥐고 있다는 것이다. 그 고리를 당길 때 만남은 무한한 우주로 열린다. 오래된 것을 새롭게 만나고, 새로운 것은 오래된 것처럼 만나는 힘, 그것이 우리가 행복해지는 비결이 아닐까. 만남이 아름다운 까닭은 그것이 모든 시간과 닿아있다는 것이다. 과거도 미래도 카이로스적으로 우리를 감싼다. 오래된 사물이 가지고 있는 미래. 이는 삶을 아주 구체적으로 만든다. 어떤 희망도 피상적이 아니다. 오래된 사진이나 편지 등 낡은 사물이 가지고 있는 그 기억과 상상력은 곧 예지가 된다. 이는 타자를 존재로 만나기 때문이다. 대상을 소유가 아니라 존재로 만날 때 우리 자세는 정성스러워진다. 마음이 지극해지는 것이다.

낡은 인감도장은 나에게 '나-너'로 존재한다. 발뒤꿈치를 닦는 돌도 마찬가지다. 결코 '그것'으로 지칭하지 않는다. 사물조차 그럴진대 사람은 오죽할까. 만남은 우리를 함께 살아있게 한다. 새로운 만남을 추구할 게

아니라, 내 주변에 있는 오래된 사람, 사물, 상황들에 새롭게 의미를 부여
해보는 것은 어떨까. 그 의미가 친밀한 생명감으로 반짝일 때 그때 우리는
비로소 존재하기 때문이다.

느리고
불확실한
진보

어떤 열악함 속에서도 생명의 가능성을 찾아내는 눈동자, 그것이 바로 인문이다. 이 시선은 자연에 공명하는 힘이 있다. 공감의 능력이 미래의 열쇠인 건 분명하다. 무한경쟁은 삶을 낯선 추상화로 만들고 말지만 공감은 제비꽃이나 은행나무처럼 자연적 질서에 감응한다. 이러한 공감의 실천은 영적 차원의 에너지에서 나온다. 영감과 계시는 우리가 영혼을 가진 존재라는 확신이 있을 때 세계를 향상시키는 원천이 된다.

산다는 것은 끊임없이 실패를 성공하는 과정을 말하는 게 아닐까. 실패를 성공한다는 말은 미완성이 가장 아름다운 완성이라는 논리와 통한다. 이는 곧 삶은 과정이라는 진리, 완성의 순간은 항상 물결의 이랑 위에 있음을 이른다. 어떻게 실패를 성공할 수 있을 것인가. 실패란 욕망과는 어긋난 방향이다. 인문적 실천으로서의 실패는 그 자체로 저항일 것이다. 이런 방식은 동학에서 말하는 '불연기연不然其然'의 세계에 맞닿아 있다. 불연기연은 칡덩굴 같은 숨은 질서의 '과정'을 보여준다. '그렇지 않다, 그렇다'는 부정을 통한 대긍정의 경계가 『동경대전』에서 '앎'과 '수행'에 대한 글에 이어져 논의되고 있음은 유념할 만하다. 서로 상반되는 개념이 함께 쓰이는 사유를 계속 이어가면, '너 자신을 알라'는 소크라테스의 '무지'에 닿는 건 아닐까. '앎'과 '무지無知', '그러함'과 '그렇지 않음', '성공'과 '실패'가 뒤섞이면서 혼란스러운듯 제시되지만, 감수성이 있는 자에게 그 틈새는 조심스레 좁아진다. 이 불연기연의 틈새로 지속적으로 나아가는 과정이 인문의 숨은 질서이며 곧 실패를 완성하는 방법이 아닐까. 그 틈새로 우연偶然과 필연必然이 작동하는 것이다.

독서의 능력은 뒤떨어지는데 인문학이 유행하는 지식의 소비를 보면서 우리가 싸워야 할 대상이 무엇인가, 고민이 커진다. 오히려 더 많은 한계를 만들고 있는 건 아닌지. 인문 풍경을 성찰하는 동안 우리 문화가 얼마나 소비에 국한되어 있는지 새삼 깨닫는다. 다문화, 통섭, 공감이란 말이 쏟아지면서 인문학도 덩달아 악세사리가 되어가고 있다. 지금의 인문학은 화장발이다. 오늘도 성형수술 중인지 모른다. 자본에 의해 길들여진 인문학인 것이다. 건강한 피부는 내면에서 이미 빛나는 윤기를 가지고 있는 법이다.

그 한계를 극복하려면 성과와 편리를 벗어나야 한다. 삶의 의미를 묻는

218

문제, 실존의 방식을 묻는 문제는 편리와 성과로는 접근할 수 없기 때문이다. 기계주의 현실은 성과로 가득하다. 그것이 대학의 정신이 죽어버린 이유이기도 하다. 인문을 지향한다는 것은 요구되는 성과와 싸우는 일이다. 로댕의 말대로 '진보는 느리고 불확실한' 것이다. 더 불편하게, 더 천천히 가야 한다. 섬세하게 사물을 들여다볼 수 있을 때 우리는 실존의 문제, 또는 타자에게 접근할 수 있기 때문이다. 성과가 아니라 실패로 나아가는 힘을 이해한다는 것은 또 하나의 모험이다.

'인문'. 미친 말 같은 소비사회에서 늙은 창녀가 저녁마다 그리는 입술처럼 인문의지는 쓸쓸하고 애잔하다. 그러나 이는 우리 영혼이 온힘으로 요청해온 가장 오래된 몸짓은 아닐까. 도무지 아름답지 않지만 존재론적으로 연민 그 자체일 수밖에 없는 사랑이다. 하지만 어떠한 문화변혁의 노력도 결국 경제 논리에 지고 만다. 위기의 본질을 파악하고 저항하는 일은 지루하고 눈에 잘 보이지도 않는다. 그래서 인문의 실천은 미세한 상상력을 필요로 한다. 불편할 용기가 있는가? 손해볼 용기가 있는가? 실패할 용기가 있는가?

인문학은 앎이 아니라 삶이다. 연민이 있는 사건의 인문학으로 나가야 한다. 흘러 흘러서 바다로 가야하는 이야기여야 하는 것이다. 그건 자연스러운 소명 또는 생명이 그런 것처럼. 문득 실화라는 도마뱀 이야기가 떠오른다. 도꾜에서 집을 허는 공사 중 꼬리에 못이 박혀 움직일 수 없는 도마뱀을 발견했다. 집주인은 3년 동안 어떠한 수리나 공사도 한 적이 없다고 했다. 도대체 어떻게 도마뱀이 살아남을 수 있는지 관찰하던 중 다른 도마뱀 한 마리가 먹이를 날라다 주는 광경을 보게 되었다. 몸이 갇힌 친구를 위해 3년 동안 떠나지 않고 헌신을 한 것이다. 거기 무슨 성과가 있겠는가. 거기 무슨 이유가 있겠는가.

이 이야기는 삶을 제대로 사는 법을 잘 보여준다. 성실함과 기다림과 신뢰, 꾸준히 3년 동안을 먹이를 물어다준 그 관계가 우리가 담지해야 할 공부의 세계, 곧 생명인 것이다. 그것이 배려와 환대의 기본조건이기에 말이다. 생명의 뒷골목에서 열심히 살아낸 관절 불거진 손등이 곧 인문의 정신이다. 매일매일의 행동이 없으면 인문이 아니다. 그건 매일매일의 성공이 아니라 매일매일의 실패와 이어질지 모른다. 하지만 이런 진실이 우주의 허공을 꿰뚫고 가는 광선처럼 앎과 삶을 가로질러야 한다. 실패는 중요한 자산이다. 모든 성공 뒤에는 얼마나 엄청난 실패의 경험이 있는 것일까.

인人은 없고 문文만 있는, 인人도 문文도 없고 학學만 있는 성과 중심의 인문은 결국 자본의 시녀뿐이다. 우리가 저항할 수 있는 자리, 상상할 수 있는 자리, 거기서 새로운 사랑이 싹트리라 믿는다. 하나씩 지워야 할 물화의 선들. 그리고 하나씩 돌아오는 사람, 그리고 예술. 그것이 우리에게 어떤 자긍심을 선물할 것인가.

A from place

봄이 지나간다. 신생을 꿈꾸던 날들이 희미해져 간다. 그 연연한 설레임은 어디 갔을까. 자살과 존속살인이 많아지는 일상 앞에 망연자실한다. 하루하루 초록으로 선명한 오월 숲이 무색하다. 아차 하는 사이, 놓쳐버린 저 생명의 끈들을 어쩔 것인가. 누군가의 비극으로 돌려버리기에 생명경시는 만연한 현상이 되어버렸다. 사회가 다원화되면서 모든 것이 재정의되고 있되지만, 어떤 재정의가 이 분열과 폭력을 설명할 것인가. 여기는 어디쯤일까. 우리는 어디를 가는 중일까.

동광동 인쇄골목에서 생활한 지 6년째다. 변화가 많다면 많고 없다면 없는 백년어서원이지만 중요한 건 많은 사람이 이 공간에 마음을 보태고 있다는 사실이다. 어떤 사실의 결과가 되는 장소 a to place인가, 사실의 원인이 되는 장소 a from place 인가. 건축가 루이스 칸의 질문이다. 존재의 영감을 받는 장소란 무엇을 위해 만들어진 결과가 아니라, 무엇을 만들어 내는 원인이 되는 힘을 인지하게 한다는 것이다.

무한 또한 유한에 대한 물음은 무수한 사유와 무수한 형식을 만들어 냈다. 그 형식을 해석하기 위해 지난한 학문을 계속하고 있는 인류이다. 하지만 그 복잡한 지혜들이 결국 근원을 기억해내기 위한 작업에 불과한 건 아닐까. 광부는 순수물질을 찾아 갱도 깊이, 땅의 근원을 파 들어 간다. 우리가 삶의 갱도로 깊이 들어가는 이유는 무엇일까. 순수한 사람은 근원을 잘 기억해낸다. 근원에 대한 추억을 상실하지 않는 사람만이 근원을 찾아낼 수 있기에 말이다. 어린아이 같은 순수일 수도 있지만 온갖 고난을 체험한, 이른바 깨달은 사람이 품고 있는 폭풍 뒤의 햇빛 같은 순수도 있다. 우리가 따라갈 것은 후자의 순수, 근원을 찾은 자의 눈물과 용기가 아닐까.

루이스 칸은 또 말했다. '우리의 새로운 시설은 단지 놀라움에서만 나올 수 있는 것이지, 분석을 통해 나올 수 있는 것이 아니다.' 이 문명은 끊임없이 분석한다. 자본을 분석하고 생명을 분석하고 시를 분석한다. 얼마나 많은 지식들이 일상의 사건들을 잘 분석하고 있는가. 존재를 실현하는 일은 존재에 대한 감응이 우선이다. 놀라움은 감동할 수 있는 능력이다. 이는 결국 진리에 대한 모험, 모험은 진리에 대한 감응으로, 감응은 다시 놀라움으로 용기의 실타래를 만든다. 그렇게 서로 원인이 되면서 희망은 진화하는 것이다.

근원이란 가장 단순한 자연이다. 우리는 자연의 순수를 믿는다. 생명의 회복이 거기서 오기 때문이다. 잎새 같은 무욕과 풀숲 같은 기다림이 곧 자연이 아니었던가. 그 일상이 폭력으로 얼룩지고 병들어 있다. 폭력적 죽음이 뉴스로 밥상 앞에 날아들 때마다 그 단말마에 아뜩하다. 이 문명이 입구가 안보이는 터널같다. 인문학은 지식이 아니라 연민이기를. 더 이상 분석하지 말고 연구하지 말고 그냥 끌어안고 울기를 바란다. 탁한 우물에 떨어지는 한 방울 맑은 눈물이 인문학이다. 그 한 방울의 용기, 이 한 방울의 경이, 그 한 방울의 실천이 절실한 요즘이다.

여기저기 인문학이라는 깃발이 펄럭인다. 이 깃발이 정말 눈물과 용기를 끌어낼 수 있을까. 원도심 바깥, 골목 바깥에 살고 있는 지식이 과연 얼마만큼 근원을 상기시킬 수 있는지 스스로 물어야 하지 않을까. 그 많은 현상학, 해석학, 사회과학이 정신의 틈을 비집고 들어오지만 인문의 모험은 눈물방울에서 시작해야 한다. 감응이 'a from place'인 것이다.

동광동 원도심이 이제 다시 문화의 원인이 되기를 기원한다. 여기 이 자리, 여기 이 시간이 순수의 근원이 되기를 바란다. 우리 만남이 원한과 분노를 용서하는 용기의 근원이기를, 나도 당신도 숨은 질서의 푸른 꼭짓점이기를 꿈꾼다. 백년어서원이 눈물방울이기를, 그리고 부산이 저 햇살에 감응하는 'a from place'이길 그려본다.

고뇌하는 독서, 독서하는 고뇌

커다란 양동이에 수영하러 가는 플로랑스라는 네 살짜리 여자아이에게 묻는다. "수영장이 크니? 작으니?" "아주 아름다워요." 아이에게 콜라를 가져다주며 다시 장난스레 묻는다. "콜라가 좋으니? 술이 좋으니?" "난 쥬스가 더 좋아요." 네 번이나 아이티의 대통령이 되었다가 네 번 모두 군사쿠데타로 물러난 장 베르트랑 아리스티드가 쓴 『가난한 휴머니즘』에 나오는 내용이다. 지금도 가난한 사람들의 일상 혁명을 돕는 그는 아이의 대답에서 아이티의 희망을 깨닫는다. 제3의 길을 발견한다. 그리고 존엄한 가난을 확신한다.

이 시대에 희망을 말한다는 건 얼마나 위험하고 무책임한 짓일까. 하지만 여전히 언어에 갇힌 우리는 희망이라는 발음에 희망을 의존한다. 어린

플로랑스의 대답은 진짜 희망이며, 우리가 찾는 인문이다. 어떤 이분법에 갇힌 질문이나 대답이 아니라, 자유가 담긴, 순수한 자기만의 대답. 너무 자연스럽고 너무 투명해서 단풍잎에 맺힌 이슬 같다. 진실이란 이렇게 간결하고 명쾌하다.

불신과 불안, 오늘 우리가 부딪힌 두 개의 어둠이다. 거대한 바위산 같이 단단하고 아득하다. 그 어둠 속에서 포도는 달고 사과는 붉었다. 그 어둠 속으로 태풍도 지나가고 단풍이 번져갈 것이다. 빌딩은 높아지고 백화점은 화려해지는데, 캄캄하다. 함부로 쓰레기가 된 것들, 함부로 된 슬픔들이 폭력의 골짜기를 만들고 있다. 캄캄하다. 그 틈새로 불현듯 인문학 소문이 번진다. 불신과 불안이라는 거대한 어둠 앞에서 촛불을 켜려는 의지이다. 하지만 정작은 소비 현상이 되어버린 인문이다.

인문의 중심은 책이다. 독서를 통해 자신과 타자를 충분히 성찰할 때 인문의 무늬가 돋아난다. 그것이 인문의 실천을 만들어낸다. 강의는 열심히 좇아다니면서 실제로 독서가 부족하다면 그건 불성실한 지식일 뿐이다. 불성실한 지식만 양산하는 인문학, 자꾸 귀만 당나귀처럼 커지는 형상이다. 중요한 건 독서의 방향이다. 성과 중심의 독서는 도무지 성찰로 나아가지 못한다. 입시처럼 앎에 대한 실용적 욕구로 책이 유행하면 삶은 여전히 쓸쓸하다. 독서는 존재에 대한 근원적인 통찰을 키워주는 힘이어야 한다. 결국 고뇌가 필요하다. 즐거운 독서가 아니라 고뇌하는 독서가 필요하다는 말이다. 인간은 고뇌하는 별이라고 선인들이 말하지 않았던가. 머리와 함께 가슴이 자라는 독서가 될 때 비로소 우리는 눈을 뜬다.

'文문'자는 그 어원을 찾아보면 사람의 가슴을 열어 거기 문신이 있는 상형이다. 곧 문화란 사람의 가슴이나 등에 아름다운 무늬를 넣는다는 의미이다. 그런데 문화가 산업이 되고 상품이 되면서 그 상징은 빛을 잃었다. 대한민국 전체가 이익집단이 되어버린 현실에서 문화는 경제논리로 재단된 지 오래다.

人文인문은 곧 仁門인문이다. 이 仁門인문은 忍紋인문을 필요로 한다. 인문의 기본인 독서는 바로 仁인의 門문에 닿아있다. 仁인은 다양하게 해석되지만, 생명의 본질을 이루고 있는 사랑으로, 우리가 열어야할 큰 대문이다. 인문은 욕망이 아니라 가치이고, 지식이 아니라 실천이고, 앎이 아니라 삶이기에 말이다. 공자는 仁인을 인간다움의 바탕으로, 克己復禮극기복례 爲仁 위인, 곧 자기욕심을 이겨내고 예를 따르는 사랑이라고 가르쳤다. 이 仁인은 자기로 말미암는 것이며(爲仁由己위인유기), 동시에 맹목적이 아니라, 악을 미워하는 사람이 행하는 참된 사랑임을 강조했다. 결국은 자기를 극복해내는 힘이 필요한 것이다.

그래서 人文인문은 忍紋인문을 가진다. 책을 읽는다는 것이 곧 견디는 힘이다. 인내가 사라진 시대, 정보의 속도 말고 문장이 주는 상상력과 지각의 세계를 끝까지 추구해야 한다. 자기를 이겨내는 紋문, 그 끝에 피어난 환희는 얼마나 눈부신가. 책 속에 있는 무수한 행간을 따라갈 수 있을 때 거기서 가장 자기다운 자기가 발현된다. 함부로 날리고 함부로 삭제하는 메시지문화는 삶을 파편화시킨다. 무엇이든 잘 참지 못하는, 엽서 한 장 쓰기도 어려워진 이 세태는 당연히 어떤 그리움과도 거리가 멀다. 하여 끊임없이 단절되고 소외된다.

불신과 불안은 바로 자기욕망과 소통 불발에서 온다. 그래서 모두들 보험회사를 선택한다. 그것이 우리의 슬픔이다. 이 극단적인 물질문명 속에서 우리는 분명 길을 잃었다. 저 경제적인 잣대에서 자유롭게 자기를 재단할 수 있을까. 그 순수한 힘은 책 속에 고스란하다. 우리가 人文^{인문}, 仁門^{인문} 그리고 忍紋^{인문}을 배울 곳은 자연과 책 밖에 없다. 책 속에 제3의 길이 있다. 독서하는 행위 속에 이미 무수한 답이 생성되는 중인 것이다. 플로랑스의 해맑은 대답을 기억하자. 진리는 간결하다. 네 살 여자아이의 대답은 우리를 살아있게 한다. 우리를 자유스럽게 한다. 크고 작고가 아니라 아름다운 것이다.

살아있는 보물상자

　참외수레들이 많은 계절이다. 길가에서 참외가 수북한 노오란 수레를 보면 세상이 괜스레 환해진다. 마치 무수한 등불을 켠 것 같다. 동화책에서 보던 보물상자 같기도 하다. 같은 느낌이 또 있다. 사진액자 속 아들의 웃음이다. 고등학교 때 도서관 앞에서 잠시 찍은 겸연쩍은 아들의 웃음을 볼 때마다 주변이 환해진다. 아들은 외국에서 혼자 공부한지 오래다. 또 있다. 팔순 어머니가 오십을 넘긴 딸의 호주머니에 몰래 찔러주는 몇 만원, 나보다 훨씬 가난한 어머니의 주름진 손. 민망하면서도 마음은 또 하나의 등불이 된다. 보물상자의 따뜻한 품목들인 셈이다.

　서늘한 품목도 있다. 전율이 담긴 작은 책들이다. 십여 쪽밖에 안 되는 김명숙 작가의 도록이다. 처음 그림을 보았을 때 알 수 없는 근원에 대한 절망과 강박, 그러나 충만한 정신성으로 다가오던 심연을 기억한다. 작가를 본 적도 없지만 그 얇은 책은 외로울 때, 아플 때, 게으를 때조차 들여다보는 보물이다. 다섯 살 때 꽃밥짓느라 사금파리로 찧던 풀잎도 생각하면 보물이다. 그 풀냄새는 지금도 일상의 틈바구니에서 힘들 때마다 내 곁에 닿는다. 쿠바에서 사온 호세 마르티의 작품집도 보물상자에 담는다. 어찌 그뿐일까. 내게 반성을 준 가혹한 실수조차도 보물이 되어 있지 않은가.

보물이란 그런 것이다. 값비싼 것이 아니라, 갇힌 생명성을 끌어내는 에너지를 가진 물건 또는 상황이다. 모든 보물은 존재 고유의 생기과 온도를 가지고 있다. 아주 사소한 것일망정 어떤 울림을 확 끌어내면서 삶을 눈부시게 하는 것이다. 보물은 허영이 아니라 어떤 암시와 절규를 가지고 모든 고통과 환희를 직시하게 한다. 그리고 그것을 넘어서게 한다. 그러고 보면 잃어버렸기 때문에, 또는 자주 기억해내기 때문에 보물이 된 것들은 얼마나 많은가.

'하루의 질을 바꾸는 것, 그것이 예술의 최고봉이다'. 고결한 삶을 꿈꾸던 데이빗 소로우의 말이다. 그는 인간은 의식적인 노력으로 자신의 삶을 드높일 수 있음을 강조했다. 하루하루를 보물로 만드는 품목은 무엇일까. 보물은 장롱 속에 감춰두는 것이 아니라, 매순간 살아있어 하루라는 시공에서 작동되어야 한다. 사람도, 자연도 그런 숨은 결로 이루어져 있으리라. 이런 고결함은 결국 꽃대궁, 꽃받침, 꽃잎, 향기라는 감동의 줄기를 구성해낸다. 그 씨방에서 자라는 씨앗이 바로 인연들인 것이다.

　나라는 수직적 실존에 끊임없이 수평적으로 작동하는 사회, 투박한 원석이 가공되면서 보석으로 탄생하듯, 고결한 사상도 거친 역사 속에 인간의 호흡으로 숨어있다. 역사적 시간 속에서 흐르는 실존은 무수한 관계로 피어난다. 아무리 복잡해도 우리 몸 속에는 관계라는 영롱한 보물이 들어있는 것이다. 우리를 격려하는 것도 아프게 하는 것도 바로 이 빛이다. 하지만 삶을 새롭게 깨울 수 있는 이 보물은 점차 빛을 잃어가는 중이다. 단절이 우리를 에워싸고 있다. 새로운 것도 넘쳐나지만 보물은 점점 사라지고 있다. 유행적 소비 때문에 하루가 그리고 관계가 싸구려처럼 함부로 흘러간다. 그렇게 적층된 하루는 공허하다.

　보물이 많은 자는 너그럽다. 사랑에 넉넉하다. 많은 것을 소유하면서도 결코 너그럽지 않는 욕망이 우리의 빈곤한 영혼을 보여준다. 가장 큰 보물은 자신의 순수한 의지가 아닐까. 모든 절실함은 극진함에 닿듯 순수한 의지는 우리의 무릎을 세운다. 노란 참외수레, 아이의 웃음, 어머니의 손, 그림 속의 성실한 터치들, 오래된 관계들, 모두 아름다운 결정체이다. 하루의 질을 간소하게, 따뜻하게 바꾸는 힘, 나의 보물상자에 있다. 아무리 사소해도 일상 속에서 결정으로 빛나고 있는 것들을 챙겨보아야 하지 않을까. 아무도 눈여겨보지 않아도 보물이 되는 것들, 그 속에 바로 내가 살아있다. 내게 보물이 되어준 시간이나 사람처럼 나의 언어도 누군가에게 보물이 되어줄 수 있을까. 노오란 참외수레 하나가 천천히 지나간다.

232

기억하나요,
당신의
날개

　충청도 한 산골에 잠시 들렀다. 마을 앞 오백여 년 수령의 느티가 먼저 반겨주었다. 그 동구나무는 아직도 울울창창 우듬지 끝의 작은 잎새들까지 푸른 기운으로 반짝이고 있었다. 근원을 떠올리게 하는 그를 보는 순간 제일 먼저 다가오는 게 '긍지'라는 단어였다.

　대지를 달구는 한여름 햇살을 최선으로 받아 제 몸 여무는 들판을 바라보면 마음이 그냥 너그러워진다. 그 생명의 긍지들이 눈부시다. 어찌 그 들판뿐일까. 옹이 불거진 나무 둥치의 긍지는 도심 속 보도블럭 틈새에 피어난 풀꽃에게서도 꿋꿋하게 빛난다. 하늘 찌르는 매미울음, 오래 돌보지 못한 화분에서 마침내 피어난 붉은 꽃송이, 흠집 많은 낡은 자전거, 깜박깜박 밤바다를 비추는 등대에서도 성실한 긍지를 본다. 자연의 긍지는 인간의 정신을 더 풍요롭게 또 경이롭게 한다. '내일 지구가 멸망해도 오늘 한 그루의 사과나무를 심겠다'는 스피노자의 긍지는 또 얼마나 넉넉한가.

소외와 불안으로 삶의 정서는 점점 거칠어지고 있다. 긍지를 잃었음이다. 문명은 기실 노예의식을 우리에게 강요한다. 착각과 오류에 빠진 소비자로 전락시키면서 말이다. 여기저기 함부로 막히는 강물, 함부로 패이고 있는 산자락은 존재 전체의 긍지를 시들게 한다. 게임에 열중하는 청소년들에게서 순수함의 긍지를 느끼기 어렵다. 더 한심한 건 자본 매체에 함몰된 소비와 천편일률적인 어른들의 오락문화이다. 더 속수무책인 건 자연을 병들게 하는 개발논리이다. 이제 상생의 원리를 익혀야 하는 게 시대적인 요청이다. 잃는 게 무엇이며 얻는 게 무엇인가. 자연에 감응하지 못하는 긍지는 자만일 뿐이다. 이 자만은 늘 물질에 대한 비굴로 굴절되지 않던가.

긍지는 우리 안의 숨은 날개이다. 자신의 능력을 아는 당당함이란 사랑을 예감하는 어떤 원초적 힘에 맞닿아 있다. 그 믿음은 가치를 선택하는 믿음이며, 타자에 대한 믿음이기도 하다. 진실을 추구할 때, 거짓이 없을 때, 책임감을 가질 때 잠재된 긍지들이 잎을 틔운다. 긍지는 순수에 다름 아니며, 용기에 다름 아니다.

이 순수한 용기는 영적인 자기 확신을 필요로 한다. 긍지는 현실의 가장 깊은 데서부터, 영혼의 뒷면에서부터 울려나는 것이기 때문이다. 숨은 내공에서 발휘되는 이 긍지는 어쩌면 끊임없이 조화를 이루고자 하는 정신적인 항상성homeostasis일지도 모른다. 자신의 문제를 스스로 해결할 수 있도록 설계된 생명체 자체의 자연기능 말이다. 더욱 혼란한 상태로 되려는 경향을 가진 무질서한 세계에 대항하여, 끊임없이 정돈되고 조화를 이루려는 힘이 생명의 특성이 아닌가.

개세공로당불득일개긍자 蓋世功勞當不得一個矜字. 마음을 멈추게 하는 채근담의 한 페이지이다. 세상을 뒤덮는 공로도 마음속에 있는 하나의 긍지를 당하지 못한다는 말이다. 이는 한 개체이지만 분명한 사회적 존재인 인간이 어디서 진정한 존재감을 획득하는지 강조한다. 사람들은 세상이 인정할만한 커다란 부와 그럴듯한 명예에만 집착하고 있는 현실이다. 하지만 우리를 우리답게 하는 건 내면의 긍지다. 그 숨은 긍지가 사소하고 소박한 일상을 눈부시게 하는 것이다.

긍지는 타자를 향한 겸허한 힘이어야 한다. 긍지라는 날개는 내 속에서 나와 타자에게도 날아가는 삶의 날개인데. 결국 세월호의 아이들을 건지지 못한 우리는 모든 긍지를 잃은 게 아닐까. 매일매일이 두렵고 다시 두렵다. 스스로 머리를 풀고 곡을 해야 할까. 우리 모두를 위하여서라도 말이다. 보이지 않는 매듭이 낡다 못해 다 삭아져 끊어져버린 느낌, 온몸의 세포막이 병든 느낌이다. 설마, 설마, 그래도, 그래도, 좀만 더, 좀만 더, 하면서 아직도 고리원전을 돌리고 있는 근심, 양심과 부끄러움. 막막하다.

문득 하늘을 환기한다. 긍지라는 날개를 갖고 싶다. 나 한 사람이 그 어떤 둥구나무보다 오래된, 수천 수만 년 생명의 역사를 기록하고 있는 한 그루 우주목임을 상기하고 싶다. 우듬지의 푸른 잎새처럼, 내 본래의 깃털 한 잎 한 잎 온힘으로 흔들고 싶다.

부활의 물리학

I

　빈 들판을 바라보며 생명을 꿈꾸던 농경적 시선을 잃어버린 현대인들에게 부활은 낯선 세계이다. 그 경외와 경이가 신생을 끌어내지 못한다. 부활이 봄꽃 필 무렵 잠시 환기하는 약속, 아니면 어떤 행사에 머물고 마는 것이다. 그리곤 이내 우리는 일상을 지배하는 정보체제나 경제구조 속으로 잠식한다. 그렇더라도 부활은 언제나 기적이고 연푸른 봄나무로 다가온다. 굳이 신화적인 부활사건을 끄집어내지 않아도 봄은 얼마나 위대한 환상인가. 긴 북풍을 밀어내며 다가오는 봄빛이 누군들 눈부시지 않으랴. 회복불능의 환자처럼 캄캄하던 나뭇가지에서 새푸르게 돋아나는 촉수 하나하나 감동스럽다. 하지만 그 찬란한 것들이 어디 머나먼 미지의 공간으로부터 왔겠는가. 그 환희들은 나무의 뿌리 속에 물관 속에 오래 흐르던 힘이었다. 나무의 간절한 열망이 기다리는 눈빛과 만나는 순간, 감춰진 기호들이 미친듯 투둑투둑 불거진다.

우리 안에도 유유한 기호들이 무한하다. 이 기호들은 어느 날 문득 환상을 선물한다. 한번 피어난 환상의 기간은 얼마나 될까. 환상은 실제로 인간을 새로운 세계로 끌어올리는 순수한 힘이었다. 환상을 보는 자는 선택된 자들이었고, 그 환상을 따라 세계는 줄기를 뻗고 꽃잎을 틔웠다. 새로운 시간과 공간에 대한 환상, 새로운 만남에 대한 환상은 우주의 에너지를 길어올리며 문명을 이루었다. 하지만 새로운 직장에 대한 환상은 1주일이면 깨어진다. 목숨 건 사랑도 2년이면 그 환상이 깨어진다고 한다. 후쿠시마 원전폭발은 문명에 대한 환상을 일시에 깨뜨렸다. 이 시대의 모든 환상은 착각과 오류로 얼룩져 있는 걸까.

자연은 우리가 모르는 숨은 위력으로 가득하다. 심리학자나 철학자들, 언어학자나 기호학자들이 읽어내고 싶어했던 무한의 세계들. 가능성과 잠재력, 숨은 질서들. 이것이 바로 부활의 뜨거운 전류이다. 부활은 모든 차이를 뛰어넘는 자연의 조화적인 능력으로 아주 일상적이며 꾸밈이 없다. 부활은 초자연적인 역사가 아니라, 가장 생명적이고 자연적이다. 인간이 무엇을 이루었다는 건 세살배기가 레고로 집을 짓고, 의기양양하는 것과 비슷하다. 거대한 우주 질서에 비하면 문명은 장난감 집짓기에 불과하다. 그 집짓기를 통한 꼬마의 유쾌함이 우리가 존재하는 방식이기는 하다. 하지만 어떤 타자가 끊임없이 희생되는, 빈익빈 부익부의 논리로 가득한, 또는 극단적인 기술문명의 방식일 때 우리가 가진 환상도 부활도 문제가 된다.

부활은 인간의 고고한 천성이다. 실제로 우리는 매순간 부활하는, 원래 우리 안에 있던, 길들여지지 않은 본래적 에너지를 가지고 있다. 그것이 영성이고, 존재의 비의이다. 하지만 돈과 명예에 집착해 인간은 자신의 영성이 형편없이 너덜거려도 감지하지 못한다. 욕망과 자아에 갇힌 탓이다. 타자 속의 부활을 감지해내는 건 순수한 능력이다. 봄빛뿐만 아니라 주변의 사소한 몸짓에 담긴 의미들, 초자연적인 기적을 뛰어넘는 일상적인 의미를 읽어내는 시선에 진정한 부활이 담긴다. 때문에 부활은 우리의 정체성을 보여준다.

II

부활을 읽어내는 능력에 꼭 필요한 두 가지가 있다. 응시와 상상력이다. 무심코 지나치던 것들을 진지하게 관찰해보라. 익숙한 것들을 오래 주시하면 거기에는 아주 새롭고 낯선 생명감이 일어난다. 응시할 때 그 안의 숨은 질서들이 얼마나 광대하며 동시에 얼마나 섬세한 것인지 드러난다. 사소한 현상에 집중한다는 건 일상에서 무수한 신의 손금을 찾아내는 작업이다. 나를 향한 특별한 음성을 감지하는 건 환한 등불을 켜드는 일과 같다. 일상에서 기적을 체험한다는 것, 깊은 교감를 안다는 것, 이 모두는 응시를 경험하는 것이다. 함부로 지나쳐 버리면 어떤 소통도 생성되지 않는다. 오랜 관찰과 숙고는 사물의 뒷면까지 보게 하는 힘이 있다.

삶의 부활에 상상력은 필수이다. 상상력은 존재를 확장시킨다. 시인은 見者라고 했던가. 온몸이 눈이 되어 섭리를 바라보아야 한다. 그리고 깨달아야 한다. 눈부신 백지와 모험적인 탐사, 이러한 문학적인 일탈도 부활을 향한 하나의 훈련이 아닐까. 은유와 환유, 이 씨줄과 날줄의 세계는 무한한 가능성으로 우리를 안내한다. 상상력은 결국 내 안의 기억에서 돋아나는 잎새들이다. 무자비한 소비구조는 기억상실을 강요하고, 상상을 도구화하고 대상화할 뿐이다. 하지만 봄숲에서 읽을 수 있듯, 부활은 조화를 이루려는 힘으로 출렁인다. 평범한 일상을 비범하게 하는 것은 그것을 바라보는 눈인 것이다.

응시와 상상력은 부활의 원소들이다. 부활을 완성하는 원소가 더 있다. 연민이다. 부활은 관심과 연민의 에너지에 다름 아니다. 연민이 부활의 요소로 작동할 때, 관심이 응시를 낳을 때 그 자리엔 꽃눈이 싹튼다. 이 연민과 관심이 빛의 매듭을 만든다. 더 느린 속도로 더 비운 마음으로 돌아보면 거기선 언제나 생명의 반짝임이 보인다. 마술이라는 것이 즐거운 손의 기능인 것처럼 부활이란 타자를 향한 유쾌한 마음의 기능이다. 이러한 응시와 상상력엔 열정, 존재를 향한 열정이 중요하다. 이 열정이 시를 쓰듯 아름다운 생명의 리듬을 발견해낸다. 구원의 형식이 어찌 답안지에 있을 것인가. 거룩한 것과 세속적인 것, 종교적인 것과 비종교적인 것을 구분하는 일은 삶에서 부활의 기적을 빼앗아가는 일이다. 자기만의 확신에 찬 자아는 오히려 부활의 기적을 지워버린다.

부활을 잃은 세대, 부활을 잃은 문명은 도구화된 대상에 불과할 뿐이다. 우리 속에 있는 부활의 능력, 신생의 가능성을 어떻게 끌어낼 것인가. 숨은 영성을 발견하는 데는 용기가 우선이다. 부활은 죽음을 전제로 하며 죽음 자체가 부활의 에너지이다. 보이지 않는 무한한 잠재력의 세계를 향해 걸을 모험이 필요한 것이다. 부활은 어두운 시대를 가로지르는 고매한 영성이다. 에로스와 타나토스를 뛰어넘는다. 부활은 인식 이전에 이미 존재 속에 끊임없이 흘러넘치던 본래적 에너지였다. 'becoming'이 아닌 'being'로서의 부활이라는 말이다.

그러나 자본은 항상 우리의 생각을 꺾고 우리의 무릎을 부러뜨린다. 부자가 하늘나라에 들어가는 건 낙타가 바늘구멍에 들어가는 것만큼 불가능하다고 성경은 분명히 말한다. 우리의 기도조차 실용적인 소비가 되고 만 건 아닐까 두렵다. 자기 꾀에 속는 건 아닐까 늘 돌아볼 일이다.

III

백년어서원에는 오래 잊혀진 것, 오래 소외된 것들에게 다가가 말을 거는 백 마리 나무물고기가 있다. 흰 벽에 하나의 물결을 유유히 흐르고 있는 이 나무 물고기들은 충청도 산골의 옛집을 헐면서 나온 땔감들이었다. 아무짝에도 쓸모없는 불에 태워질 화목이었지만 누군가의 손끝에서

한 마리 한 마리 물고기로 제작되었다. 백 마리 물고기마다 自, 玄, 深, 隱, 無…… 등의 이름을 가지고 있다. 이 나무물고기들은 진정한 신생과 부활을 보여준다. 수직으로 살아 꿋꿋이 하늘과 땅을 잇는 우주목의 역할을 벗었으니, 유연한 물결처럼 바람처럼 수평적으로 다시 백 년을 살아보라는 당부 또는 기대인 것이다. 이처럼 대상에게 존재감을 부여하는 것이 곧 부활의 행위가 아닐까.

'교회는 비회원을 위해 존재하는 지구상의 유일한 기구'라는 영국의 대주교 윌리암 템플의 말은 참 새롭다. 세상의 다른 조직들은 회원의 혜택을 위해 존재하지만 교회는 세상, 곧 비그리스도인을 위해 존재하는 것이다. 타자를 향한 연민이 부활의 조건이라는 말이다. 타자의 가슴에 등불을 켤 때 그때 나의 부활은 생성된다. 타자를 향하는 일상의 관계 속에서 생명은 부활한다.

문명 자체의 부활이 필요하다. 『성배와 칼』에서 리안 아이슬러는 고고학, 역사학, 문헌학적으로 살피면서 인류의 역사를 공동협력사회와 지배중심사회로 나누고 있다. 성배란 신석기 시대의 여신, 크레타 문명, 예수와 막달라 마리아로 이어지는 남녀 유대의 정신이라고 설명한다. 예수의 혁명성은 남성지배 전통에서 남녀유대, 자유와 평등의 정신을 온몸으로 설파한 데에 있다. 21세기의 여성운동, 평화운동 녹색 생태운동 등은 모두 지배체제에서 공동협력체제로 변화하기 위한 추진력이며, 이러한 공존이 지향하는 건 평화이다. 재앙으로 인해 사라진 도시와 사라진 사람들, 원전폭발로 인한 방사능의 유출, 지구 모퉁이마다 끊임없는 전쟁과 유혈혁명들, 너무나 많은 눈물들이 이 지상에 넘쳐난다. 생태와 환경을 비롯, 어린 학생들의 자살까지 그 모든 비극을 가슴으로 바라보아야 한다.

부활은 자연의 지혜, 그 자체다. 부활은 학습이나 중독이 아니다. 끊임없이 살아 움직이는 지느러미처럼 신생을 향해 물결 젓는다. 이 움직임은 나 자신을 덜어내는 움직임이다. 삶이 자발적으로 가난해지지 않으면 삶에 부활은 없을 것이다. 이 시대가 어찌 기뻐할 시대인가. 타자의 고통이 만연한, 애통함이 끓는 시대이다. 모든 누림은 타자로부터 왔다. 타인의 고통으로부터 나의 소비가 이루어지고 있다.

지금 이 시간에도 엄청난 변화들이 숨어 소용돌이치고 있다. 자연 속에서도 그렇고 문명 속에서도 그렇다. 그러한 숨은 질서를 의식하는 지혜, 모든 현상을 통하여 타자를 배려하고 스스로 겸허해지는 자세가 부활의 존재론적 양태일 것이다. 부활을 노래한다는 건 그런 청빈과 겸허와 환대가 있는 삶을 기억하고 실천하는 일이 아닐까. 진정한 영성을 어떻게 모색할 것인가 고뇌해야 한다. 이는 두려운 숙제일 수밖에 없다.

부활은 늘 우리에게 새로운 숙제를 부여한다. 매몰된 자아를 각성해내는 일, 타자를 응시하며 그 내밀한 음성을 듣는 일이 그렇다. 죽음의 순간, 멸망의 순간은 언젠가는 온다. 자연과 사람, 타자에 대한 경외와 경이를 잃어버리지 않는다면 어떤 소멸도 부활의 에너지임은 당연하다. 이 힘이 감동으로 연결될 때 연푸른 봄나무가 우리 앞에 찬란하게 서 있다. 새로운 의미를 부여한다는 건 용기와 실천이 중요하다. 거기엔 선택이 작동한다. "네가 어디로 가야할 지를 모르겠으면 어디서 왔는가를 기억하라." 아프리카 속담이다. 우리가 빈손으로 이 지상에 왔음을 기억한다면 지금 우리가 누리는 물질적 풍요가 어디서 온 것인가를 알 수 있지 않을까.

244

당신만의 책을 꿈꾸세요

　'알뜰'이란 정성스럽고 규모 있음을 말한다. 정성스럽다는 것, 규모 있다는 건 또 무엇일까. 단풍드는 산자락 길자락을 보며 생각을 여미게 된다. 물든 잎새들이 비밀 열쇠처럼 흔들린다. 정성스럽다는 건 어깨를 겯고 자박자박 함께 단풍드는 일, 규모가 있다는 건 토닥토닥 서로 아우르며 풍경을 만드는 일이 아닐까. 투명한 핏줄이 드러난 잎갈피들이 문명의 진보란 타자지향이 되는 삶이라는 지혜를 일러주는 것 같다.

　문명사에서 독서는 정신의 기둥이며 소통의 양식이며 신비의 문이었다. 책은 소비의 방식이나 자본의 방식이 아니라는 말이다. 오늘도 책표지들은 하나하나 비밀의 문처럼 다가온다. 삶의 치유가 어디서 나오는지 세계석학들과 많은 실천가들이 숙제하듯 내놓고 있다. 책이 사람들의 타자지향적인 실천에 어떤 영향을 미칠 것인가. 링컨은 한 권의 책을 읽은 사람은 두 권의 책을 읽은 사람에게 지배당한다고 했다. 에디슨은 10대 때 이미 2만 권의 책을 읽었다고 한다. 나폴레옹은 전쟁터에서 말을 타고 달리면서 책을 읽기로 유명했다. 지독히 가난했던 카네기 가문의 성공 원동력은 책을 빌려보는 데서 시작됐다. 빌 게이츠를 있게 한 것도 학교가 아니라 동네 도서관이었다.

독서를 하는 것은 고뇌와 성찰을 위해서다. 사색하기 싫은 사람은 독서가 점점 어려울 수밖에 없다. 농담과 유머와 오락으로 가득찬 현실에서 독서는 일순 고독한 행위이다. 하지만 독서를 통해 우리는 자아와 타자를 정확하게 만날 수 있다. 그때 올바른 관계의 그물이 햇살 속으로 펼쳐진다. 근원을 기억하는 독서, 올곧은 가치관을 지속시키는 독서. 누군가를 배려하는 '알뜰한 당신'으로 세우는 건 바로 당신만의 책이다.

인간이 위대해보이는 순간은 언제일까. 독서를 하면서 인간이 새삼 숭고하다는 것을 종종 깨닫는다. 정민선생님의『삶을 바꾼 만남』을 읽으면서도 그랬다. 정약용도 위대하고 그 스승을 끝까지 배운 황상의 삶도 위대하고, 그것을 이 시대에 조명해내는 학자도 위대하다. 공부를 한다는 것은 사람 속의 시간, 시간 속의 사람을 찾아내는 힘이 아니겠는가. 시공을 뛰어넘어 인연의 자리를 발견해내는 능력이란 얼마나 위대한 감수성인가. 기적이 따로 없다. 그러한 인연의 결이 존재를 매력적으로 결정짓는 것이리라. 자기 자리에서 큰 생각을 하는 사람들, 독서는 그들과 마주 앉는 긴 의자였다. 이렇듯 책은 알뜰한 인연의 결을 만들어내는 것이다.

독서는 그 사람만이 가진 정신의 지도를 보여준다. 책이 가진 치유, 책이 가진 도전과 모험, 책이 가진 교감의 세계가 간절하다. 독서는 차분한 감응력과 시공을 뛰어넘는 공존을 선물한다. 우리는 우리가 읽은 것으로 만들어진다고 한다. 독일 소설가인 마르틴 발저의 말이다. 남들이 보지 않는 곳에서 독서에 열정을 바치는 영혼들이 그립다. 어디선가 홀로 빛나는 비밀의 열쇠같은 영혼들이 있으리라.

막 물들어가는 단풍들이 말한다. 우리들을 가지고 책의 비밀을 열어보세요. 독서는 끊임없이 강의 발원지로 회귀하려는 연어의 지느러미 같은 거지요. 생명의 근원을 기억하는, 그곳에서 다시 알을 낳을 거예요. 노란 바람을 흔들며 은행잎이 말한다. 당신만의 눈금을 가진 책읽기가 절실하고, 거기엔 인내가 필요해요. 그렇게 당신도 한 권의 책이 되는 거랍니다. 보도블럭에 흩날리는 낙엽들이 말한다. 앙천부지仰天俯地, 하늘을 우러러 보고 땅을 굽어보는 힘을 생각하세요. 새알만큼씩 바람을 빚어보세요. 당신만의 책을 꿈꾸세요. 그리고 믿어요.

낡은 지도를 오래 들여다보는 일, 유리창을 닦는 일, 품위 있는 한 마리 고양이와 마주치는 일, 운동화를 사는 일, 우체국 가는 일, 옛 수첩 속에서 이름 하나 꺼내는 일. 기차를 기다리는 일, 햇살빨랫줄에 그림자를 널어놓은 일, 밥을 든든히 먹는 일, 그리고 그 사람보다 먼저 그 사람을 사랑하

는 일. 이 모든 것 위에 당신만의 책을 꿈꾸라. 가을이 알뜰해지고 이 별이

알뜰해지고 사랑이 알뜰해질 테니.

지구에, 부산에, 골목에 — 산다

비둘기, 꽃잎 먹다

사십계단 앞에서 삶을 환기시키는 순간을 만났다. 비둘기 한 마리가 떨어진 베고니아 꽃잎을 쪼아 물었다가 삼키는 것이었다. 찰나적으로 전율이 일었다. 빵부스러기나 좇는 줄 알았던 선입관, 아니면 붉은 꽃잎의 선명함 때문이었을까. 아니면 계단 중턱 아코디언 켜는 사내의 청동상 앞이라 그랬을까. 비둘기와 꽃잎의 존재감이 한꺼번에 나를 경이로 휘감았다. 한 도시의 식구로서 그들은 얼마나 강렬하게 살아있단 말인가.

그리고 보니 베고니아 붉은 살점이 보도블록에 제법 별자리 무늬를 이루고 있다. 바람에 몰래 대답하는 잎사귀도 예사롭지 않다. 뜨거운 볕과 비바람을 얼마나 견딘 것일까. 비둘기도 마찬가지다. 한때 평화를 상징했지만 언제부턴가 길들여진 욕망의 상징으로 푸대접을 받아왔다. 허나 기실 얼마나 충실히 제 존재를 완성하고 있는 비둘기며 꽃잎들인가. 모든 풍경은 이렇듯 끈끈한 지층을 가지고 있었던 것이다.

보이지 않게 도시를 꾸리고, 도시의 내면을 이루는 것들이 얼마나 많은가. 늘 놓치기 쉽지만 일상은 미세한 실핏줄과 신경, 그리고 세밀한 의미로 살아 움직인다. 존재는 '의미'라는 옷을 입고 자란다. 의미란 내가 나에게가 아니라, 내가 타자에게, 타자가 나에게, 서로 부여해주는 작업인 것이다. 의미를 담지 않아도 스스로 완벽한 게 자연의 위대함이라면, 아무렇지도 않는 것에 '혼'이라는 의미를 담을 줄 아는 건 인간의 숭고한 능력이다. 의미를 부여할 줄 아는 힘, 이는 삶을 이해하는 경이 그 자체이다. 그것이 곧 감수성이다. 타인뿐 아니라 동식물, 또는 사물에조차 생명의 의미를 부여할 줄 안다면, 제 목숨의 신비를 이미 깨달은 사람이다. 무화無化를 극복하는 것, 그것이 바로 용기이며 감동이 아닐까. 이 의지가 곧 소비 문명을 극복할 수 있는 힘이고, 변화의 새로운 굽이를 만들 수 있는 사유일 것이다.

도시는 무한 타자들이 존재한다는 데서, 그들이 무한 구조를 이루고 있다는 데서 어쩌면 존재감이 충만한 곳일 수도 있다. 그러나 한 공동체의 존재감을 뺏고 있는 현실은 타자의 고통을 발견하지 못하는 데에 기인한다. 물질문명에 갇힌 사람은 '혼'이 살아 어울리는 존재감을 얻기 어렵다. 부가 우리에게 큰 존재감을 주는 듯하지만 그건 하나의 속임에 불과하다. 그것은 잠시 후면 벗어버릴 헌 양말 같은 것이다. 오히려 영적 가난을 아는 사람이 진정한 존재감을 얻는다. 그래서 가난한 자가 복이 있다고 했던가.

백년어서원을 열면서 동광동 식구가 된 지도 벌써 육 년째다. 사람들이 자주 묻는다. 왜 하필 원도심이냐고. 나의 글이나 골목 사진이나 백년어서원이 굳이 원도심을 고집하는 것, 모두 다 같은 이유이다. 낡고 쇠퇴한 것들이 가지고 있는 시간의 힘 때문이기도 하지만 기실, 그것들은 숨어서 도시를 팽팽하게 세우는 뿌리인 까닭이다. 언뜻 눈에 띄지 않는 작은 것들이 얼마나 강렬하게 이 세계를 구성하고 있는가.

끊임없이 기획되는 도시. 그러나 무엇보다도 도시 속 장면을 통해서 한 개인을 들여다볼 수 있는 현미경을 가져야하지 않을까. 그래야 도시의 의미와 가능성을 찾아갈 수 있다. 도시를 역동적인 생태계로 재구성하는 일, 이는 이 시대의 아름다운 과제이리라. 보이지 않는 데서 도시의 숨결을 이루고 있는 것들이 얼마나 많은가. 꽃잎을 먹는 비둘기처럼 말이다. 우리의 고민, 그리고 선택에 따라 도시도 충분히 자연일 수 있음이다.

잘 보이지 않는 것들이 만들어주는 생명의 힘, 이를 우리는 숭고라 불러야 하리라. 억압받는 것들, 소외된 것들, 외로운 것들은 기실 제 생명감에 가장 충실하게 살아있음이다. 원도심 속에서 살면서 더 많은 존재의 음성을 듣는다. 숭고한 자의 외로운 노력, 이것이 바로 우리가 찾는 희망이며 또한 우리 자신일 것이다. 어둠이 깊을수록 우리는 스스로 빛이 되어야 하듯 말이다. 심해어처럼.

누름돌 철학

산중턱에 잠시 앉았다가 그럴듯한 돌덩이와 마주쳤지. 생김새가 그저 넉넉한 부처님 같았어. 제법 묵직해 망설이면서도, 이참에 부처님 한 분 모시자 싶어 무리를 해서 배낭에 넣었지. 산행 내내, 무게 때문에 좀 고생을 했어. 집에 와 자꾸 들여다봐도 영락없는 부처님이라, 웬 인연인가 싶더군. 시간이 지날수록 그 돌이 품은 너그러운 미소가 가슴을 환하게 하더라니까. 며칠 뒤 마음먹고 좌대를 맞추려니, 모셔둔 돌덩이가 없어진 거야. 찾아보니 어머니가 김장독에 누름돌로 썼다네. 아이구야, 장독뚜껑을 열어보니 부처님이 김치포기를 꼭 끌어안고 있더군.

부처님을 김장독에 모시게 된 친구의 이야기 전반이다. 웃으면서 나눈 일상의 토막이지만 김장독 속에 앉은 돌부처는 무엇보다 큰 배움으로 다가온다. 서로 연기緣起해 존재한다는 관계의 철학이 오롯하다. 누름돌에는 담긴 부처의 품성은 이 시대에 필요한 관계와 시간의 힘을 그대로 전한다. 모든 것이 고루고루 익고 알맞게 발효하는 데는 이 누름돌이 필요하다. 모든 꿈마다 사랑마다 이 누름돌 하나씩 놓여야 하지 않을까.

모든 누름돌은 시간의 지혜를 보여준다. 참고 견디지 않으면 결코 나만의 맛을 만들 수 없다. 문득문득 치밀어오르는 것들을 다스리는 누름돌 하나가 내게 있는가. 무조건 견디라는 말이 아니다. 존재 그 자체로 생명을 지킬 수 있는 힘, 그것은 기다림이고 기도이다. 어떤 지극함이다. 모든 조화에는 자연스러운 시간의 힘이 뿌리로, 또 잎으로 작용한다. 그 인내가 모든 관계를 숙성해낸다. 맛이 든 사회를 만들어내는 것이다.

이 견딤의 시간을 우리는 잃어버렸다. 시대가 점점 성급하고 함부로 거칠다. 그러면서 우리가 놓쳐버린 것은 무엇일까. 내가 원하는 것들이 어디에서 올 것인지, 어디로 갈 것인지 전혀 감지하지 못한다. 관계를 다스리는 희망의 품성은 누구에게나 있다. 우리가 곰곰이 사유하기 시작할 때, 기다림으로 형태지어질 때 그것은 극진한 마음으로 발현된다. 그 순간, 우리는 아름다운 숲으로 성장한다. 이 숲이 신록으로 또 단풍으로 물드는 동안 이 지상에 유쾌한 산소를 공급하는 것이다.

우리가 이 지상에 온 건 바로 생명의 모험을 통하여 영적인 진화를 이루기 위함이다. 모험이란 결국 자신이 진정 원하는 것을 찾아가는 일. 동시에 그것은 순수를 바탕으로 한다. 자기다운 삶을 발견했을 때 우리는 혼란스럽지 않다. 뭔가를 부지런히 따라가면서도 자꾸 혼란스러운 건 자기만의 세계를 발견하지 못한 까닭이다. 우리는 무엇을 원하는 걸까. 자신을 안다는 건 무엇일까. 존재의 질문은 언제나 이해할 수 없는 부조리와 모순과 긴장을 대면하는 것. 여기에 기다림은 큰 누름돌이 된다.

기다림은 이 세상에서 가장 눈부신 보석이다. 달개비가 하늘의 별빛을 바라보듯, 북두칠성이 달개비꽃 바라보듯이 서로를 향해 빛나며 오래 기다려주는 것들로 세상은 반짝인다. 우리는 조급하다. 매일 서두르다 보니 몸과 마음이 형태를 잃는다. 굳은살 박인 발뒤꿈치처럼 함부로 된 무심함이 서로를 소외시킨다. 기다림을 이해한다면 우리 속의 무한한 우주를 닮은 가능성이 세상의 별자리를 만들고 있음을 발견하게 되지 않을까. 존재를 빛나게 하는 것들이 무엇인지 늘 감지할 필요가 있다. 아름다운 더듬이를 펼쳐야하는 것이다. 감수성이 손톱 끝에 박힌 가시처럼 예민하게 아프게 나를 향해 타자를 향해 열려있어야 한다.

삶은 유쾌한 신비이다. 갓 태어난 아기뿐만 아니라, 팔구십을 넘긴 노인에게도 마찬가지이다. 모든 순간에 생명은 비의로 출렁인다. 눈에 보이는 현상이 전부가 아니라는 말이다. 우주는, 그리고 현실은 보이지 않는 파동으로 그득하다. 타자를 용서하는 일, 자아를 버리는 일도 아름다운 생명의 모험이 된다. 글을 쓰는 일, 그림 그리는 일, 공부하는 일도 마찬가지이다. 우리들이 무언가를 추구할 때 이 숨은 질서를 볼 수 있어야 한다. 그래야 모험에 성공한다. 눈에 보이는 현상을 현실의 전부라 믿고 따라가는 삶은 자신뿐만 아니라 주변까지 빈곤하게 만든다.

　기다림은 사랑의 속성이며, 희망의 속성이다. 기다림을 통해 21세기의 화두인 '공감'으로 우리는 나아가게 된다. 우리보다 늦게 오는 사람을 기다려주자. 우리를 불편하게 하는 사람을 기다려주다. 가난하고 외로운 사람들을 기다려주자. 기다림은 서로를 향해 빛나는 등불처럼 삶을 환하게 연다. 어디선가 우리를 기다려준 사람들이 있어 우리가 이렇게 존재하고 있는 것처럼.

　부처 같은 누름돌이 절실한 시절이다. 오늘도 시간을 숙성시키는 누름돌이 될 수 있을까. 함부로 설익지 않도록, 고루고루 양념이 배도록 지긋한 마음, 그 누름돌의 숨은 힘을 서로가 서로에게 선물할 수 있었으면. 간절해진다. 푸른 더듬이를 길게 늘인다. 겨울햇살이 유난히 깊다. 당신을 기다린다.

봄,
그 무용 無用 과
미완 未完

연노랑으로 번지는 봄빛에도 가슴이 떨리지 않는다. 꽃망울이 부푸는데도 사람들이 행복해보이질 않는다. 팔레스타인 아이들의 자살테러 보도를 보면서 아무렇지도 않게 밥을 푼다. 카드빚으로 동반자살한 일가족의 뉴스를 보면서 밥을 먹는다. 그들의 밥을 내가 다 먹고 있는 건 아닐까, 하는 자책감도 잠깐, 무수한 광고프로에 휩쓸린다. 어떻게 저런 일이, 불안해하다가, 절대 내 일이 되지 않을 거야, 확신하면서 곧 무심해진다.

도시는 괴물처럼 자라고, 모든 순수는 잉여물로 퇴적되고, 삶은 쓰레기가 된다. 사람들은 그리고 타자의 고통과 분노를 일종의 스펙터클로 소비해버린다. 모든 것은 속도 속으로 용해되고, 혼재된 가치는 방향도 없이 비닐쓰레기처럼 떠돈다. 급기야 세월호가 침몰했고, 기다리던 아이들을 한 명도 건져내지 못했다.

우리 사회는 얼마나 공존가능한가. 세월호를 비롯한 당면한 여러 위기는 공존의 불가능성을 반증하는 게 아닐까. 우리는 이웃정신을 잃어버렸다. 이웃사촌이라는 말이 있었던 것처럼 예전엔 어려울 때마다 옆집이 있었다. 그 동네에 미친 사람 하나 있어도 마을사람이 함께 그를 먹여 살리지 않았던가. 내가 어릴 때만 해도 옆집은 언제든 손을 내밀고, 언제든지 넘나드는 마음의 공간이었다. 정말 가난했어도, 콩 한 조각도 나누어먹는 게 당연하다고 믿고 자라지 않았던가.

이웃을 잃어버리게 된 건 경쟁체제와 빈부격차 때문이다. 이 모두 성과주의에서 비롯된 것들이다. 경쟁과 비교의식은 모두를 적으로 만들고 있다. 초등학교시절부터 친구는 이겨내어야 할 경쟁자가 되고 만다. 그러다 보니 모든 공부도 모든 인연도 성과에 급급해지면서 자연 이웃의 손을 놓쳤다. 옆집에 무관심하고 심지어 불신한다. 봄, 여름, 가을, 겨울은 우리에게 공존, 함께 존재하는 법을 가르친다. 서로 어우러지면 살아갈 수 있는 능력을 가르친다. 우리는 이 봄에서 꽃잎만 헤아리면 무슨 소용일까. 가까운 이웃을 헤아릴 수 있어야 하는 것이다.

성과의 반대말은 무용無用과 미완이다. 이 무용無用과 미완이 이제 우리가 선택해야 할 가치가 아닐까. 예술이 아름다운 것은 유용有用을 뛰어넘는 무용無用의 힘 때문이다. 유용한 것은 인간을 억압하지만 무용은 인간은 자유롭게 한다. 자유와 공존, 이것이 무용의 가장 큰 쓸모이다. 문화는 여기에서 시작해야 한다. 예술을 통해서만 감성이 회복되고 상상력이 살아나고 감동을 배운다. 그렇다면 유년 교육은 음악과 미술과 놀이만으로도 충분하지 않겠는가. 감성이 충분히 훈련되고 난 다음이라야 모든 배움이 공존으로 자연스레 착상한다. 생명의 감성이 굳어진 이후에 추구하는 배움들은 그만큼 이기적이 되기 쉽다.

미완성이란 말은 실패를 의미하는 게 아니다. 지금도 진행 중이며 창조 과정이라는 말이다. 인류사에 세기를 넘으며 살아있는 미완성 작품들이 얼마나 많으며, 아직도 우리를 설레게 하는 미완성 사랑이 얼마나 많은가. 삶도 마찬가지이다. 늘 완벽한 삶을 꿈꾸지만 일상은 늘 우리를 미완성 작품으로 만든다. 그것은 삶이 창조 중이며 진행형인 까닭이다. 이 때문에 완성되지 못한 것들에 대해 불만을 가지거나 서러워할 필요가 없다. 미완성은 그 자체로 늘 미래를 향하고 있는 행진인 것이다. 그것이 곧 본래이며 자연이 아니겠는가. 사랑은 삶의 의미를 향한 끊임없는 물음이다. 도무지 채울 수 없는 그 빈 공간이야말로 완성의 참 형태인지도 모른다. 그래서 사랑도 삶도 늘 아름다운 도전으로 흔들리는 것이리라.

유용성과 성과주의는 일상의 두 축이 되고 말았지만, 진정한 문화도 공존의 형식도 성과와 관련이 없다. 하염없이 기다려주는 자연처럼 마냥 기다려주고 바라봐주는 시선이 필요하다. 이기는 훈련이 아니라 지는 훈련, 보이는 것이 아니라 보이지 않는 것을 추구하는 훈련, 내 편리보다 남이 편리하도록 챙기는 훈련. 이런 것이 바로 무용지용 無用之用의 철학이고 미완성의 모험이다.

　어떠한 사랑을 하든 그 사랑은 서로를 존중하는 힘이어야 한다. 건강한 생명은 무엇보다 서로의 존재를 긍정하는 데서 출발한다. 사랑에 실망하지 말고 지치지 말자. 우린 오늘도 여러 가지로 부족하다. 허나 그 미완을 통해 삶과 꿈은 진행된다. 삶의 의지란 결국 의미를 물은 지속적인 질문에 다름 아니다. 그렇다면 인생은 굳이 완성할 필요가 없는 게 아닐까. 위대한 미완이란 결국 끊임없는 사랑의 방식이겠기에 말이다.

　이런 고백은 어떨까. '나는 대단한 장점은 없지만, 그 무엇인가에 대한 진실한 사랑은 갖고 있다'. 19세기를 살면서 21세기를 내다본 자연주의자 데이빗 소로우의 고백이다. '뜻을 이루는 것은 힘이 아니라 사랑입니다'는 함석헌의 고백 또한 우리가 결단해야 할 사랑의 능력을 보여준다. 무한 미래로 펼쳐져있는 새 달력들. 그 눈부신 자리를 순수한 모험으로 채울 수 있을까. 무용無用이라는 그리고 미완이라는.

　이제 우리는 무용지용無用之用이라는, 미완성未完成이라는 용기를 끌어내야 한다. 문명 속에서 잃어버린 순수한 모험을 되찾아야 한다. 기실 태어나는 순간부터 삶은 모험이었다. 온갖 새로운 것들과 부딪치고 매순간 경이와 마주치며 성장하는 것이 바로 생명의 특성이다. 첫걸음을 떼는 순간 우리는 모험을 배우는 것이다. 그 이후로 바람 한 줄기도 그냥 부는 것이 아니다. 자꾸 넘어지고 다치면서도 호기심을 버리지 않는다. 왕왕거리며 울다가도 새로운 물건이 보이면 이내 눈동자가 초롱초롱 빛난다. 무릎엔 늘 피딱지가 있었다.

하여 모험에는 용기가 필요하다. 용기란 자신이 원하는 것이 무엇인지 끝까지 주시하는 힘, 그것을 확신하는 일이다. 그것이 불분명할 땐 용기를 발휘할 수 없다. 살아있다는 말은 진리를 모험할 수 있다는 말이다. 어떤 모험을 앞에 두고 있을 때 그때 우리는 순수해진다. 생명의 진정한 특성을 발휘하게 되는 것이다. 올곧은 행렬은 모든 불투명함과 싸우며 꽃을 피우고 무한한 씨앗을 품는다. 그 씨앗은 모든 부조리와 도구화되어버린 이성에 도전한다. 폭풍우는 오히려 존재를 깊이 뿌리내리게 하는 힘이라 믿으며.

인간이 아름다울 수 있는 건 제 안에 빛을 가지고 있는 까닭이다. 반딧불이는 폭풍에도 빛을 잃지 않는다. 그 빛이 자기 안에서 나오기 때문이다. 태생적인 이 생명의 빛이 그동안 자유의 역사를 만들어왔다. 누가 뭐래도 나만의 빛나는 긍지를 가질 때, 감동의 능력이 생긴다. 감동은 마음의 작용으로 매우 존재론적인 데서 솟아나는 미세한 파문이다. 이 감수성의 능력이 관계에 의미를 부여한다. 멋있기보다는 맛이 있는, 거창하기보다 이 오밀조밀한 상상력으로 지어지는 것이 바로 공존이다. 감동의 수원지를 잃어버린 사람들에게 문화는 소비성이 되고 만다. 자연 자본적, 폭력적으로 변질된 가치 속에 갇히고 마는 것이다. 내가 켜고 있는 건 어떤 불빛일까. 누군가가 칭찬해주는 외부가 아니라, 내 안에서 빛나는, 힘 있는 긍지가 나를 나답게 한다. 그 아름다움이 곧 봄이 아닐까. 내면의 빛이 퇴색하면 스스로도 캄캄할 뿐 아니라, 주변에 절망이나 불행을 만들고 만다.

고전을 제대로 읽어내지 못하는 청소년에게 대학이 무슨 소용일 것이며, 자신을 성찰할 줄 모르는 사람에게 취직이 무슨 소용이며, 다른 사람을 배려할 줄 모르는 사람에게 멋있는 저택이 무슨 소용일까. 인문이란 타자를 환대할 줄 아는 자리이타의 실천, 곧 공존인 것이다. 끊임없이 분출하는 낮은 힘들. 모든 순간이 겹쳐져 영원을 이루듯 모든 변방이 융합하면서 다양한 중심을 이루어내는 것. 공존의 힘은 바로 그런 통찰에서 일어난다. 그럴 때 우리는 보이지 않는 데서 샘솟는 감동을 체득할 수 있다.

문화란 무용의 큰 쓸모, 미완의 가능성을 아는 일이다. 첨단화된 소비 구조를 따라갈 게 아니라, 무언가 사물이 말하는 것을 들을 수 있는 능력, 그 감수성이 스스로도 감동하고 이웃에게도 감동을 주는 에너지를 내뿜어야 한다. 이웃을 믿는 사회, 콩 한 조각도 쪼갤 수 있는 공존의 지혜가 새로운 봄, 따뜻한 봄이리라. 봄의 창문을 들여다본다.

깨어있는 손

연초에 작은 산사에서 머물렀다. 멀리 경전철 오가는 게 보이는 도시 근교인데도 며칠 꼬박 산에서 내려오는 물소리만 들었다. 절 마당 모퉁이에 고무장갑과 면장갑이 널려 있었다. 가난한 손들이 겨울햇살을 흔드는 듯했다. 새해라는, 환기하는 시간의 의미 때문일까. 그 낡은 장갑들이 물끄러미 나를 바라보기 시작한 것이다. 밤낮으로 나를 깨우는 물소리들이 그 장갑들을 천수천안으로 다가오게 한 것일까. 자연 내 손을 자꾸 펴보게 된다.

손은 마음의 더듬이이다. 손이 깨어있다는 것은 손이 삶과 영혼을 보여준다는 말이리라. 손이 창조해낸 막대한 문명을 어찌 일일이 설명할 수 있을까. 하지만 이 시대는 손을 잃어버렸다. 모든 것을 기계에 미루고 너도 나도 머리와 입으로만 살아간다. 이를 진보라고 하지만 오늘날의 불신과 절망을 보면 쉽게 동의하기 어렵다. 많은 일을 하고 있다고 하지만 실상 손은 잠들어 있는 게 아닐까.

면장갑, 고무장갑들을 하나하나 마주보니 정말 천수천안관음보살이 따로 없다. 천수천안은 본래부터 우리 마음 속에 갖추어진 세계라고 하지 않는가. 모든 개인 속에 잠들어 있는 눈, 즉 스스로를 볼 수 있으면 손이 천 개인듯 눈이 천 개인듯 많은 능력을 발휘하고 많은 것을 발견할 수 있다는 말이다. 관음은 어떤 곳에서나 모든 생명을 대상으로 자비를 펼친다. 마주치는 그 모든 존재가 자비와 지혜의 대상이다. 풀 한 포기, 벌레 한 마리까지도 말이다. 자비는 다양하고 차별이 없다. 생명이 절실한 이 문명이 하늘의 모든 별을 걸고라도 얻어야할 것이 바로 천수천안의 자비이다.

지혜와 자비는 별개가 아니다. 기계적인 희망은 얼마나 우리를 외롭게 하는가. 기계화된 관계는 오히려 무관심과 무책임의 벽돌을 만든다. 관심도 사랑도 머리가 아니라 손이다. 손이 하지 않는다면 결국 게으름과 이기심일 뿐이다. 이젠 빨래도 청소도 잘 하지 않는 손, 연필을 잘 쓰지도 않는 손. 아주 기본적인 행동조차 기계들에게 미룬지 오래이다. 가장 아름다운 촉수를 우린 너무 오래 잊고 있는 건 아닐까. 기계에 의존하고 있는 이 문명이 교감을 잃어버린 건 바로 손을 잊어버린 까닭이다.

그러나 우리는 깨어있는 손을 믿는다. 손의 체온을 믿는다. 할머니의

266

약손처럼 손바닥에서 일어나던 치유와 사랑의 힘을 믿는다. 수시로 손해 보고 흔쾌히 희생하는 실천이 곧 깨어있는 손인 것이다. 지금 기껏 손이 하는 일은 손바닥으로 하늘 가리기 정도가 아닐까. 문제의 본질을 그냥 놔둔 채 그때 그때 얄팍한 계산으로 허물만 가리며 대충 넘어가는, 삶을 꼼수로 만드는 손은 도망갈 때 머리만 땅밑이나 수풀 속으로 처박는 꿩의 몸짓에 불과하다. 도무지 스스로를 볼 수 없는 캄캄한 눈, 스스로를 깨우지 못하는 무딘 손은 사회 전체를 모순의 수렁으로 몰아간다. 깨어있는 손이란 실천하는 일, 자기 것을 덜어 내는 일인 것이다.

손은 가장 정직하고 순수하다. 손으로 실천한 삶만이 자기 것이다. 眼高手卑안고수비라고, 생각이 실천을 따르기 어려운 법이긴 하지만 내 손으로 하는 것만이 진실이다. 손은 존재의 가장 원초적인 가능성이다. 천수천안이 우리 속에 있다는 말은 사유란 머리로 하는 것이 아니라 손으로 한다는 말이다. 게으름이나 불평이 생길 때마다 유영모선생님의 실천을 떠올린다. 한겨울 재래식 변소간이 꽝꽝 얼어 똥탑이 쌓일대로 쌓였다. 볼일을 보기 어려운데도 너도나도 미루는 참에 노년의 선생님이 도끼로 직접 그 똥탑을 다 패내었다는 말이다. 그제서야 서로 민망해하는 제자들에게 그거라도 할 수 있어 다행이라며 유쾌해 했다 한다. 사상은 그렇게 손에서 피어나는 것임을 배운다. 궂은일을 해야할 때마다 손이 영혼의 힘임을 기억케 하는 일화이다.

우리 속에 물소리처럼 흐르는 천수천안관음보살이 삶의 모퉁이 곳곳에서 봄꽃처럼 피어나길 기다린다. 손에 담긴 사유와 실천은 마치 꽃피는 일과 같으리라. 꽃봉오리 닮은 순수한 열정, 그런 실천이 일상에 푸른 신호등을 켜지 않을까. 면장갑만도 못한, 오래 잠들어있던 내 손을 반성한다. 지금 바로 모든 소외에 손을 내밀 일이다. 그 손이 바로 진정한 용기이리라. 내 사랑도 내 손도 이제 지혜와 자비로 깨어있기를. 내 안의 천수천안을 그리워한다.

울림과 떨림을
위하여

꽃꽂이엔 잘 정련된 질서가 담겨 있다. 근대 미학의 정서에 기반한 정성스러운 꽃꽂이는 늘 감탄을 자아낸다. 그래 그건 감탄이다. 감동과는 다르다. 감탄이 화려함과 탄성을 품고 있다면 감동은 소박한 울림과 저림을 갖고 있다. 불필요하다 싶은 잔가지를 쳐버린 꽃꽂이를 우리는 문화로 소비하지만, 그건 확실히 납작한 풀꽃이 주는 존재의 떨림과는 다르다. 바로 생명력의 차이에서 말이다.

문명은 인간과 삶을 계속 질서화한다. 규범화되지 않는 것들에게 세상은 가혹하다. 그러나 존재란 결코 질서화될 수 없는 부분이 더 많다. 자연이 그렇듯 직선으로 규격화되지 않는 것이 생명이다. 규정하거나 질서화시키지 않아도 충분히 조화롭고 아름다운 것이 생명이다. 도심의 골목도 그렇다. 꾸불꾸불 꺾이는 구비마다 일상이 푸릇푸릇 여울진다. 소소하고 남루한 것들 속에 함부로 지워버릴 수 없는 존엄이 있다. 인간적인 그 무엇이 당당한 더께를 이루고 있음이리라.

잉여의 시대이다. 모든 것이 남아돈다. 넘치다 못해 그냥 버려져 모퉁이마다 쌓인다. 여유도 아니다. 기술문명이 만들어낸 소유와 싫증의 부산물이다. 끊임없는 생산 때문에 덕목이 되어버린 소비가 물신의 신화를 빚는다. 마치 쓰레기가 되기 위해 태어난 듯 새 것들은 이내 싫증난다. 새로운 질서화는 싫증난 것들을 계속 풍경 바깥으로 밀어내 버린다. 과유불급이라고, 넘치느니 모자람이 낫다는 선인들의 지혜는 무엇을 가르치는 것일까. 넘침으로 오히려 잃어버리는 것이 얼마나 많은가.

손창섭의 단편 『잉여인간』은 불구적 현실에 놓인 소외된 군상의 내면을 담고 있다. 그땐 전쟁이라는 극단적인 상황에서 나타난 경제적 · 정신적인 결핍이지만 오늘날은 다르다. 경제적 풍요가 가져온 소외와 잉여이다. 멀쩡한데도 도무지 쓰일 데도 놓아둘 데도 없는 것들이 너무 많다. 쓰레기더미의 뻔뻔함, 함부로 생산하면서 추구해온 경제발전이라는 백일몽의 잔해들이 공포스럽다. 물건뿐만이 아니다. 사람도 남는다. 잉여인이 되고 마는 것이다. 꿈도 쓰레기가 된다. 사회학자 지그문트 바우만은 모든 견고한 것이 녹아 사라지는 '유동적 현대'에서 인간이 생산한 모든 것이 곧바로 쓰레기가 될 뿐 아니라 인간 스스로도 쓰레기가 되고 있음을 지적한다. 그는 『쓰레기가 되는 삶들』에서 묻는다. 처음에는 매력적이던 것들이 쓰레기가 되는 까닭을. 물건들이 추하기 때문에 버려지는가. 버려지기 때문에 추한 것인가. 물건들은 영혼이 없는가.

이 잉여의 시대, 아직도 우린 굽이진 골목을 뜯어내어 질서화하고, 높은 건물을 더 높이 올리려는 욕망의 강박증을 앓는다. 하나 아무리 새롭고 편리한 문명에 감탄하다가도 인근 야산에라도 가면 마음이 그저 맑아지지 않는가. 변두리 좁은 모퉁이라도 소박한 신선함이 있다. 우리는 나뭇가지에 걸린 거미줄에도 감동하고, 꽃술 적신 이슬에도 감동한다. 거기선 아무 것도 버려지지 않는다. 구불텅 구불텅 아무렇게나 흩어져 있어도 모든 것이 다 제자리이며, 그 자체로 존재이유를 확보하고 있다. 문명이 주는 감탄은 늘어가지만 감동은 점점 퇴화해간다. 감동이란 물질이 아니라 자유로운 정신에서 이는 파문이다. 떨림과 울림이 있는 감성으로의 전환은 정말 어려운 걸까. 어떤 철학적 종교적 욕구보다도 존재에 감동하는 일이 우선이다.

겨우내 비척비척 말라가는 화분에 매일 물을 준다. 도무지 쓰일 데가 없을 것 같은 물건들도 다시 잘 챙겨둔다. 그리고 봄빛을 기다린다. 모든 것이 천천히 아주 천천히 다시 돌아올 것이기에. 이 잉여의 시대, 어디에 감동할 것인가. 잘 다듬어진 꽃꽂이에 감탄하기보다 시멘트 틈바구니의 풀빛에 떨리는 마음이 곧 구원이 아닐까. 결코 질서화되지 않는 것들이 흔들, 우리 본성을 일깨우듯 기웃거린다. 질경이 같은 저 눈짓들. 너무나 존재에 충실한.

우
정
의 형
식

지금 세계는 모든 불화를 무릅쓰고 앞으로만 나아가려고 한다. 아무도
그 미래를 긍정적으로 평가하지 않으면서 말이다. 빈곤의식이 높아진 인
간의 욕망은 모든 생명을 향해 무차별적으로 소외의 단절을 쌓고 있다. 극
단의 물질주의가 분쟁과 생태적 불균형을 가져오면서 세계 곳곳에 억압
을 만든다. 하지만 존재의 뒷면을 잘 이해하면 우리는 보다 조화로운 우정
의 지층을 만날 수 있다. 현실 속에 있는 비생명성을 가려낼 수 있다는 말
이다.

사회적인 영성을 회복하는 것은 이 시대가 요청하는 철학이기도 하다.
영성은 관계를 회복한다. 영성의 문제는 곧 타자와의 관계를 환기하는 일
이다. 타인의 고통에 무관심하거나 무감각하다는 건 상상력의 실패요, 공

감의 실패이다. 굳이 불교가 아니더라도 삶은 연기緣起이다. 원인과 조건으로 그려진 생명의 설계도에선 우리가 선택하는 힘이 선량함을 만들어내고, 그 선량함이 또 힘을 만들어낸다. 이처럼 인드라망을 구성하는 존재들이 각각 자기 속에 타자를 반영하고 타자 속에 자기를 비추는 것처럼 우주 만물이 연기하고 있다는 것을 떠올린다면 우리 삶 속의 소외를 극복할 수 있지 않을까.

자연엔 소외와 단절이 없다. 무한물결을 이루는 영성적 존재들로 출렁거릴 뿐이다. 우리 모두는 존재론적 질문을 가지고 있다. 생명이란 무엇인지, 행복이란 무언지, 자본주의와 경제성장외에 대안은 없는지, 새로운 가치는 어디 있는지. 무수한 화두가 던져지지만 이에 대한 답은 없거나 모호하고 미약하다. 시대가 주는 스펙터클한 이미지와 미디어들이 제시하는 정보에 끌려가면서 이미 제국주의 속성에 물든 까닭이다.

더불어사는 찬란한 존재들의 고귀한 영혼. 말부터가 이상향으로 들린다. 상고시대로 거슬러가면 동서양을 막론하고 다양한 제의들이 있었다. 제의를 통해 인류는 존재의 신비를 끌어내고, 우주와의 무한한 교류를 꿈꾸었던 것이다. 경외와 경이, 희망을 함께 품은 제의가 바로 본래적 지혜였으며, 생명의 신성성을 이해하는 힘이었다. 제왕판, 정화수, 돌탑 등도 근원적 존재방식에 대한 제의의 상상력을 보여준다. 그런 점에서 제의는 영성의 잠재력에 직결된다. 영성은 인간과 자연을 감싸는 본질적인 에너지로, 생명의 회복에 가장 직접적이다. 때문에 영성은 이 시대의 절실한 아이콘일 수밖에 없다.

　"등잔 열 개를 한 자리에 모아놓으면 그 모양은 서로 다르지만, 그러나 빛에 눈길을 모으면 어느 빛이 어느 빛인지 분간할 수 없다. 영靈의 장場에는 나눔이 없다. 개체는 존재하지 않는다." 13세기 페르시아 시인 루미의 시들은 그러한 영성의 세계를 잘 조명하고 있다. 바깥으로 나갈수록 서로 달라지고, 중심으로 들어갈수록 모든 존재의 속성과 본질은 서로 닮아간다. 등잔이 아니라 빛에 눈길을 모으는 것이 바로 영성의 삶인 것이다. 빛에 눈길을 모을 때 비움과 느림이 열린다. 중심으로 들어가는 것이다. 그 내면으로 들어갈수록 우리 안에서 빛나는 타자들, 그리고 그 관계를 발견할 수 있음이다.

　물리학자 데이비드 봄 역시『전체성과 숨겨진 질서』에서 '허공은 엄청난 에너지로 가득 채워져 있어서 우리가 물질로서 인식할 수 있는 존재는 이 큰 바다에 생긴 하나의 잔물결에 지나지 않는다'고 주장했다. 우주 전체가 홀로그램으로 서로 연결되어 있어 공간 속의 모든 지점들은 동등하며, 이 우주는 하나의 나누어질 수 없는 전체로서, 각각의 사물들이 상호 연관을 맺으며 껴안고 있다는 것이다. 바로 나의 밥상이 아프리카 구석진 마을의 기아에 크게 관련되어 있다는 말이다. 장회익의 온생명이론도 마찬가지다. 우리가 독립된 생명단위는 개체 생명에 불과하며 이를 포괄하고 있는 온생명이야말로 완결된 생명의 단위라고 본다. 유대인의 비밀지혜서인『카발라』에서도 이 세계는 1%의 물리적 세계와 99%의 원천적 세계, 두 개의 장막으로 구성되어 있다고 가르친다. 우리가 진정 찾고 있는 것들은 보이지 않는 그 99%의 세계에 있다는 것이다. 불교의 해탈도 결국 '우주와 내가 둘이 아니라 하나'임을 깨닫는 일이다. 『화엄경』에서도 모든 존재가 일심동체로 연기하며 평등한 가치를 갖는다고 가르친다. 인드라의 거울에 전체가 다 비치듯 모든 사건과 사물들은 무한 복잡한 방식으로 서로 작용하는 것이다.

이 모든 것을 '우정의 형식'이라는 한 마디로 함축할 수 있지 않을까. 자유와 자연으로 가득한 생태는 한 마디로 우정의 형식이다. 우정은 가장 보편적이며 영구적인 공생의 원칙이다. 진정한 영성은 조건이 없는 순수한 우정의 양식을 지닌다는 말이다. 봉사와 관용, 자비와 환대로 관계를 만들 때 자연적인 상생과 조화를 체득할 수 있다. 이러한 자연적 우정의 의지는 개인의 선택해야 할 지구적 가치임에 분명하다. 다음 시에 담긴 우정의 열망은 참 유쾌하다.

그해 가을 한계산성 깊이 들어갔다가
나무 이파리 덮고 누운 토끼의 주검을 보았다
희고 가늘게 육탈된 뼈를
그의 마른 가죽이 죽어라고 껴안고 있었는데
그 검고 겁 많던 눈이 있던 자리에
어린 상수리나무가 집을 짓고 있었다

나무뿌리가 조금씩

조금씩 몸속으로 들어올 때

그는 얼마나 간지러웠을까

내가 아무런 대책도 없이

생의 깊은 곳까지 들어갔다가

누군가에게 나를 내줘야 할 때가 온다면

나도 웃음을 참으며

나무에게 나를 내주고 싶다

벌레들에게 몸을 맡기고 싶다

— 이상국, 「한계산성에 가서」

'나도 웃음을 참으며 나무에게 나를 내주고 싶다'는 시인의 고백 속에는 우정의 형식이 고스란하다. 생명의 신성을 회복시키려는 의지는 우선 유쾌한 조화여야 하는 것이다. 그러기 위해선 근원적인 신성을 회복하려는 영성 모험이 우선이다. 두려움을 극복할 필요가 있다. 불편할 용기가 있는가? 외로울 용기가 있는가? 삶의 신성함과 자유는 생각하는 데서 얻어지는 것이 아니라 행동하는 데서 얻어진다. 결국 소통은 진리에 대한 용기의 문제이다. 이 모든 노력에는 여러 가지 불편을 떠안는 신념이 필요하다. 타인의 고통은 절대적인 무관심에서 비롯된다. 언뜻 보면 역사적 사건이 아무렇게나 일어나는 듯하지만 그것은 무관심과 불참여주의 absentism가 만들어낸 현상일 뿐이라는 안토니 그람시의 말을 인용해본다. "나는 무관심을 미워한다. 무관심은 새로운 사상의 소유자들에게는 무거운 납덩어리이고, 가장 아름다운 열정조차 물 속 깊이 가라앉힐 수 있는 모래주머니이고, 어떤 전사나 어떤 강렬한 방벽보다 구질서를 훨씬 더 방어할 수 있는 늪이다. 왜냐하면 무관심은 최상의 활동가들조차 감염시켜 흔히 그들이 역사를 만들지 못하게 하기 때문이다."

본래적 존재는 서로 연관되어 있음을 깨달을 때 우리 자체도 완성되며, 온전한 존재감을 회복한다. 바로 우주의 전일성이다. 이처럼 대우주의 무한 의식 속에서 창조된 하나의 원자와 같은 것이 영혼인데, 이 무한 에너지는 끊임없이 움직이며, 고차원의 파동을 형성한다. 이러한 파동은 동일한 파장대의 물체를 만나면 '공명'하는데, 이름을 부른다는 것, 관계한다는 건 바로 이 우정의 공명이다. 이는 곧 자연과의 소통이며 우주적 자아와의 공명인 것이다. 이런 공명을 누리는 인간이란 존재는 어떤 생명보다 우정을 계발할 수 있는 조건이 더 많으며 동시에 타자들에게 우정을 베풀어야 할 상황도 더 많다.

'만인에 대한 만인의 투쟁'으로 규정지어진 게 인류의 역사이지만 생존 방식에는 경쟁뿐만 아니라 공존이 있다. 공존, 상생은 곧 느림과 머무름의 방식이다. 머무를 때 우리는 서로 관계하기 때문이다. 공존은 인위적인 세계가 아니다. 우거진 숲과 같은 자연이다. 그 야생적 삶의 형식을 찾아갈 필요가 있다. 관성에서 벗어나 야생적 사고로 생활할 때 우리는 먼저 본래적인 자신과의 관계를 회복하기 때문이다. 결국 궁극적 자유는 영성이며, 동시에 야생일 수밖에 없다. 그것을 우정이라는 그릇에 담아야 한다. 만물이 제각기 다른 본성을 가지고 태어났는데, 그 타고난 능력에는 어떤 우열이 없다. 우정엔 절대적인 획일성도 없고, 또 필요로 하지도 않는다. 오리의 다리가 짧다고 이어 주면 걱정거리가 되고, 학의 다리가 길다고 끊어 버리면 비극이 생기듯 말이다. 하여 우리는 끊임없이 태피스트리적인 질문, 우정의 형식을 반복하는 수고를 계속해야 한다. 그것이 자기계시에 이를 때까지 말이다. 우정의 파동, 그것이 우리를 환대하고 배려할 수 있는 실뿌리인 것이다.

279

도시는 꿈을 꾼다

아침마다 창을 열면 바다가 넘실, 들어선다. 물비늘이 반짝반짝 따라 들어온다. 문득 넉넉해지면서, 내가 이 도시에 푸른 끈으로 연결되어 있음을 느끼는 순간이다. '나의 도시', 송도 바닷가로 이사온 후 종종 떠올리는 말이다. 그 틈새로 풋사과 냄새가 슬며시 번진다.

이탈로 칼비노의 소설 『보이지 않는 도시들』에는 환상적이고 은유적인 도시들이 다양하게 등장한다. 도시와 맞물린 욕망, 기억, 기호, 교환 등의 풍경들이 거울처럼 이 시대를 비추어준다. 새로운 도시에 도착할 때마다 여행자는 더이상 가질 수 없었던 자신의 과거를 다시 발견하게 된다. 도시는 계단 수나 아치의 형태가 아니라, 공간의 크기와 과거 사건들 사이의 관계로 이루어진다고 작가는 말한다. 창문 홈통의 기울기와 그 창문으로 들어오는 고양이의 당당한 걸음걸이 사이의 관계로 도시는 이루어진다는 것이다. 페이지를 넘기는 내내 나를 존재하게 하는 진정한 도시를 헤아리곤 했다.

정말 우리는 도시를 꿈꾸는가. 아니, 도시가 사람을 꿈꾸는 걸까. 6000년 전 고대 수메르인에 의해 생겨난 인류 최초의 도시 에리두에서부터 21세기 부산에 이르기까지 도시는 무수한 가지를 벋은 셈이다. 매 역사 속에서 문명의 현장이 되었다. 상형문자와 설형문자를 발명해서 역사시대를 연 수메르인은 도시 에리두를 건설하고 '에둡바'라는 학교를 운영했다. '에둡바'는 필경사들의 양성소였고 지성과 지혜의 전당이었다. 수메르어로 '둡-사르'인 이들은 서판을 만들고, 위대한 신화와 목록과 그 의미를 일일이 짚었다. 언어·문자·종교·신학·정치·과학·법률·예술·동식물학에 이르기까지 수메르인의 지성은 인류 문명의 수원지가 되어준 것이다. 신들의 세계가 자연스럽게 산문시로 쓰였고, 영웅들의 삶이 서사시로 기록되었다. '길가메쉬' 같은 작품이 그렇게 남아있다. 게다가 격언이나 속담, 수필, 우화 등도 쏟아져 인문학적인 문명을 창출했다.

수메르, 하면 제일 먼저 부지런히 점토서판을 만드는 흙의 노동이 떠오른다. 동시에 우리 대장경만큼이나 혼신을 기울여 문자를 기록하는 진지한 손도 함께 연상된다. 흙이 있었고, 손이 있었고, 그리고 정신세계가 있었다. 현재까지 필경술로 기록된 점토판이 50만 장 이상 출토되었고, 상당수 아직도 해독되지 않은 채 쌓여 있고, 미발굴도 많다. 긴 세월 땅속에 묻혀 있던 수메르의 점토서판은 만년서의 생명력을 과시하면서 인간의 지성적 사고를 그대로 표출해낸다. 기름진 땅을 가진 것도 아니었다. 산업자원이라 할 만한 것도 점토와 갈대 정도뿐이었지만 존재를 향한 열정은 그렇게 그리스로 히브리로 전파되어 갔으리라.

흙이 살아있는, 손이 살아있는, 정신이 살아있는 도시가 간절하다. 흙은 지속가능한 생태의 기초, 손은 실천하는 삶, 정신은 공감의 능력을 의미한다. 서판을 빚고 거기에 온 마음을 기울여 문자를 새기던 필경사 '둡-사르'의 손은 인문의 방식을 가르친다. 세계를 향해 열린 도시라면 좀더 강인한 인문정신을 다져야 한다. 아이들에게 건강한 흙을 밟게 하고, 입이 아니라 손으로 쓰는 법과 공감하는 능력을 가르쳐야 한다.

과거는 우리 손안의 손금이다. 여기저기 스민 시간의 흔적들이 우리의 도시를 구성하고, 그 연속적인 파장 속에서 사람은 비로소 상상력을 발휘한다. 시간의 향기가 지워진, 자연성을 잃어버린 스펙타클한 도시는 오히려 상상력을 빈곤하게 한다. 은박지로 싼 쿠키와 같다. 기억이 단절된 도시, 시민을 기억상실자로 개발논리는 비극일 수밖에 없다. 상상력의 수원지는 자연과 기억이다. 두 요소가 충분히 어우러질 때 도시는 의미와 장소성을 획득한다. 역사가 미래를 창조한다. 시대정신을 길러내는 것이 그 시대를 사는 시민의 의무라면 일상의 기억과 그 관계의 적층은 얼마나 소중한 걸까. 그 긴밀함이 시민의 성품과 연관되고, 또한 자긍심이 되는 것이다. 나무 한 그루, 한 그루는 얼마나 위대한 시간의 힘을 지니는가.

시민들의 꿈을 촉발하는 도시가 진정 살아있는 도시이며, 감응하는 도시이다. 상상력은 결국 기억에서 나오고, 도시는 기억에 흠뻑 젖으면서 팽창한다. 오래된 것들이 끊임없이 환기시키는 지층을 통해 도시는 자기만의 개성을 확보하는 것이다. 여기에는 신화적 시선이 필요하다. 신화적 시선이란 원래를 기억해내는 힘을 말한다. 그것은 신과 인간의 관계를 둘러싼, 전체적인 어떤 원형의 세계를 찾아보자는 말이다. 그 안에 예지가 살고 있다.

감지해보라. 빌딩이 아니라, 그 아래를 걷는 내 무릎과의 관계가 도시를 형성한다는 것. 수레 위의 노란 참외와 가족을 떠올리며 참외를 고르는 손길, 그 사이에서 도시는 빛난다. 무수한 존재들과 공감한다는 말은 사소한 것들이 반짝임을 의미하는 것이리라. 나를 존재하게 하는 곳, 관계가 살아있는 곳. 그럴 때 우리가 '나의 도시'를 사랑할 수밖에 없지 않을까. 도시는 존엄한 삶을 누릴 수 있는 평범한 사람을 꿈꾼다. 소비 중심의 도시가 아니라, 공감 넉넉한 그런 도시 말이다. 명품이라는 단어가 도시 개발에도 유행 중이지만, 중요한 건 생명이 작동하는 것이다. 생명은 무화될 수 없는 시간의 문제이고, 재생은 생명 본래의 모습을 불러내는 작업이다. 여기에 천심天心이 필요하다. 자연의 재생능력처럼 도시 재생도 무한한 신화를 캐어내는 힘이어야 하리라. 점토판 냄새가 문득 코끝을 스치는 것 같다. 참 아득하다.

신시神市를
그리워하다

재래시장 가는 일은 즐겁다. 자갈치나 국제시장, 부전시장 등을 들른 날이면 괜히 큰 선물을 받은듯 마음이 풍요로워진다. 어떤 웅성임과 활기를 껴입은 까닭이다. 뭐 특별한 거 없어도, 그냥 한 바퀴만 돌고 와도 생명의 기운을 얻는다. 왠지 살 수 있을 것 같은 느낌이 든다. 좀 고단해도 좀 가난해도 부지런히 살고 싶다는 열망이 생긴다.

햇살 눈부신 시골장터를 만나면 더 횡재한 느낌이다. 국밥집에서 함께 웅성거리거나 싸구려쉐터를 고르다보면 흥겹고 살아있는 느낌이 강해진다. 그래서 주눅든 날이면 일부러 인근 장날을 찾아간다. 거기엔 목소리들이 살아있다. 보이지 않는 우주의 파문이 한껏 어우러져 출렁이고 있다. 나를 끼워주는 느낌. 그래서 갑자기 내 존재감도 선명해진다.

왜 그럴까. 재래시장에선 삶을 소비한 느낌보다는 내가 존재한다는 느낌을 갖게 된다. 모두들 열심히 사는구나. 손과 손이 부딪치고 표정과 표정이 굽이치는 풍경은 우리를 쾌활하게 만든다. 우리가 이렇게 어우러지며 흘러가는구나 싶어 존재감을 확보하게 된다. 여기서 소통을 이해한다. 반면 백화점이나 대형마트에 가면 내가 존재한다는 느낌보다 나를 소비하는 느낌이 크다. 실용적이기는 한데 삶을 소비하면서 소비당하는 느낌이 크다. 그래서 쉽게 피로해진다.

태백산 신단수 밑에 세웠다는 신시神市는 상고시대의 신정사회에서 신성시하던 장소로 의회와 시장의 기능을 갖추고 있었다. 신시의 큰 목적은 동이에 속한 각 종족 대표가 모여 하늘에 제를 지내고 시장을 열어 문물을 교환하는 것이었다. 따라서 신시는 하나의 축제였고, 정보와 물류를 교환하는 상부상조의 호혜시장이었다. 상상해 보라. 산정에 모여 하늘에 제사지내고 음식을 나누며 담론을 펼치는 무수한 사람들. 화백제도로 전체 의사를 결정하고, 깃발을 꽂아 놓고 가져온 문물을 서로 교환하는 풍경들.

중요한 것은 이때의 물물교환은 어떤 이윤을 위한 것이 아니라, 호혜의 정신이라는 것이다. 소금을 구운 자는 소금이 필요할 산골을 생각을 하고, 농사꾼은 바닷가 마을에 쌀을 좀 주어야겠다고 마음먹는다. 상대방에 대한 관심이 나눔으로 이어졌던 것이다. 시장이란 개념엔 기계적인 관계가 아니라, 있는 그대로 끌어안는 존재의 힘이 작용했다. 거기선 조금 손해를 보기도 하고 조금 이익을 보기도 한다. 좀 부자들에게는 한 푼 더 받기도 하고 가난한 사람에게는 한 푼 덜 받기도 하면서 어우러지는 것이 시장인 것이다. 이러한 기능을 통하여 자신의 정체성을 확인하고, 서로의 세계를 회복하면서 살았던 것이 아닐까.

환웅이 신시神市를 열면서 나라를 개국했다는 건 우리에게 중요한 은유가 된다. 제의와 시장, 하늘에 제사를 지내고 서로를 교류하는 것, 그것은 소통이었다. 삶을 교환하고 필요를 교환하면서 충분히 서로를 이해하는 과정이었다. 복잡하고 무질서한 것 같아도 서로 어깨를 부딪히면서도 자기를 확인하는 시장의 생래가 소통의 본질을 보여준다. 시장이 성화聖化된다는 것, 참 요원한, 동화 속 얘기처럼 들린다. 그러나 성화된 시장이 너무 절실한 요즘이다. 호혜정신을 바탕으로 한 생태경제적 나눔이 오늘 이 시대만큼 필요한 때가 있었을까. 이윤 추구가 아니라, 관심에서 비롯된 나눔과 소통은 절대 불가능일까.

역사가 진행되면서 신시와 같은 시장의 기원은 잊혀진다. 지금은 그 제의와 교류의 기능을 화폐가 대신하는 자본주의 시대, 우리는 소통을 잃어버렸다고 할까. 도시가 생기고 자본주의가 등장함에 따라 시장은 질적 양적으로 변하면서, 사적 소유에 기초한 경제체제를 갖게 된다. 최소한의 투자와 최대한의 이윤이 목적인 자본주의. 모든 것은 이 잣대로 가치가 부여된다. 화폐를 만들어내면서 사용가치보다는 교환가치가 앞서고 우리의 소통은 화폐로 바뀌어버린 것이다. 사회 곳곳 소중한 관계가 용량과 가격표로 재단되고 있다.

소통을 햇살을 닮았다. 있는 것을 그대로 비추고 그리고 주변을 따뜻하게 한다. 소통은 불러내는 것, 그 사람을 불러 내 앞에 존재하게 하는 것이다. 그 사람을 소유하는 것이 아니다. 소통은 자연적인 것이다. 대화의 기술이나 감정코칭을 아무리 공부해도 존재론적 사유 없이 소통은 불가능하다. 우리의 관계가 재래시장이 아니라, 대형마트 지향적이라면 우리의 소통은 소비적이고 무표정하다. 소유론적 가치는 삶을 거친 황야로 만든다.

우리에게 절실한 건 회복이다. 또한 회복은 삶에 대한 관심과 애정에서 비롯된다. 그래서 공부가 필요하고 철학이 필요하고 우정과 사랑이 필요한 것이다. 병이 들면 우리 몸은 회복에 대한 의지로 가득 차게 된다. 모든 에너지를 동원하여 회복하고자 하는 열망 하나에 초점을 맞추는 것이다. 관심과 애정이 없다면 아무리 풍요로운 시장도 지옥밖에 더 되겠는가. 작은 마음의 결들이 모여 큰 물결을 이룰 때 소통은 자란다. 신시가 상고시대의 것이 아니라, 이제 인류에게 남은 미래가 되기를 꿈꾼다. 우리 속에 흐르는 핏줄은 얼마나 신성하며, 얼마나 무수한 것을 견뎌왔는가 말이다.

그 존재의 경이를 회복할 수 있다면 우리는 어떤 가치라도 치러야 하지 않겠는가. 성화된 시장을 꿈꾼다. 다시 신정정치가 필요할지도 모른다. 햇살을 기억하자. 있는 그대로 비추고 주변을 따뜻하게 데우는 힘을 기억하자. 우리도 사과밭도 지나고 배밭도 지나고 선창가도 지나고 버스정류소도 지난다. 다 얼마나 아름다운 길이던가. 모든 길에 햇빛이 얼마나 반짝이던가.

꽃피어라, 사람아

물관부에 물이 오른다. 삼월엔 여기저기 쿨렁쿨렁 뿌리에서 줄기로 오르는 힘찬 물의 몸짓이 보인다. 빈 가지 끝 푸르스름한 기운이 몰래몰래 진해지는 것이다. 그예 망울이 터지고 꽃받침이 흔들리고 꽃술이 바람을 팽팽하게 당긴다. 잎새들은 햇살을 품어 뿌리에게 전달한다. 그러면서 스위치를 올린 듯 문득 환해지는 봄.

꽃망울이 터지면 마음보다 몸이 먼저 봄을 느낀다. 자연스레 근육의 긴장이 풀리며 입가에 미소가 번진다. 봄은 누구나 저절로 행복해지는 계절이 아닐까. 괜히 쿵쿵거리며 봄냄새에 취한다. 밥상에는 오른 쑥이랑 냉이가 환기시키는 게 어찌 시간만이랴. 주변이 온통 존재의 향기로 출렁거린다. 자연의 위대함에 감동할 수밖에 없다.

삼 년 전 삼월이 생각난다. 문득 후쿠시마 원전사고 비보가 날아왔다. 그건 하나의 묵시록이었다. 바로 전날, 하동 친구가 보내온 몇 아름 매화 옆에서였다. 얼마나 먼 데서 당도한 눈빛일까. 모든 번뇌를 씻어주는 볼 통한 눈망울을 배달받고 마음이 풋풋하던 중이었다. 후쿠시마의 재앙은 그야말로 아득한 지구의 과거와 미래가 한꺼번에 회오리치는 충격이었 고, 한동안 안절부절 내가 무엇을 잘못했는지 헤아려야 했다. 환한 매화 가 더 서러웠다.

원전 사고라는 문명의 재난은 극복이 어렵다. 매화가 피고지는 내내 그 순결한 눈부심과 방사능이라는 두려운 용어가 교차했다. 이쯤에 이르면 우리가 무엇을 반성해야할지 분명한 게 아닐까. 원전에너지는 소비문명 이 함부로 선택한 것이었다. 물질에 잠식된 영혼들은 그후 무엇을 실천하 고 있는가. 물론 언제나처럼 인간은 최선을 다해 모든 위기와 싸울 것이 다. 하지만 고난과 맞서 싸우거나 고난을 뚫고 나오는 것을 자랑하는 건 위험하다. 인간승리를 자만하는 것은 오히려 덫이 될 수도 있다. 투쟁과 승리로 일관된 문명은 지배중심의 오만한 사회를 만들었기 때문이다. 우 리가 고난을 통해 얻어야할 것은 절망의 밑바닥과 허무 속에 있는 맑은 눈 동자이다. 그 맑은 눈으로 다시 경외를 회복하고 본래를 인지할 때 고난은 겸허한 유대를 선물한다.

공자는 깨달음을 생이지지, 학이지지, 곤이지지, 세 종류로 설명했다. 생이지지란 태어나면서부터 가지고 있는 자연성, 학이지지란 배움을 통하여 아는 세계, 곤이지지는 고생고생 힘들여서 온몸으로 삶을 배움을 말한다. 문제는 무엇을 배우느냐가 아닐까. 뛰어난 태생을 통해서든 배움을 통해서든 고단함을 통해서든 배우는 것은 새로운 그 무엇이 아니라, 사람이다. 그리고 사람의 빈손이다. 오늘 문명은 너무 꽉 차있다. 복잡하고 또 복잡하다. 이제 빈 곳을 찾고 싶다. 넘치지 않는 삶, 스스로 절제하는 삶, 빈자리, 이는 바로 자발적 가난이다. 고통은 자아를 비워내는 힘이다. 고난에서 사람을 배워야 한다. 그것이 곤이지지이다. 그래서 나는 '곤이지지'가 가지고 있는 배움이 가장 크다고 믿는다.

서로가 서로에게 꽃을 피워주는 마음이 중요하다. 서로 꽃을 피워주는 데는 빈자리가 우선이다. 이는 단순한 마음을 의미한다. 단순한 마음이 진실을 피워낸다. 순수하기 때문이다. 봄빛을 팽팽하게 당기는 꽃잎을 떠올려보라. 매화가 환한 것은 텅 빈 가지로 북풍한설을 견뎠기 때문이다. 온전히 비었을 때 생명은 순순한 힘을 발휘한다. 집착은 순수를 빼앗는다. 포기할 것 포기하고, 되돌릴 것 되돌리는 용기는 순수를 향한 의지 그 자체가 아닐까.

미래의 모든 봄도 늘 눈부실 수 있을까. 해운대에서 초등학교 교사로 살다가 하동 산골에 들어가 매화밭을 꾸리는 친구는 참 현명하다. 부럽고 고맙다. 따라하지 못하는 나는 중앙동 원도심이 매화밭이라는 생각을 한다. 거기서 매화를 닮은 선한 사람을 만나고 향기를 나누는 꿈을 꾼다. 꽃이란 서로의 빈 자리에 피어나는 눈빛이라 믿는다.

인간만한 자연이 없다. 자신을 덜어내어 다른 사람을 꽃피울 수 있는 존재이기 때문이다. 내가 타자를 꽃피우게 할 때 다른 사람도 나를 꽃피워주지 않을까. 이타利他는 결국 자신을 사랑하는 큰 방법이며 절실한 울림이기에. 사람이 꽃핀다는 것, 사람 사이에 꽃핀다는 것도 마찬가지이리라. 삭막한 가지 끝에 감도는 푸른 물기처럼 먼저 손을 내밀자. 파릇파릇한 마음의 손을 서로 잡아주자. 그리고 이름을 불러주자. 이름을 불러줄 때 우린 꽃으로 피어난다고 하지 않았던가. 원래 우린 우주 속 한 꽃그늘이며, 서로 감동의 수원지인 것을.

해마다 후쿠시마의 서러운 봄을 기억하게 된다. 여전히 봄은 위대하다. 하지만 더 투명한 눈동자가 필요하리라. 평안을 상실한 시대, 방사능도 두렵지만, 불안과 불신이 이미 오래 전부터 우리 일상을 폐허로 만들지는 않는지. 겸허해지자. 조금씩 자신을 낮은 자리로 내릴 때. 그리하여 살아있는 뿌리를 의식하게 되었을 때 가슴 속 물관부는 천천히 더운 물기로 차오르게 된다. 내가 먼저 꽃피고 다른 사람을 꽃피우는 인내와 관용을 발휘할 때 봄은 완성된다.

바깥이 눈부신 봄빛으로 넘쳐나듯 보이지는 않는 모든 관계에도 화사한 봄꽃이 피어나야 하지 않을까. 입춘, 우수, 경칩이 차례로 지날 때마다 바람이 유순해진다. 봄비가 한 차례씩 다녀갈 때마다 푸른 기운이 확확 가까워지는데, 우리 코앞에서 낡아가는 핵발전소들, 저 아슬아슬한 벼랑들, 어찌 해야 할까.

공생의 창가

가을이면 주변은 온통 잠언으로 가득하다. 단풍 하나가 하나의 심연으로 다가온다. 검은 타이어에 쓸려가는 은행잎 노오란 회오리도 불현듯 화두가 되고, 열심히 제 가지를 비우는 나무들도 존엄해 보인다. 슬쩍 마주친 길고양이 눈빛도 선사의 말씀처럼 다가온다. 오고 가는 생명의 길목이 문득 선연해지는 것이다.

도요마을에 소풍을 간 적이 있다. 최영철 시인과 조명숙 작가가 3년내 끙끙거린 산비탈 농사이야기를 듣고 왔다. 농사가 얼마나 본래적인지 부부가 같이 체험해보고 싶었다는 고백이 따뜻했다. 그들만의 작은 농사는 생명의 본질에 접근하려는 모험이었으리라. 농사는 우주 안에 함께 순리를 이루고 있는 타자의 힘를 발견하게 한다. 곧 공생의 방정식을 이해하는 아름다운 수학인 것이다.

지상의 모든 생명은 '공생'이라는 고리로 연결되어 있다는 린 마굴리스의 '공생진화론'은 공생이 새로운 생명을 낳는 원천임을 강조한다. 인간을 비롯한 모든 동식물은 수많은 세포들이 수십억 년 공생한 결과이며, 세포 역시 여러 고대 세균들이 공생 진화하면서 형성되었다는 것이다. 하여 공생은 서로에게 존재의 이유이다. 이미 서로가 깊은 지층으로 형성된 무늬들이다.

당연히 지구 자체도 수많은 생물이 결합된 하나의 공생자이다. 풀잎들, 천년 고목들, 사람들 그리고 낯선 꿈들이 함께 모여 이 별을 구성하고 있다. 기쁨도 고통도 서로의 존재를 위한 준비인 것이다. 공생을 지향하지 못한다면 개인의 진보나 끼리끼리의 연대가 무슨 의미가 있겠는가. 공생을 실천해내지 못한다면 위대한 정신의 뼈들도 추한 해골일 뿐이다. 떠남도 돌아옴도 다 어울려 흘러가는 생명의 기류가 아니겠는가. 죽음은 공생으로 들어가는 길목이며, 태어남 또한 공생으로 돌아오는 길목이다.

생명성이란 공생의 능력으로 은하수의 반짝이는 결을 이루고 있다. 어린 아이들에게 농사부터 가르쳐야 하지 않을까. 농사는 생명의 그물을 이해하는 일이고 공생의 가치를 누리는 일이기 때문이다. 학교 운동장마다, 도심의 작은 모퉁이, 아니면 화분에라도 스스로 씨앗을 심고 가꾸게 하는 공부가 필요하다. 경쟁만이 생존방식이 되어버린 현실이다. 성장주의는 반생태적 문명을, 무수한 정보는 과도한 감정 방출과 다변을 낳고 말았다. 무한경쟁과 그 특유의 오만함이 두렵다. 아이들에게 농사를 가르치는 일은 일상에서 기적을 체험하는 일이며, 동시에 존재감을 누리는 겸허한 인문 실천이다.

작은 바람에도 발끝을 세우고 온몸으로 달려가는 붉은 낙엽을 본다. 끊임없는 목소리 같다. 진정한 자유는 상대방을 수용하는 마음의 크기에 있지 않을까. 세포는 생명 탄생의 기억을 가지고 있다고 한다. 우리의 기원과 목적지를 생각해보라. 그 생명의 긴 덩굴이 얼마나 유쾌하고 장엄할 것인가. "매듭 그 자체와 하나가 되어라. 매듭이 풀어질 때까지"라는 게리 스나이더의 말은 많은 것을 함유하고 있다. 자꾸 어긋나는 문제 속으로, 나와 다른 모든 관계 속으로 고개 숙여 들어갈 수 있어야 한다. 더 낮아질 때 나와 공생하는 중인 시선들과 더 깊이 마주칠 수 있을 것이므로.

인류가 살아남는 방법은 경쟁이 아닌 공생임을 고민한지 이미 오래다. 그리고 아직 농사를 배우지 못했다. 다만 농사짓는 이들을 부러워한다. 나의 모든 고뇌는 관념에 불과하리라. 어쨌거나 우린 모두 생명의 등불을 켜들고 있다. 이 불빛이 내 앞이 아니라, 타자의 발등을 비추기 위한 것이라면 어떨까. 초겨울의 밤별처럼 말이다. 내가 훨씬 더 밝아지지 않을까.

틈새를 추억하는 틈

　전기포트 물이 끓는 소리가 낮은 날갯짓 같다. 무수한 신호등을 건너 시간의 한 모퉁이에 닿은 자신이 문득 기특하다. 커피잔을 들고 창가에 서면 어쩌면 잘 살 수 있을 것도 같다. 자주 마주치는 길고양이나 비둘기에게 나도 하나의 풍경이겠지. 그래, 이것이 도시다. 도시는 이미 취사선택할 수 없는 문명의 한복판이며 내가 심긴 화분이다.

　개성은 흰 난꽃과 같다. 외부세계를 끌어안는 내면의 힘. 그 향기를 우리는 매력이라 부른다. 매력이란 가장 자기다울 때, 정체성이 뚜렷할 때 발휘된다. 도시도 마찬가지다. 부산이 부산다울 때 가장 아름답다는 말이다. 사람의 영혼이 그렇듯 도시도 외부가 아니라 그 내부에서 생명력을 발한다. 도시의 진정한 내면은 무엇일까. 그 퇴적된 희망을 읽고 싶다.

　도시의 매력은 발자국들이 울려온 그 시간성에 있다. 시간이 살아있는 도시, 역사성이 그 도시의 개성이 되는 것이다. 도시는 점이 아니라 시간의 선으로 이루어진다. 시간의 틈, 공간의 틈을 잇는 그 궤적은 그 도시를 사랑할 수밖에 없는 가치를 품고 있다. 세계 유수의 아름다운 도시들은 옛 장소를 온전히 품어 시간의 운명과 공존을 보여주지 않는가. 하여 우리는 모든 여행에서 노스탤지어를 누릴 수 있는 옛 도심을 일부러 따라다닌다.

　거대 공간에서 기계부품처럼 사용되던 사람들이 돌아와 존재감을 발휘하는 곳이 시장이나 골목이다. 그 틈새들은 삶과 생명이 가진 성실한 감응으로 넘쳐난다. 골목은 퇴행된 공간이 아니라, 개성적인 터전인 것이다. 그건 세계 어디서도 흉내낼 수 없는 부산만의 매력이 될 것이기에. 틈새 틈새가 반짝일 수 있을 때, 그 섬세한 떨림은 공존이라는 큰 반향이 된다. 작은 장소들이 큰 숨을 쉴 수 있는 도시. 잊혀진 것들이 온몸으로 숨쉬는 도시, 거기에 조응하는 숨결들이 상생의 정신을 끌어낸다. 그것이 곧 인문人紋이며 창조이며 치유이다.

　세계 어디 가나 비슷한, 자본주의를 상징하는 오만한 마천루들은 그 도시의 개성이 될 수 없다. 세계 최대의 백화점이 부산에 있다는 것을 우리는 민망해해야 하지 않을까. 그 엄청난 소비와 물신화를 두려워해야 하지 않을까. 최고 큰 건물, 최고 높은 빌딩을 지향하는 물질 사고는 이제 어떤 자랑도 될 수 없다. 오히려 타자화된 시선으로 소외와 추방을 낳을 뿐이다.

가장 부산다운 삶은 부산다운 장소에 있다. 골목은 부산만의 자연적 지형이며 시간이 응축된 틈이다. 틈을 추억하는 틈새를 읽어내야 하고, 틈새를 추억하는 틈을 기억해야 한다. 미세함 속에서 번져나오는 그 독특한 궤적을 회복하지 않고서는 삶도 예술도 결국 기능이 되고 만다. 때문은 장소가 부산을 부산답게 한다. 아무리 성형수술을 해도 결국은 자기가 자기다울 때 그 존재가 빛나는 것과 같은 이치다. 내 어머니가 늙고 추해졌다고 확 바꾸어버릴 수 없을뿐더러, 나를 가장 사랑하고 잘 아는 것이 어머니인 것처럼 말이다.

추억이 많은 시민은 건강하다. 옛 것을 지속적으로 경험할 때 우리는 분열이 아니라, 찬란하게 연결된 분명한 자아를 획득한다. 여행객들이 마음을 내려놓고 둘러보고 곳도 적층된 시간이 키워낸 문화이다. 도시가 진리일 필요는 없지만 삶의 진실이 살아있어야 한다. 우리는 도시를 닮는다. 또한 도시는 시민의 성품을 형성한다. 친절과 배려조차도 문화적 개성과 자긍심이 있을 때 가능한 부분이다. 우리가 자랑하는 성과주의의 치명적 약점이 기능성이다. 그 기능성이 도시의 내부를 계속 해체해왔다. 골목도 풍경도 관계도 철학도 병들고 상실되었다. 이를 회복하려는 시민의 눈빛 하나하나가 절실하다. 구체적인 열망이 실현되는 장소로서의 도시란 결국 시민의 선택이기 때문이다.

부산엔 바다가 있다. 개발이라는 질긴 착각의 괴력이 도시를 가르는 동안에도 푸른 날개는 퍼득이리라 믿는다. 태풍 속에서도 풀여치가 살아남

듯이. 바다라는 위대한 자연이 있어 부산은 생명의 융화를 배우기에 아직
은 충분하다. 틈새와 촉감이 살아있는 도시를 꿈꾼다. 가치란 계산을 뛰
어넘는, 모든 유용성의 공식을 뛰어넘는 도전을 의미한다. 모든 해법은
결국 슬로시티에 닿아있지 않을까. 부산에서 흰 난꽃 향기가 날 수 있을
까. 참 요원한 일이기는 하지만 계속 중얼거릴 수밖에. 행복은 앞에 있는
게 아니라, 우리 뒤를 따라오고 있다는 옛 선인의 말이 문득 다가온다.

당신이
나의 편지입니다

사십계단 앞 마로니에 잎새들은 편지이다. 굵은 전선을 움킨 비둘기의 붉은 발가락도 안부를 묻는 문장이고, 종종 마주치는 길고양이의 꼬리도 오래된 안부이다. 건널목도 신호등도 문득 올려다본 구름도 한 장 편지이다. 중앙동 골목의 소소한 풍경들이 한 잎 한 잎 길고 짧은 문장으로 흔들린다.

그러고 보면 마주치는 것들은 서로에게 편지이다. 안부를 전하고자 하는, 한 장 소식이고자 달려온 존재들인 것이다. 기실 주변의 모든 환경이 우리에게 편지일 것이다. 낡은 달력도 오래된 남비도 때가 묻은 손거울도 세계의 이치를 담은 전언을 가지고 있다. 믿음도 사랑도 자유도 결국은 하나의 편지이리라. 나 자신도 누군가가 읽고 있는 긴 편지인지도 모르겠다.

편지는 작은 불빛이다. 먼데서 흐리게 깜박이지만 지친 여행자에게 등대처럼 빛난다. 그리고 편지는 작은 유리창이다. 하늘도 기웃거리고 달빛도 나뭇잎도 기웃거린다. 우리는 늘 창가에서 서성인다. 편지가 아름다운 이유는 진솔함 때문일 것이다. 그리고 기다림과 그리움 때문이다. 간절히 원하지만 현실원칙에 밀려 자꾸 놓쳐버린 것들, 종종걸음치느라 잃어버린 약속, 희미해져버린 마음의 무늬들……. 한 장 한 장의 편지는 그 본래를 찾아가는 비행기표가 아닐까. 어떤 편리함도 어떤 속도도 어떤 계산도 편지 한 장 쓰는 지극함, 편지 한 장 받는 설레임을 이길 수 없다. 편지란 진정한 체온, 그 자체의 존재감인 까닭이다.

나뭇잎이 물들기 시작하면 누구에겐가 편지를 쓰고 싶어진다. 팔랑대는 단풍을 보면 안부를 띄우고 싶은 얼굴이 떠오른다. 우리 속에 품은 질문에 대한 응답인 듯 하고 우리의 응답을 기다리는 질문인 듯도 하다. 누렇게 바랜 봉함엽서 같은 안부들이 깨어나는 것 같다. 질문도 응답도 모두 우리를 살아있게 하는 편지이다. 질문하는 법을 잊어버리거나 대답하는 법을 잊어버리지 않았는지 나를 돌아본다.

두렵고 또 고마운 일. 우리는 어디쯤 서 있는 것일까. 쓰는 법, 읽은 법을 기억하려고 애쓴다면 삶의 풍경 전체가 아름다운 편지로 펄럭이지 않을까. 이 가을에 옛 편지함처럼 가슴을 열어 그 속에 담긴 서정들을 펼친다. 거기 있는 내가 바로 여기이고 거기 있는 당신이 바로 지금이다. 우리가 서로에게 시간이고 공간이며, 서로에게 길이 되면서 추억과 상상력을 구성하는 것이다.

그리하여 현재 진행 중인 모든 사랑에 대하여 다시 꿈을 꿀 수 있다. 벼락 같은 전환의 힘은 없을지도 모른다. 그러나 자신을 긍정하는 안부와 만나야하지 않겠는가. 꿈을 꾸는 이상 사람은 사랑의 능력을 잃지 않는 것이므로. 자신을 향한 안부엔 보이지 않는 정화력이 있다. 이것이 결국 감동을 만들어내는 힘이 된다. 그 감동이 종내 열매와 씨앗을 만든다. 하여 이 안부는 우리가 어디에 감동할 것인가의 문제이기도 하다.

안부의 과제는 곧 사랑의 과제이다. 곳곳에 고립된 영혼들을 어떻게 안부를 전할 것인가. 새우등을 하고 길에 엎드린 그 정처 없는 노숙을 어떻게 안부할 것인가. 성적 경쟁에 지쳐 아무 생각이 없어져버린 우리 청소년들을 어떻게 안부할 것인가. 경이를 잃고 병약할 대로 병약해진 숲을 어떻게 안부할 것인가. 병들어버린 4대강을 어떻게 안부할 것인가. 어떤 안부도 함부로일 수 없으며, 인위적일 수 없다. 그 자체로 바로 사랑이기 때문이다.

이 세상에 태어난다는 것도 한 장의 아름다운 편지가 되는 일이고 이 세상을 떠난다는 것도 한 장의 따뜻한 편지로 남는 일. 삶을 유영하는 모든 지느러미가 향기로운 편지이기를 늘 꿈꾼다. 삶의 지층 깊은 데 있던 것들이 하나씩 결을 드러내며 푸른 파문을 만들기를. 이 파장이 지상 끝까지 흘러가며 삭막하고 소비적이고 외로운 문명을 적시는 습기가 될 수 있을는지.

"계십니까. 편지입니다. 소리치면서 누군가의 문을 두드리고 싶다. 오래된 우산을 읽기로 한다. 푸른 파도를 꼼꼼히 읽기로 한다. 낡은 빨래들을 성실히 읽기로 한다. 그 많은 편지들을 당신에게 보내고 싶다. 충분히 당신이 더 그리워지면 당신도 나를 읽고 계시리라 믿을 것이다. 그 믿음으로 행복해질 것이다. 서로가 서로를 읽으며 서로가 서로에게 설레는 하루, 당신이 바로 나의 편지인 것을.

국립중앙도서관 출판예정도서목록(CIP)

참죽나무 서랍 : 김수우 산문집 / 지은이 · 사진: 김수우. -- 부산 : 비온후, 2015
304p. ; 15x22cm

ISBN 978-89-90969-87-3 03810 : ₩15000

산문집[散文集]
한국 현대 수필[韓國現代隨筆]

814.7-KDC5
895.745-DDC21   CIP2014037688

이 도서의 국립중앙도서관 출판예정도서목록(CIP)은 서지정보유통지원시스템 홈페이지
(http://seoji.nl.go.kr)와 국가자료공동목록시스템(http://www.nl.go.kr/kolisnet)에서 이용
하실 수 있습니다.(CIP제어번호: CIP2014034441)